Marseille's Burning

Cédric Fabre

Marseille's Burning

la manufacture de livres

ISBN 978-2-35887-057-3

Si vous souhaitez recevoir notre catalogue
et être tenu au courant de nos publications, envoyez vos noms et adresse,
en citant ce livre à l'adresse suivante :

La Manufacture de livres, 99 rue de Sèvres 75006 Paris
ou
contact@lamanufacturedelivres.com

À mes Marseillaises chéries, mes filles, Nina et Giulia.

Et spéciale dédicace à mes précieuses amies, Clémentine Castaing et Pascale Doré, pour l'attention, la rigueur et le talent avec lesquels elles ont plongé dans ce texte pour m'aider à lui donner corps, puis à le peaufiner. Sans elles…

« Après tout, si rien n'est défié, rien ne change »

Jon Savage

PROLOGUE

Le jeune homme tremblote.

Ce n'est pas le froid. La brise douce et salée venue du large, il la hume avec plaisir, elle l'enveloppe et le protège tout en caressant sa peau. Se trouver nu, debout, au milieu d'autres personnes, au centre de cette immense terrasse nichée sur une crête rocheuse qui surplombe la Méditerranée ne l'embarrasse pas non plus. Il a le trac, c'est vrai, mais s'il éprouve des frissons, c'est surtout parce que la femme aux longs cheveux noirs a les yeux fixés sur lui depuis quelques minutes. Il détourne la tête. Au large, sur la mer, il distingue des lumières de navires qui dérivent lentement. Le phare du Planier balade son faisceau à une vitesse qui, en comparaison, lui semble étonnamment rapide.

Il n'aurait jamais imaginé pénétrer un jour dans une de ces villas perchées sur les collines du Roucas Blanc. Le quartier des grandes familles marseillaises, qui ont fait fortune dans le savon, l'huile ou la brique, à ce qu'on lui a raconté. Il est impressionné par la façade de la grande bâtisse, d'un blanc éclatant, inondée de la lumière des projecteurs cachés dans les massifs qui tapissent ses pieds.

Il s'appelle Marko. Il a encore l'air d'un adolescent.

Il dirige à nouveau son regard vers la femme. Elle lui rappelle sa mère ; il aimerait chasser cette pensée, mais elle est tenace. C'est peut-être l'épaisse chevelure sombre. Les yeux en amande, les pupilles d'un noir vif. Elle est debout dans la piscine, parmi d'autres figurants, accoudée au rebord, de l'eau jusqu'à la taille. Elle tient une coupe de champagne à la main, qu'elle porte à ses lèvres de façon compulsive. Elle avale gorgée sur gorgée en bougeant la tête le moins possible, en s'efforçant de garder le buste droit et le menton en avant. Elle porte un collier de grosses perles rouges et une robe noire échancrée, dont les pans ondulent à la surface, comme la voile d'un bateau chaviré. Marko se demande ce que son regard cherche à lui dire. « Cache mieux ton sexe », ou l'inverse, peut-être : « Montre-le-moi ». Cette pensée aussi, il essaie de la refouler.

Le groupe d'une demi-douzaine de comédiens dont elle fait partie est regroupé dans un angle de la piscine, le corps à moitié immergé, dans une position figée, la tête tournée dans la même direction. Ils sont tous habillés, les hommes en smoking et nœud papillon, les femmes en robe de soirée. Chacun a une coupe de champagne à la main. Non loin d'eux, sur la plage en teck, des valises et des sacs ont été disposés avec soin. De vieilles malles, semblables à celles des émigrants du film *Titanic*. Il y a cinq minutes, Walter, le réalisateur, répétait ses instructions pour la énième fois, en tournant lentement autour de la piscine, pieds nus et en short :

– Vous ignorez ce qui va se passer ainsi que les raisons pour lesquelles vous êtes là. On vous a demandé de vous foutre à l'eau et on vous a offert à boire. Vous vous demandez pourquoi. Vous n'avez pas eu le choix. On va exiger quelque chose de vous. Peut-être vous faire du mal… Ou vous sauver. Vous êtes juste inquiets. Pas terrifiés. Vous regardez vers le garage parce que s'il y a une menace, c'est de là qu'elle viendra.

Le garçon a alors songé aux histoires que ses parents lui ont raconté sur la guerre, aux images qu'il a vues, celles des scènes qui ont précédé le massacre de Srebrenica. Des groupes de gens apeurés, sommés de se préparer à prendre la route en ignorant ce qui les attendait.

Il observe les mains épaisses du cameraman, puissantes et velues. Les siennes lui paraissent chétives, trop fines pour couvrir sa nudité. Deux autres garçons ainsi que deux jeunes filles sont à ses côtés, dont sa cousine Lana, solidement campés sur leurs jambes, à espérer comme lui que le réalisateur réclame le silence pour commencer le tournage. S'il a bien compris, la caméra les montrera en train de fixer, avec une expression de malice, le groupe dans la piscine. Lana aura droit à un gros plan sur son visage. Walter a craqué sur elle et lui a dit qu'elle serait la vraie star de son film.

La Menace: c'est le titre de la vidéo de deux minutes qu'il s'apprête à tourner. Il prétend vouloir faire l'inverse de ce que l'on voit habituellement dans un film, avec ces plans plus ou moins fixes qui montrent des gens en action. Lui veut des personnages immobiles, comme dans un tableau; c'est la caméra qui se déplacera autour d'eux pour créer le mouvement.

À l'autre bout de la terrasse, dans un espace délimité par une rangée de palmiers nains décorés de guirlandes lumineuses, un groupe d'invités s'agite autour d'un buffet. Ils ne participent pas au tournage. Le garçon ne perçoit que des chuchotements et des rires étouffés. Il vient de repérer Josip, en train d'expliquer quelque chose à un auditoire composé de deux hommes en chemisette et d'une femme en robe rouge, en faisant des gestes circulaires de la main, qui semblent dire: « C'est le serpent qui se mord la queue. »

Marko fait du théâtre depuis ses huit ans, mais il n'a jamais joué dans un film. Il a accepté parce que c'était bien payé. Et parce que la proposition venait de Josip. On ne refuse pas une offre de Josip, c'est ce que sa mère lui a répété d'une voix troublée. Avec tout ce que Josip fait pour la communauté, les Croates, les Bosniaques, les Kosovars, et même quelques Serbes. Il a financé la création de l'association Balkans-sur-Mars, en ouvrant un grand local en centre-ville. Marko y passe de temps en temps pour jouer au baby-foot ou pour raconter des contes en croate aux plus petits. Mais il ne l'aime pas vraiment, Josip. Les autres jeunes non plus. Toujours à rabâcher qu'il a réussi, lui. En plus, il est Serbe. Ils viennent de la même ville, lui et Marko. Knin, ex-Krajina. Sauf que Marko est croate. Quand il était petit, ses deux oncles étaient fiers de raconter ces journées d'août 1995, quand, arme à la main, ils avaient repris les faubourgs de Knin, rue par rue, face à une armée serbe désorganisée. Josip dit qu'il faut oublier la guerre civile, que c'est du passé. Que c'est l'art, seul, qui rapproche les peuples et qui panse les plaies. Il connaît beaucoup d'artistes et Walter est un de ses vieux amis.

Le garçon commence à en avoir assez. Ça fait un quart d'heure qu'il poireaute à cette place. Il a repéré cet invité, les yeux humides et brillants, le nez tordu, assis dans un fauteuil à bascule, jambes croisées, un pied se balançant nerveusement, qui a fait pivoter son siège pour mieux le fixer. Une espèce de pervers. Il détourne la tête et hausse les épaules. Qu'il aille au Diable bouffer de la terre sèche, Josip, c'est la dernière fois qu'il accepte un plan de ce genre, et peu importeront les récriminations de sa mère.

Il sursaute quand il entend Walter crier: « En position! », ce qui implique, pour le garçon, de retirer ses mains de son pubis et de se tenir droit, face au groupe de la piscine. Il sent l'énergie qui circule à nouveau entre ses testicules et son sexe. Il entend les respirations de ses amis, à ses côtés, qui se font haletantes. Il contemple l'eau fluorescente de la piscine. C'est là que tout se joue, pense-t-il. La menace ne peut venir que de là. Il se racle la gorge, comme pour s'éclaircir la voix, prend conscience de ce réflexe inutile et sourit, tandis que, dans son dos, le réalisateur crie: « Moteur! ». Le garçon serre les fesses, crispe la mâchoire, et se concentre sur l'expression de son visage. Il fronce les sourcils et contracte les muscles jusqu'à ce qu'un sourire sardonique s'y dessine. Il regarde dans les yeux la femme au collier de perles rouges. Elle en fait trop, elle paraît avoir peur. Les autres comédiens ont également la mine décomposée. Ils semblent pétris dans la même angoisse. Un faisceau de regards apeurés convergeant vers un point légèrement sur sa gauche, derrière lui. Il reconnaît que le tableau est parfait. Les seuls mouvements sont ceux des pans de vêtements qui dansent mollement à la surface de l'eau.

Il croit avoir compris ce que le réalisateur veut montrer. Des gens humiliés. Il se rappelle ce documentaire que son père lui a passé un jour, et le visage de ce Bosniaque soigneusement rasé, vêtu d'un costume impeccable, qui vient d'être séparé de sa femme par les soldats de Mladic. Il a maintenant un nœud dans la gorge. Dans la piscine, les personnages sont encombrés par leur costume et par la coupe de champagne qu'ils tiennent à la main. Elle est peut-être là, l'humiliation. Ces costumes trop beaux pour eux, comme s'ils ne leur avaient été donnés que pour mieux habiller leur peur. Le garçon ressent à présent toute la puissance, obscure, de cette masse d'eau pourtant transparente.

La nature de la menace importe finalement peu.

– À chacun de la fantasmer, de l'imaginer, leur expliquait encore Walter cet après-midi, alors que les comédiens écoutaient les consignes, assis sur des transats et des fauteuils en bois, à l'ombre des parasols.

Le cameraman, courbé, tenant la caméra à bout de bras devant lui à cinquante centimètres du sol, passe lentement à la droite du garçon, suivi de près par le réalisateur qui se déplace sur la pointe des pieds. Marko sent presque l'œil de la caméra sur sa peau. D'un mouvement délicat, le cameraman tourne l'objectif vers les trois hommes et les trois femmes dans l'eau. Il avance d'un pas réglé, longeant la piscine à un mètre du bord. Il les contourne et s'immobilise derrière eux jusqu'à avoir, dans le même alignement, le groupe dans la piscine, de dos, Marko, de face, et au dernier plan, l'ouverture du garage. Marko l'a détaillée, en arrivant. C'est une inquiétante bouche d'ombre bordée de dizaines de bougies fixées sur des tiges de métal qui renforcent cette impression d'obscurité profonde, épaisse et aspirante. Une musique s'en échappe soudain. Des violons, des nappes de synthés, des arpèges de guitare au son grillé, des roulements de tome basse et des cymbales.

Walter a admis qu'il n'était pas encore fixé sur la chute du film. Qu'il y réfléchirait au moment du montage. Quand, dans l'après-midi, alors qu'il répondait aux questions des comédiens, son assistant l'a interrompu pour lui demander d'une voix fluette s'il n'était pas plus pertinent que la menace vienne du large, il a répondu fermement :

– Non, le danger vient toujours de l'intérieur.

L'autre a repris sa marche, caméra à l'épaule, toujours talonné par le réalisateur. Ralentissant le pas, il s'approche de la cavité sombre, puis s'arrête à une dizaine de mètres de celle-ci et manipule la molette du zoom. Puis il lève la main.

– Coupez! crie Walter.

Il assène une tape amicale sur l'épaule du cameraman avant de le pousser vers la grande table sur laquelle sont disposés consoles et écrans. Il lance aux comédiens:

– Ne bougez pas encore. Le temps de visionner pour m'assurer que la prise est bonne.

Il a insisté sur le fait qu'il ne voulait en faire qu'une seule.

Marko se retourne. Lana lui fait un clin d'œil. Il l'avait presque oubliée. À l'aise dans sa nudité, les mains croisées derrière la nuque, elle semble battre des ailes, comme pour se dégourdir les muscles. Elle lui lance:

– Tu vas pouvoir te rhabiller, Marko. Dommage, j'aimais bien regarder tes fesses.

Il rougit. Il sent à nouveau la chaleur dans son bas-ventre. Lana est plus âgée que lui. Il sait qu'elle l'allume et que ça s'arrête là. Elle l'aime bien, mais il n'a aucune chance avec elle, elle traîne avec des mecs plus vieux, des racailles. Lui n'est encore qu'un môme. Il a envie de cracher par terre.

Les invités regroupés dans le coin de la terrasse ont à présent les yeux tournés vers eux. Marko voit Josip, concentré, qui tire sur un cigare. Et, juste à côté de lui, un homme aux yeux sombres, en costume, à la coupe de cheveux classique, raie sur le côté, qui dévore Lana du regard. Elle l'a vu, elle aussi. Elle se mordille les ongles, ce qu'elle ne fait jamais. Marko se dit qu'elle non plus ne devrait pas accepter ce genre de travail.

Un cri de victoire provient de la table de montage. Penché sur l'écran, à côté du cameraman, Walter a les yeux brillants. Il se redresse soudain, triomphant, et lance:

– On a fini! C'est excellent, vous avez été merveilleux, tous!

Les comédiens sortent de l'eau et entreprennent d'enlever leurs fringues trempées pour ne garder que leur maillot. Elles sont lourdes et collent à la peau. Marko se dirige d'un pas pressé vers l'une des baies vitrées, suivi par les autres adolescents. Ils ont abandonné leurs habits dans une petite pièce éclairée par une ampoule basse consommation, meublée d'un canapé et d'une immense penderie. Aucun n'a envie de parler, ils se précipitent en silence sur leurs vêtements. Le garçon jette un regard vers Lana, qui agrafe son soutien-gorge. Elle a déjà remis sa culotte. Il ne connaît pas les autres, et se demande comment ils se sont retrouvés ici. Peut-être sont-ils de vrais comédiens, eux. Un gars vêtu d'un tee-shirt « Marseille accélère » entre sans avoir frappé, des enveloppes à la main. Il lit des noms à voix haute, avant de les distribuer aux uns et aux autres. Marko glisse la sienne dans sa poche, sans même en vérifier le contenu, puis il quitte la pièce et regagne la terrasse. Il crève de soif. Il cherche Lana des yeux. En vain. Les invités se sont dispersés, ils entrent et sortent de la maison, certains se sont postés au bord de la piscine pour poursuivre leur discussion. Il attrape un verre sur le buffet et se sert un coca. Il le vide d'un trait. Se ressert. Un assistant a entrepris de débarrasser le plancher des valises et des sacs, qu'il transporte deux par deux pour les ranger dans le garage, déjà encombré par un tas d'accessoires.

Son sac !

Quand il est arrivé, il l'a posé sur un fauteuil du petit salon, à l'étage, pour chercher dans ses poches sa convocation et la montrer à un assistant. Il a oublié de le reprendre. Il entre dans la maison et prend l'escalier. La rampe est ornée de motifs sculptés. Il a envie de vider les lieux rapidement, à présent. Peut-être devrait-il proposer à Lana de la raccompagner en scooter. On leur a donné de l'argent pour un taxi ; elle préférera sans doute. Il n'est pas très à l'aise dans ce décor. Au mur, une série de tableaux avec un fond blanc, tous traversés par une ligne rouge, mais jamais au même endroit, horizontale dans l'un, verticale ou diagonale dans les autres. Ce sont à nouveau des images de la guerre qui lui viennent à l'esprit. Il se demande vraiment si l'art a des « vertus pacifiques », comme le dit Josip. Parvenu à l'étage, il emprunte un couloir sombre. Ce n'est pas le bon chemin, se dit-il aussitôt. Il n'ose pas allumer. Des éclats de voix lui parviennent d'une pièce. Il hésite, puis se dirige vers la porte fermée.

C'est Lana qui crie :

– Lâche-moi, connard, tu t'imagines quoi ?!

Sans hésiter, le garçon ouvre la porte. Sur un lit occupant presque toute la chambre, un type est assis sur sa cousine, allongée, et lui maintient les poignets en essayant de l'embrasser dans le cou. C'est l'homme aux yeux noirs, celui qui la dévisageait il y a quelques minutes sur la terrasse.

Elle gueule :

– Marko !

Tout se passe très vite. Le jeune Croate sait se battre et il n'a pas peur. Alors que l'autre fait un geste pour lui ordonner de foutre le camp, Marko lui expédie un crochet dans la tempe. Le gars est projeté hors du lit. Lana se relève et réajuste sa robe.

– Quel imbécile ! Il a foutu la transaction en l'air juste parce qu'il est saoul et qu'il pensait qu'il pourrait me baiser, merde !

Elle quitte la chambre en lâchant des injures en croate, ses tongs dans une main, un sac dans l'autre. Le gars s'est relevé, il souffle comme un bœuf. Les muscles de son visage tremblent, ses yeux balayent la pièce. Il a l'air d'hésiter sur la conduite à tenir. Finalement, il saisit un cendrier en pierre et se jette sur Marko, en essayant de le frapper au visage. Pas assez vif. Marko esquive, lui balance un coup de poing dans l'estomac. L'homme se plie en deux en geignant. Marko a sorti son cran d'arrêt de sa poche et l'a ouvert. L'autre se redresse et s'apprête à frapper à nouveau. Sans réfléchir, Marko lui donne un coup de couteau, il sent la lame qui entaille la chair. Pris de panique, il pousse l'homme des deux mains. Celui-ci valdingue contre le mur avant de s'écrouler au sol. Il referme le couteau, le glisse dans sa poche et quitte la pièce. Une fois dans le couloir, il se met à courir pour rattraper Lana. Elle boite.

– Tu es blessée ? lui demande-t-il en passant un bras sous son aisselle pour la soutenir.

– J'ai juste pris un coup dans le genou. Ça fait un mal de chien, mais ça ira. Et toi ?

– J'ai déconné, Lana… Mais t'inquiète pas, je l'ai pas tué. La lame l'a juste éraflé.

Il se sent fébrile, regarde dans toutes les directions. Des rires viennent de la terrasse, mais ils sont seuls dans cette partie de la maison.

– Il faut qu'on appelle quelqu'un, non ? Une ambulance ? Putain, ils vont m'arrêter… Lana, on se tire de là, vite, j'ai mon scooter dehors.

Elle fronce les sourcils et prend une grande inspiration.

De son sac de sport, elle tire une sacoche en cuir et la tend à Marko.

– Garde-moi ça et casse-toi. Je vais me débrouiller. Je vais peut-être aller chercher Walter, il saura quoi faire. Et j'appelle mon copain, il va se pointer et me tirer de là.

Elle saisit son portable, pianote sur deux touches et le porte à son oreille.

Marko resserre sa prise sur la poignée de la sacoche.

Il lance un dernier regard à Lana avant de gagner le salon, où il récupère son sac. Puis il se hâte vers le vestibule.

– Tout va bien, mon garçon ? Vous nous quittez ?

Une femme s'approche de lui, un verre à la main. Il baisse la tête en ouvrant la porte d'entrée. Il court ensuite jusqu'au portail, fouille dans sa poche pour trouver ses clés. Il détache l'antivol, s'installe sur la selle et met le contact.

Alors que le deux-roues s'enfonce dans la ruelle sombre, il revoit le visage enragé du type. Il espère qu'il ne l'a pas trop amoché. Il repense à cette inscription tracée à la bombe sur un mur d'Arles, qu'il a vue lors d'une sortie avec l'association : « Une fois, ça compte pas, une fois, c'est jamais ».

1

Adossé au conteneur de collecte du verre, le jeune homme balance son buste d'avant en arrière, soulignant chaque mouvement d'un hochement de son énorme tête, au front proéminent. Tatouées sur son cou, des gueules monstrueuses crachent dans le même élan flammes, éclairs et grains de beauté rugueux. Les paupières tombantes, les lèvres retroussées, il a l'air un peu demeuré. D'une main, il se cramponne à une béquille, de l'autre, il tient contre son oreille son portable qui diffuse du Keny Arkana : « Regarde comme on est que de la gruge/ Dur de sortir de la ruche/Dans nos têtes c'est le grabuge/La paix a brûlé sur la bûche ». Le regard vide tourné vers l'entrée du parking, il semble sur le point de s'endormir debout.

Phil sourit en songeant qu'au lieu de monstres, le minot aurait dû se faire tatouer un oreiller sur la nuque. Avec la gueule de bois qu'il tient, il se dit que lui-même serait bon pour aller se faire tatouer une crise sur le foie.

Il se retourne, jette un œil vers le Gabian qui, quelques dizaines de mètres plus loin, accueille les journalistes. Ceux-ci se massent autour du vieux camping-car couvert de motifs psychédéliques et flanqué du slogan de Timothy Leary, « *Turn on, Tune in, drop-out* ». Phil secoue la tête. Tout ça finira mal. Si seulement son copain Max avait eu la bonne idée de l'envoyer bouler, quand Phil lui a demandé de le remplacer au bar pour la journée. Mais il ne pouvait pas laisser tomber le Gabian.

– Tu as bien compris, Phil ? lance le guetteur. Dès que je mets Akhenaton à fond, c'est que les condés rappliquent. Ils connaissent bien mon père, ils l'ont toujours bien reçu à l'Évêché. Pour pas l'offenser, ils lui filent un sandwich sans jambon quand ils le foutent au trou. Je voudrais pas qu'ils s'imaginent que je fais la vigie. S'ils me chopent, ils le feront payer à mon père à sa prochaine garde à vue. Et c'est pas comme si je pouvais m'enfuir en courant…

Il s'immobilise pour exhiber sa béquille, l'air navré, puis il désigne la camionnette.

– Alors, c'est un artiste, ton copain ? Tu sais, nous aussi, on sait peindre au pistolet.

Il rit à sa blague puis crache par terre avant de reprendre son balancement et sa surveillance. Il ne doit pas avoir plus de quinze ans. Quand Phil et le Gabian sont arrivés avec le camping-car, une heure plus tôt, et que le Gabian a entrepris de négocier sa présence sur les lieux avec les jeunes dealers qui squattent le parking, le môme à la béquille s'est dirigé vers Phil en boitant, lui proposant de lui soutirer son cuir contre un peu de cocaïne. Phil a rétorqué qu'il tenait à son cuir et ne se camait jamais. Quand il a ajouté : « La drogue assagit le potentiel insurrectionnel des masses », il a lu du respect mêlé à un zeste de compassion dans les yeux hagards du garçon.

Ses copains sont éparpillés par petits groupes sur le parking à moitié désert, certains près des barrières de péage, d'autres assis à l'ombre d'une petite construction en béton. Las des menaces à l'encontre des anciens gardiens, le propriétaire excédé a vidé les lieux, rapidement investis par les dealers. Depuis des mois, ils gèrent eux-mêmes le parking, se relaient pour lever manuellement la barrière, imposant aux automobilistes un tarif unique de cinq euros. Bien qu'ignorant tout du concept de guérilla urbaine, ils ont ainsi conquis et occupé le parking de la Porte d'Aix sans rencontrer la moindre résistance. En guise de riposte, histoire de faire une démonstration de force, les flics se sont rabattus sur les Roms, les chassant de l'espace qu'ils squattaient au pied de l'Arc de Triomphe, de l'autre côté des voies, et plantant des CRS sur les pelouses pour dissuader quiconque d'y poser ne serait-ce qu'un pied. Les jeunes peuvent donc continuer à rentabiliser le parking, devenu aussi un spot très couru pour la vente de drogues, dont l'héroïne blanche, depuis que les noceurs upper-class qui fréquentent les apéros-platine des bords de plages ont découvert qu'ils peuvent adoucir leur descente de coke en inhalant cette came de qualité supérieure, réputée sur les trottoirs de Marseille dans les années quatre-vingts mais qui avait quasiment disparu depuis.

Phil sourit en balayant du regard le fameux « parking volé », dont l'histoire a fait la une des journaux. Il contemple les façades fissurées des vieux immeubles, dont des pans entiers de béton menacent de dégringoler sur les passants. Les fenêtres ouvertes ressemblent à des bouches aphteuses desquelles pendent des tapis, comme autant de langues qu'on voudrait faire taire : des femmes tapent dessus avec ce qui leur passe par la main, de la tringle à rideau au balai à chiottes. On est au cœur de la ville, en face du conseil régional, à un quart d'heure à pied du Vieux-Port. La Porte d'Aix est une enclave qui a retenu entre ses murs crasseux des milliers de migrants et d'exilés qui se croyaient en transit lorsqu'ils ont débarqué, loin de penser qu'ils s'installeraient dans du « provisoire-qui-dure ». Souvent toute une vie. Les trottoirs et la chaussée sont parsemés de chantiers abandonnés, de tranchées jamais rebouchées qui débordent d'immondices. Certains politiques parlent d'un « hypercentre replié sur lui-même », d'autres évoquent un fœtus mal formé développant ses excroissances jusqu'aux champs d'immeubles détruits et autres bretelles d'autoroutes qui le ceinturent. Une sorte de zone tampon immuable dans son insalubrité, sa saleté et la petite délinquance qu'elle génère, coincée entre la gare qui vend de la Grande Vitesse, le port qui lorgne vers les horizons lointains et cette frontière sociale et ethnique, comme ils disent, la Canebière.

Phil fait un signe au guetteur et entreprend de rejoindre la petite foule agglutinée autour du camping-car. Des badauds s'approchent, en majorité des hommes à la démarche traînante, des barbus vêtus d'une djellaba qui tombe sur des baskets, rejoints par des gamins et quelques femmes tirant des chariots d'où dépassent des légumes.

Le Gabian serre des mains, embrasse des joues et flatte des ego, tandis que photographes et cameramen tripotent leur matériel. Il a l'air d'être tombé des Sixties. Un bandana retient ses cheveux longs, il porte des lunettes d'aviateur, une salopette en jean sur un tee-shirt de Grateful Dead couvert de badges, dont un qu'il s'est confectionné lui-même, sur lequel il a écrit : « Libérez Carlos, le terroriste tout nu et tout bronzé. »

– Nous sommes prêts, Phil. Pratiquement tous les représentants de la presse locale sont là. Avant que notre ami ne commence son speech, je vais dire quelques mots. Ne reste pas à l'écart, j'ai besoin que tu te sentes impliqué : le rock'n'roll et le LSD comme amplificateurs cosmiques liant l'orgasme à la révolution, ça fait partie de tes fondamentaux, non ? L'heure de la messe a sonné.

Phil grimace.

– Gabian, t'es mon pote, tu sais que je te suivrai partout, mais ne compte pas sur moi pour avaler une de ces foutues pilules en guise d'hostie, ni pour passer le moindre morceau de Supertramp.

Le Gabian hausse les épaules. *Crime Of The Century* est le seul album qu'il a emporté, après avoir passé une demi-heure, au petit-déjeuner, à tenter de convaincre Phil que Supertramp était un authentique groupe de rock psychédélique. À tout hasard, Phil a quand même glissé un disque de Jefferson Airplane dans la boîte à gants.

Le Gabian fend la foule – une cinquantaine de personnes, à présent – et monte sur la petite estrade aménagée devant le camping-car. D'un geste, il réclame le silence et se met à déclamer, en prenant à peine sa respiration :

– Mes amis, vous êtes tous pressés de voir Marseille consacrée capitale européenne de la culture, n'est-ce pas ? Vous aimez votre ville, vous voulez la voir briller aux yeux du monde, au moins jusqu'à Lille ou Strasbourg, alors ne vous y trompez pas : ce n'est que sur les artistes indépendants et insoumis que vous pourrez compter, pas sur les larbins figurant sur les programmes officiels !

Il baisse la tête, prend un air faussement penaud et dit, d'une voix basse :

– Oui, sur des gens comme moi.

Il s'emporte à nouveau :

– Après *Allemagne, année zéro*, *New York 1997* et *2001, l'Odyssée de l'espace*, bientôt *Marseille-Provence 2013*… On a quoi, pour l'instant, pour paver les chemins de la culture, à part Clara Morgane dédicaçant ses calendriers chez Virgin ? Une nouvelle sculpture monumentale à Arenc : deux sumos géants en train de soulever un conteneur. Grotesque : les dockers n'accepteraient jamais de bosser dans cette tenue. Ensuite ? On célèbre enfin Rimbaud : il n'y avait plus une ruelle ou une traviole disponible alors on a donné son nom à la salle d'attente de la Gare Saint-Charles ! Pourquoi pas aux toilettes pour hommes ? Et là, les techniciens de la culture vous achèvent en pondant l'un des événements phares de 2013 : une grande transhumance, avec des milliers de moutons venus d'Italie, du Maroc ou de Camargue. « Infiltrer l'animalité dans l'urbanité », c'est ce qu'ils disent. Ils vont être contents, les loups ! Bref, tout ça ne vaut pas un clou.

Phil le coupe :

– Depuis peu, on voit fleurir des pochoirs de Baudelaire sur les conteneurs à poubelles des Catalans : c'est un signe que la résistance s'organise, non ?

Le Gabian le fusille du regard. Les journalistes ont tourné la tête et le dévisagent.

Le Gabian poursuit :

– Il ne faut en aucun cas laisser le pouvoir organiser et présider des manifestations culturelles. L'artiste ne joue son rôle que quand il n'est pas assujetti au politique. L'art, le vrai, celui qui va changer nos vies et nos visions, ne peut naître que des écarts de conduite. Quand le projet échappe à son concepteur. Notre seule mission est de faire dérailler tout ce qui relève d'un plan, à commencer par le quadrillage de nos propres existences. Nous sommes des créateurs d'accidents. Comme cette Brésilienne qui a construit un poulailler, y a installé des poules dont elle a coloré les plumes. Les plus timides ont pris de l'assurance et, peu à peu, les comportements ont changé :

c'est tout l'ordre social du poulailler qui a été bouleversé. L'art est votre seule chance de voir votre cité transformée.

Phil admire le bagout de son ami. Le Gabian s'est fait connaître, il y a une quinzaine d'années, en confectionnant des poupées avec de la graisse issue de liposuccions qu'il emballait ensuite sous cellophane, et qu'il frappait d'un code-barres. Aujourd'hui, il vend ses tableaux des dizaines de milliers d'euros à des collectionneurs japonais et américains tout en étant toujours ignoré dans sa ville natale. Il a installé son quartier général dans une villa sur les hauteurs de Saint-Julien où, depuis deux mois, il héberge Phil et son fils Milan.

– Je vais maintenant céder la place à un homme politique qui va vous parler d'horizons nouveaux et d'utopies. Ce qui, a priori, ne relève pas de ses compétences, me direz-vous. Mais celui-ci est un visionnaire. C'est un ami personnel et celui de toute la communauté arc-en-ciel. Il a de grands projets pour Marseille. Je vous demande d'applaudir Jo Minnelli.

Les journalistes se mettent à chuchoter. Le Gabian descend de l'estrade et ouvre la porte du camping-car. En sort l'élu, un verre à la main, débraillé, la mine et le nœud de cravate défaits, affichant un grand sourire mêlé de tics nerveux. Jusqu'à ce matin, Phil avait à peine entendu parler de lui. Il sait juste que c'est un conseiller municipal, peut-être général ou régional, et une grande gueule. Ce qui ne le distingue guère des autres politiques marseillais.

– Mes chers concitoyens, merci de nous honorer, le Gabian et moi-même, de votre présence. À travers vous, amis journalistes, honorables passants, piétons tranquilles ou intranquilles, c'est à tous les Marseillais que j'entends m'adresser. Ah, Marseille ! Je viens de faire un merveilleux rêve : il y avait de la rosée sur les trottoirs du Panier, des champs de tulipes autour de la Major, les gens s'enlaçaient sous les porches des immeubles, les grues du port charriaient des tonnes d'amour et les dockers sifflotaient des airs de Lady Gaga… Rendez-vous compte : deux mille six cents ans d'histoire vous contemplent. Que vous soyez un nourrisson ou un vieillard, un homme, une femme ou un transsexuel, que vous soyez asthmatique, diabétique, impotent, incontinent, vous demeurez tous égaux face à la grandeur passée de notre ville.

Il compte sur ses doigts, comme pour s'assurer qu'il n'a oublié personne. Les journalistes se sont figés, la bouche arrondie, les yeux écarquillés. La plupart d'entre eux ont renoncé à prendre des notes.

– Je sais, ce monde vous semble hostile. Nous, Marseillais, avons adopté une attitude de repli. Nous sommes amers. Notre ville est enlisée dans la crise, son avenir nous paraît bouché. Parce que ceux qui la dirigent depuis des années nous ont convaincus que le cabanon, les collines, la garrigue, les santons ou l'aïoli, tout ce qui fait notre art de vivre et notre folklore ringard, étaient censés à la fois nous protéger et nous grandir. Nous avons conquis les sept mers, tissé des liens avec les contrées les plus reculées ; nos quais témoignaient il y a un siècle du succès de nos expéditions lointaines, on y trouvait de tout, oui, de tout, même des cheveux et des os d'animaux, des squelettes d'ânes, de chiens et de chacals destinés à nos usines de produits chimiques. Sans parler des tonneaux de rhum et des vins d'Algérie, des olives et des cacahuètes : la nation nous doit d'ailleurs le concept d'apéro dînatoire « world », lancé ici, sur l'un de nos môles !

Il se mouche bruyamment, puis poursuit.

– Mais nous avons perdu notre créativité. C'est de cela que je veux vous parler aujourd'hui, à l'heure où nous nous préparons à devenir une ville capitale.

Minnelli se rapproche des journalistes médusés et parle d'une voix plus douce.

– Relâchez vos épaules, madame ; monsieur, décroisez les bras, c'est une attitude de fermeture. Tout le problème des Marseillais est là, voyons. J'aimerais que vous vous donniez la main pour mieux sentir cette force que chacun porte en lui.

Les journalistes reculent d'un pas et s'écartent les uns des autres, jetant un regard autour d'eux pour prendre la mesure de leur espace personnel.

– Cessons de voir le monde à travers ces éternels clichés : l'OM, le reggae-aïoli, les calanques, le comte de Monte-Cristo, Marcel Pagnol, la Bonne Mère ou l'Estaque. On ne bâtit pas une identité sur cette mythologie réductrice et mensongère. À propos de Marcel Pagnol, d'ailleurs, qu'on nous dise enfin ce qui lui est vraiment arrivé dans son enfance… On est prêt à encaisser même les révélations les plus terribles.

Il fait une pause, lève les bras, comme pour interpeller le Tout-Puissant. Phil est rassuré de voir qu'une jeune journaliste restée un peu à l'écart est prise d'un fou rire. Elle croise son regard et agite son index contre sa tempe, comme pour lui demander si Minnelli est siphonné. Phil acquiesce et lui fait un clin d'œil. La fille saisit son sac à ses pieds et vient se poster à côté de lui.

– D'habitude, c'est un homme assez réservé, presque ennuyeux, chuchote-t-elle. On dirait qu'il a pété un plomb. Vous faites partie du staff ? Je peux vous interviewer, après le discours ?

– Je suis à votre disposition. Je n'essaierai pas de faire mieux que lui, mais je vous parlerai avec mon cœur.

Elle hausse un sourcil, puis sourit à nouveau. Phil l'aime bien, cette fille. Peut-être à cause de ses yeux de chat et de ses longs cheveux bouclés.

Devant, les journalistes commencent à trépigner. Minnelli est maintenant silencieux et il fixe la petite foule. Il ne cesse de s'essuyer la bouche du revers de la manche. L'un des journalistes demande :

– Où voulez-vous en venir, à la fin ?

Minnelli brandit un journal.

– Regardez la presse. Je comprends que mes concitoyens s'indignent d'une hausse de 200 % de la taxe d'habitation, mais j'aimerais vous inviter à voir les choses sous un autre angle : cessez de considérer que votre demeure, c'est votre maison, votre appartement, votre cabanon, votre HLM… Ce ne sont pas quatre murs et un toit qui définissent votre place dans le monde. Apprenez plutôt à habiter autrement votre esprit : devenez nomade à l'intérieur de vous-même, trouvez ces fronts d'air chaud qui circulent dans vos têtes et empruntez-les, ce sont des couloirs ascensionnels qui vous permettront de vous élever.

Le journaliste, sur un ton agacé :

– Vous proposez quoi, concrètement ? Les gens ne vont pas voter pour vous simplement pour mieux habiter leur corps et leur esprit ! Vous avez un programme ou non ?

– Ah, ce besoin de concret… Les programmes disent tous, entre les lignes, la même chose : « Cessez de vous demander ce que Marseille peut faire pour vous, blablabla, et demandez-vous ce que vous pourriez faire pour elle. » À part la serrer dans vos bras et la consoler en lui répétant que tout ça n'est pas grave, je ne vois pas. Moi, je dis : ne votez pas utile, mais agréable. Mais ne vous laissez pas enrôler dans les légions des défaitistes, retrouvez la confiance en renouant avec les forces vives de votre imagination. Marseille a besoin d'être réinventée, elle a besoin de votre part de liberté, celle de l'artiste qui sommeille en vous. On m'a accusé de vouloir transformer la ville en kolkhoze, vous vous rappelez ? Mieux : je veux en faire un immense dancefloor. On oublie que Staline est l'inventeur du free hug et que le marxisme-léninisme se danse aussi.

Il entonne le refrain de *Bella Ciao* en enchaînant quelques pas de danse maladroits, le poing levé.

Puis il s'arrête net, les mains sur les hanches, comme une top model concluant son défilé, et il reprend son baratin.

– Libérons-nous du poids du tragique qui, soi-disant, collerait au destin de cette ville. Arrêtons de pratiquer la résistance passive, la sieste non violente, la montée des chemins de croix à genoux et les concours de dépôts de cierge ! Et assez des Saints ! Sainte Marthe, Saint Joseph, Saint Loup… C'est de performeurs et de rock stars dont notre communauté a besoin !

L'autoradio crache les premiers accords de *White Rabbit* tandis que le Gabian, qui vient de lancer le CD, ressort du véhicule et rejoint Phil. Il lui souffle à l'oreille :

– J'ai opté pour l'Airplane, tu vois. Il est formidable, non ?

– Du pur James Brown, Gabian… Mais il transpire de plus en plus et il pâlit à vue d'œil. Attention à la redescente.

Minnelli s'est assis par terre, les coudes posés sur les cuisses et les mains jointes sous le menton. Un journaliste s'est agenouillé et a collé l'objectif de sa caméra à un mètre du visage de l'élu, qui reprend, d'une voix fatiguée.

– Nous, les politiques, quel devrait être notre rôle ? Nos performances doivent dépasser le simple cadre de ces foutues promesses jamais tenues. Nous devons vous inspirer, demeurer au plus proche de vos envies, de vos désirs, et nous le ferons ensemble, ce voyage qui nous mènera vers les états modifiés de la conscience. Allez cueillir ces petits bonbons, avalez-les, envolez-vous comme un ballon empruntant ce courant d'air chaud, et rejoignons-nous là-haut pour ne faire qu'un… La fusion est la politique de l'avenir.

Un journaliste, récupérant le calepin qu'il avait rangé dans sa poche :

– « Allez cueillir les petits bonbons ? » Vous avez pris de la drogue, c'est ça, et vous demandez aux gens d'en consommer à leur tour ?

À voix basse, tel un conspirateur :

– C'est entre nous, d'accord ? Oui, je suis en plein trip de LSD.

Les cameramen plissent davantage les yeux en tripotant avec application le zoom de leurs caméras. Un jeune gars qui mâchouillait son stylo se met à cracher des bouts de plastique, un autre reboutonne sa veste, comme s'il avait froid. Phil se tourne vers son ami et lui souffle :

– C'est là qu'on va se faire pincer, non ?

– Il y a des chances, mais regarde ce ciel bleu, c'est un beau jour pour mourir. C'est pour ça que j'ai voulu que tu sois à mes côtés aujourd'hui. Cesse de t'affoler, il n'a ingurgité qu'une petite dose, il n'est pas totalement passé de l'autre côté.

Phil commence à en avoir sa claque. Il songe que les discours des politiques devraient être formatés comme les chansons des Ramones et ne pas dépasser une durée de trois minutes.

L'élu reprend, de plus en plus essoufflé :

– Le Gabian est un vieil ami, mais il s'est comporté en traître. Il m'a servi ce matin un verre de jus d'orange au LSD. Il me l'a avoué juste avant votre venue. Je me demandais ce qu'il m'arrivait, je ressentais des trucs bizarres, j'avais envie de danser sur les sirènes des camions de pompiers. Je n'avais pas pris de psychotropes depuis mes vingt ans. Drôle d'effet. Puis arrive ce moment où tout s'éclaire, où le monde cesse d'être une énigme, où toutes ces antennes paraboliques que vous apercevez sur les balcons appellent à un grand dialogue intersidéral. Alors je ne lui en ai plus voulu, au Gabian. Rappelez-vous qu'on nous avait promis un méga bug, en 1999. Et puis rien, sinon le sentiment de s'être fait avoir. Et là, enfin le bug!

Il s'interrompt brusquement, lève les yeux au ciel et semble suivre le vol des mouettes, le regard perdu, avant de lancer:

– Oh, et puis zut, à toi la parole, Gabian.

Il va s'asseoir sur un plot en béton.

Depuis quinze jours, le Gabian sillonne la ville avec son camping-car et organise des acid tests sur le modèle de ceux de Ken Kesey et de ses Merry Pranksters dans l'Amérique des Sixties. Kesey et Neal Cassady avaient baptisé leur bus *Further*; le Gabian a appelé le sien *Plus Loin*. Deux mots gravés sur une plaque de métal fixée au-dessus du pare-brise. Il se gare sur des placettes, à Belsunce, au Prado, aux Chartreux, et il commence par balancer de la musique à fond dans les enceintes accrochées au toit du véhicule, en général du rock psyché, avant de faire distribuer des acides par les dealers du coin – qui lui présentent plus tard la facture – aux minets pop, aux clodos, à tous les zonards et à tous les curieux incurables. Il délivre ensuite des diplômes de trip, sur le mode des acid tests graduations. Phil ne l'a accompagné qu'une fois. Il l'a vu remettre leur « diplôme » à des SDF en train de beugler des chansons à boire, à un jeune couple de rastas en train de se peloter debout sur une table de café, et à quelques cagoles qui n'avaient pourtant rien ingurgité. Phil trouve la plaisanterie douteuse, d'autant que son public est en général à des années-lumière de la contre-culture. Jusque-là, le Gabian a échappé aux flics. Ils ont fouillé deux fois la camionnette, mais il n'est pas assez bête pour se faire prendre avec un stock de dope.

Phil commence à être nerveux. Son ami vient de reprendre la parole. Il vocifère.

– La liberté est du côté de la déformation du réel, c'est ce que nous ont enseigné les grands rêveurs de la Nation arc-en-ciel des années soixante! Gobez-le, ce bonbon, vous verrez s'agrandir les murs de cette monumentale galerie d'art qu'est le monde, vous réaliserez que votre existence, telle que vous la perceviez, n'était qu'un photomontage. Votre cité vous apparaîtra plus vivante et mouvante, comme elle le fut aux yeux de Walter Benjamin, quand il se promenait sur le Vieux-Port en fumant du haschich. La réalité foutraque de Marseille, le côté cosmique, surréaliste et psychédélique de cette ville ouvrière, pauvre et oubliée, qu'on veut bombarder capitale post-industrielle d'avant-garde, c'est sous acide qu'elle se révélera à vous dans toute sa vérité nue.

Un journaliste le coupe.

– Vous poussez les gens à prendre de la drogue? Vous en distribuez vous-même?

– Je défends l'usage du LSD, cela ne constitue pas un délit, il s'agit de liberté d'expression. Encore une fois, le LSD permet de voir clair dans nos existences désorientées, comme le disait John Sinclair, l'ultime gourou de la contre-culture américaine. Je prône, comme lui, le rock'n'roll, la dope et la baise dans la rue. Le LSD ouvre la voie vers le futur, une route si large qu'elle semble adaptée aux dimensions du ciel. Mais je n'en vends pas, chacun son métier.

Les journalistes tournent alors la tête en suivant le regard du Gabian, qui lorgne ostensiblement du côté des dealers. Ceux-ci stoppent leurs conversations et font de grands sourires.

Phil voit la journaliste sortir un micro, manipuler les boutons de réglage d'un enregistreur et lever les yeux vers lui.

– Je peux avoir votre avis sur tout ça?

– Je m'appelle Phil. Je n'ai aucune responsabilité dans ce qui est en train de se passer. Je suis juste curieux de voir comment ça va dégénérer. Je ne fais qu'accompagner et soutenir mon ami, le Gabian. Je suis une sorte de pom pom boy, si vous voyez ce que je veux dire.

– Vous ne vous investissez pas beaucoup, dans ce cas. La chorégraphie, la tenue vestimentaire, vous ne vous êtes pas foulé. Qu'est-ce qu'il cherche à faire, exactement, le Gabian?

Elle a des petits yeux verts brillants, de longs cils, des lèvres charnues et un sourire ravageur. C'est en s'évertuant à lire dans ce genre de regard que les hommes réalisent qu'ils sont illettrés. Elle doit avoir à peine plus de la trentaine.

– L'idée du Gabian, c'est que sans LSD, les politiques tiennent des propos d'une stupidité et d'une indigence affligeantes. Le préfet, qui affirme : « Nous sommes dans une spirale plutôt positive. » Le ministre de l'Intérieur qui balance : « Il y a à Marseille une immigration comorienne importante qui est la cause de beaucoup de violence. » Vous ne les préféreriez pas sous acide, tous ces abrutis ?

Phil se trouve soudain pompeux. Il ajoute :

– Vous-même, dans votre profession, vous devriez réhabiliter le gonzo-journalisme et faire vos interviews sous acide.

– Avez-vous pris, vous-même, du LSD ?

– Pourquoi pas porter une chemise hawaïenne, tant que vous y êtes ? Pas mon genre. Mais encourager le Flower Power et réhabiliter la planante à une époque où certains minots ne connaissent que les tournantes, ça mérite d'y réfléchir. Le Gabian ne cherche qu'à restaurer les valeurs traditionnelles, la solidarité, l'amour, le sens de la communauté. S'aimer les uns les autres : peut-être qu'en s'y mettant à plusieurs, avec un peu de bonne volonté, ce serait une affaire réglée avant la fin de la journée, qu'est-ce que vous en pensez ?

– Vous me draguez ?

Phil est parti pour s'enfoncer. Rien ne le retient plus, la journée est définitivement sortie de son orbite.

– Je travaille dans un bar où se produisent des groupes de surf punk, d'acid metal et de trash funk… Le *Rage Machine*. Que diriez-vous de partager vos biens, de tout quitter et de venir y passer la soirée de demain ?

Elle éteint son appareil, le range dans son sac et lui fait un clin d'œil.

– Je crois au potentiel culturel de cette ville. Davantage qu'aux vertus du surf punk. Merci quand même.

Alors qu'elle tourne les talons pour rejoindre ses confrères, Phil se rappelle cette phrase que lui répétait sa mère : « Apprends à t'exprimer avec franchise et justesse ; on peut se sentir vaincu d'être incompris et il n'y a pas pire sentiment de défaite. »

Il constate que la foule a encore grossi. Le parking est envahi de curieux, certains se sont assis sur le capot des voitures, une canette à la main. Aux fenêtres, des gens sont accoudés aux rambardes, partagés entre amusement et inquiétude. Un dealer passe parmi les journalistes, exhibant un sac rempli d'acides. Sans succès.

Minnelli a repris la parole.

– Vous pensez que je bluffe, hein ? Gabian, c'est le moment.

Le Gabian pénètre alors dans le camping-car et il en ressort avec un club de golf. Il déplace l'estrade de quelques mètres et tend la canne à Minnelli. Celui-ci la saisit. Il secoue lentement la tête, comme pour détendre les muscles de son cou, et il sort une balle de sa poche, qu'il montre à la foule.

– Cette balle porte une inscription : « Sans art, la politique n'est qu'une utopie. » L'heure est venue de faire passer le message.

Il monte sur l'estrade, pose la balle au centre et se positionne pour la frapper, répétant le mouvement par petits gestes avant de s'immobiliser, les yeux fixés sur la balle.

– Le golf est un sport privilégié, où l'on est à la fois en soi-même et en harmonie avec le monde. On en a marre, des politiques de façade, alors regardez ces baies vitrées, là-bas. Oui, la façade du conseil régional.

Il lève sa canne aussi haut qu'il le peut, puis frappe d'un coup sec. Le swing parfait. La balle fend l'air et on voit au loin la vitre teintée du bâtiment exploser. Minnelli se tourne vers le parterre de journalistes et de curieux stupéfaits et fait une révérence.

Certains l'applaudissent. Un gars hurle de joie d'un balcon. D'autres crient des insultes et rapidement, des détritus se mettent à voler. Des noyaux d'avocat, boîtes de conserve et canettes vides ricochent contre le camping-car. Phil crache un juron. Il s'attendait à tout, sauf à ça. Mouvement de panique. Il est bousculé. Il voit Minnelli, la tête entre les mains, se diriger vers la sortie du parking d'un pas rapide et mal assuré. Il trébuche et se rattrape en plaquant ses avant-bras contre le flanc d'une voiture, il s'y adosse puis se laisse glisser au sol. Il se retrouve allongé par terre et semble se débattre contre un ennemi invisible. Il gueule :

– Je tombe, je vais m'écraser, retenez-moi, bon sang !

Les cameramen s'approchent, les journalistes rangent leurs carnets et sortent leurs portables pour filmer la scène. Le Gabian se gratte la tête, l'air sceptique.

– Aïe, déjà l'heure de la redescente ? Je pensais qu'il était capable d'encaisser… Phil, on va avoir un souci.

– Ça fait pas un pli, c'est pour ça que tu m'as fait venir, non ?

Le Gabian sort son téléphone et compose un numéro. Phil l'entend demander une ambulance. L'un des dealers se penche vers Minnelli puis se tourne vers le Gabian :

– Bad trip. On pourrait lui faire sniffer un peu de blanche ? Il redescendrait mollo, votre ami.

Le Gabian secoue la tête.

– Pas question. On va pas donner dans la polytoxicomanie, non plus. Une ambulance va arriver.

Les journalistes se sont écartés, certains s'agitent, le téléphone collé à l'oreille.

Le Gabian vient de jeter un verre d'eau à la figure de l'élu, qui continue de gigoter mais qui a cessé de brailler. Phil sent qu'on le tire en arrière par le col. C'est le guetteur, qui a abandonné son poste.

– Tu es bouché ou quoi ? vocifère-t-il. Je viens de passer deux morceaux d'Akhenaton ! Le signal ! C'était pas assez fort, peut-être ? Il y a même un keuf qui battait le rythme sur le volant en chantant le refrain. Ça fait dix minutes qu'ils sont garés devant, tu les vois pas ? Ils vous attendent dehors, ils viendront pas vous choper ici.

– Ils nous « attendent » ?

– Oui. Le Gabian et toi. Pour vous embarquer, frère.

– Comment tu le sais ? Ils ont rien contre moi, que je sache.

– Je viens de parler avec un cousin. Ils ne sont pas là pour la dope, ils ont dit qu'ils voulaient l'artiste et son collègue. Les « deux babas cool fouteurs de merde », ils ont dit. C'est bien le Gabian et toi, non ?

– « Baba cool » ? Je suis un enfant des années quatre-vingt, mais passons... Pourquoi ils ne viennent pas nous arrêter ici, nous plaquer au sol, nous passer les menottes et nous lire nos droits ?

– Ben c'est chez nous, ici ! Leurs chefs veulent pas d'histoires, ils leur ont demandé d'éviter la confrontation et de pas entrer dans le parking. Bon, vous faites quoi, vous voulez vous casser par la ruelle, derrière ? On peut faire une diversion, si tu veux.

Ce jeune est moins demeuré qu'il en a l'air, se dit Phil. Mais il n'a aucune envie d'une course-poursuite dans les minuscules ruelles encombrées par les étals des vendeurs à la sauvette. Il fume deux paquets de cigarettes par jour et la dernière fois qu'il a couru, il était à sec et le tabac était sur le point de fermer.

Une ambulance pile devant la barrière de péage. Un ado s'approche et échange quelques mots avec le chauffeur, qui entre alors dans une rage folle. Phil le voit balancer un billet de cinq euros par la fenêtre, que l'autre attrape au vol. Il lève ensuite la barrière en sifflotant comme si de rien n'était.

Tandis qu'elle stoppe au niveau de la petite foule et qu'un flic en civil, talkie-walkie à l'oreille, se presse vers les ambulanciers, l'un des dealers se dirige vers Phil et le Gabian.

– Il faut que vous partiez. Les flics nous foutent la paix, mais là, ça va se compliquer. On préfère qu'ils vous coffrent à l'extérieur. Pas de flag sur notre parking. Dis donc, Gabian, tu t'es moqué de nous ? Tu nous avais dit qu'on ferait des affaires, mais le stock de médocs, il est quasiment intact. Tu vas nous indemniser ? J'en ai refourgué un seul. Les journalistes, ils préfèrent rester clean pour pondre leurs conneries sur la came, les dealers ou la politique, c'est ça ?

– J'étais loin d'imaginer qu'ils avaient cessé de se droguer. Ça expliquerait la crise de la presse. Bon, la BAC nous attend, Phil. Il faudra être délicat avec eux, ils filent un mauvais coton, ils en sont réduits à patrouiller, à contrôler les sans-papiers et les fumeurs d'herbe. Sans parler de leurs collègues ripoux qui se sont fait prendre la main dans le sac. Ça les rend susceptibles.

Le Gabian se tourne vers le dealer.

– Omar, rends-moi un dernier service : on peut vous laisser le camping-car jusqu'à ce soir ou demain ? Les clefs sont dessus.

– O.K. Et stresse pas, c'est un parking surveillé. Jour et nuit.

Phil s'impatiente.

– Bon, on va pas s'éterniser, non ?

– J'arrive. Une minute.

Le Gabian marche vers les journalistes, serre à nouveau des mains, on lui tape sur l'épaule, mais cela ressemble davantage à de la compassion qu'à un geste destiné à le féliciter. Il échange deux mots avec les ambulanciers, récupère son sac dans le camping-car et retrouve Phil, qui jubile. La jolie journaliste vient de lui faire un signe de la main, comme pour l'inviter à la rejoindre. Il s'est contenté de désigner la voiture banalisée à l'arrêt. Il la regarde sortir du parking, admirant la légèreté de sa démarche, jusqu'à ce qu'elle disparaisse derrière le kiosque. Alors qu'ils arrivent à quelques mètres du véhicule, un flic en civil en descend et, sans un mot, ouvre la porte arrière. Phil s'engouffre dans l'habitacle et le Gabian s'installe à son tour sur la banquette couverte de taches de gras.

Le véhicule démarre au moment où l'ambulance sort du parking. Le flic fait signe au conducteur de passer.

– Il n'a rien de grave, Minnelli, souffle le Gabian. Un léger malaise. Ils lui ont filé un truc, il pionce. Ça doit être une insolation. Je lui avais dit de mettre sa casquette, mais les gauchos, tu ne peux rien leur dire, tout de suite c'est oppression et compagnie. Tu vas voir qu'il m'en voudra.

Phil aperçoit les dealers en train de pousser les journalistes vers la sortie. Il s'adresse au flic.

– Vous nous emmenez au commissariat ?

– Non, on va à la plage. Vous avez vos maillots ?

Le flic désigne les jeunes.

– Ils perdent rien pour attendre, ces petits branleurs.

– Je vous comprends. Il n'y a plus de jeunesse. On se met à dealer du crack, puis on pratique le gang bang et on finit par oublier la fête des mères. L'escalade.

– C'est ça, faites le malin.

Le flic vient de régler l'autoradio sur une station qui diffuse du Queen.

« *Mama mia let me go.* »

Phil a envie de lui demander s'il n'a pas plutôt un best of de Police, mais il décide de la fermer. À côté de lui, le Gabian a posé la tête contre la vitre, les yeux fermés, comme s'il comptait piquer un somme.

La voiture roule vers l'Évêché. S'il croise le père du guetteur en garde à vue, Phil lui dira tout le bien qu'il pense de son fils.

2

Assis par terre, dos au mur et jambes allongées, Phil palpe ses poches pour trouver son paquet de cigarettes. Il se rappelle alors qu'il l'a remis à l'accueil, avec ses papiers, son portable, son briquet et sa monnaie. Ils lui ont laissé ses clés. De l'humour flic, peut-être. Le Gabian est étendu sur la planche épaisse qui sert à la fois de banc et de lit, les mains derrière la tête, les yeux fermés. Il ronfle bruyamment.

C'est la première fois que Phil se retrouve en taule. Il a vécu toutes sortes d'épisodes déplaisants au cours de sa vie, mais pas celui-ci. Il pense à tous ceux qui l'ont précédé ici. Au père du guetteur, qui est peut-être dans une cellule voisine. Aux violeurs, aux dealers, aux arnaqueurs, aux tueurs et aux détraqués en tout genre. Pas mal d'innocents aussi ont dû séjourner dans cette cage puante. Phil se les représente, apeurés et tremblant, recroquevillés à l'angle d'un mur, la joue collée contre la surface graisseuse qui dégage une odeur âcre, comme si on s'était appliqué à le tartiner de beurre rance. L'image le fait ricaner.

Une pensée lui vient à l'esprit : « Personne n'est innocent ».

Son sourire disparaît brusquement, comme happé à l'intérieur de lui-même et aussitôt broyé et dissous dans son estomac par l'acide gastrique. Il EST à sa place entre ces quatre murs. Depuis ce jour où, à Knin, en Croatie, il est devenu, en l'espace de quelques minutes, complice d'un meurtre. Il y a plus de dix-sept ans. Il maudit cette forme d'amnésie sélective qui fait qu'on n'efface jamais tout de sa mémoire, et jamais ce qu'il faudrait. Tout ce qu'on fait, c'est descendre du passé en rappel. Avec toujours la même corde, travaillée par l'usure. Les faits s'enchaînent, ils ne s'additionnent pas ; le mal qu'on a commis, ce qu'on a foiré. La vie, ce sont les rushes, on ne passe pas par la table de montage, on ne corrige rien.

Ça n'est pas comme ces graffitis sur les murs, faits au bic, au marqueur, ou gravés avec un objet pointu : là, il suffirait de poncer, de reboucher les trous, puis de repeindre.

« Jacques Chirac was here ».

« Malik, fils de chienne ».

Des insultes, des prénoms, dont au moins celui d'une femme. Plusieurs « Nique ta mère ». Parfois « Nik », parfois « ta mer ».

Il a eu le droit de passer un coup de fil. Il est tombé sur la messagerie de Milan. Il lui a assuré qu'il s'occuperait du repas du soir mais qu'il serait peut-être retardé.

Milan a invité ses copains à dîner.

Phil ignorait l'existence de son fils jusqu'à la mort de sa mère, Sofia, il y a cinq ans. Il l'a alors accueilli à Marseille. Ils ont appris à se connaître et ils se sont attachés l'un à l'autre. Il estime qu'il doit juste aider Milan à continuer de se construire, sans en faire trop, comme s'il avait pris un chantier en cours. Il ne s'agit plus de l'éduquer. Que pourrait-il bien lui enseigner, à part lui apprendre à éviter les crevasses, parce que ce monde est troué de partout ?

Phil a été absent de l'enfance de Milan, c'est un peu comme si on la lui avait volée. Désormais, ils partagent un quotidien presque tranquille ainsi que des souvenirs de Sofia qui ne se recoupent pas.

On ne peut pas prévoir l'avenir, mais c'est surtout le passé dont on ne sait jamais ce qu'il nous réserve, songe Phil.

Il se rappelle cette discussion entre deux gars en combinaison de travail, au zinc d'un bar de Belsunce. C'était avant que Milan arrive. Ils étaient plombiers ou électriciens, ils venaient de déjeuner et ils buvaient une gnôle quelconque en guise de pousse-café en se remémorant des souvenirs communs. Ils avaient tous les deux fait de la prison. L'un des gars était un jeune homme blond avec un visage d'enfant enthousiaste. Il racontait, amusé, que le jour de sa libération, les matons l'avaient laissé partir avec le frigo de la cellule.

« Pour m'aider à m'installer », avait-il ajouté.

L'autre, mine sombre, voix sourde, avait acquiescé. Le jeune avait ensuite commenté les différentes failles des systèmes de surveillance et de sécurité des établissements pénitentiaires :

– La prison de Nice était mal foutue, il y avait un angle mort que les caméras de sécurité ne pouvaient pas capter. On y faisait ce qu'on voulait, c'était notre espace de liberté.

Phil s'était alors dit que depuis des années, depuis son séjour en Croatie, en 1995, il s'était efforcé de mener sa vie dans cet angle mort. Une poche à l'écart du monde et des regards.

Des images douloureuses lui reviennent à l'esprit.

Il avait voyagé en Yougoslavie avant la guerre, au début des années quatre-vingt-dix. Il s'y était fait des dizaines d'amis. Quand le conflit avait éclaté, un an plus tard, il avait tenté de les joindre. En vain. Puis il y avait eu le siège de Sarajevo. Il avait manifesté avec d'autres, tous ces soirs de l'hiver 1993, pour la levée de l'embargo sur les armes pour les Bosniaques. Il s'était senti impuissant et il avait alors élaboré un projet aussi illusoire que stupide : retrouver les groupes de rock yougoslaves et leurs membres, toutes origines confondues, dont ceux du combo culte Azra, pour les convaincre d'organiser une sorte de Woodstock sur la côte dalmate. Trois jours de concerts pour la paix.

Il s'était décidé sur un coup de tête, en une nuit, alors qu'on venait d'annoncer un énième cessez-le-feu. Le matin, il avait bouclé son sac et réservé un billet d'avion pour le soir même. Arrivé à Split, il avait pris un train et s'était retrouvé dans cette petite ville d'ex-Krajina, au cœur de la Croatie. Knin. Une enclave que l'armée croate venait de reprendre aux Serbes.

Il s'était cogné à la sordide réalité et avait enterré ses projets. Puis il avait rencontré Sofia, serveuse au bar du grand hôtel devenu le quartier général de l'armée croate. Ils avaient eu un coup de foudre. Il ne lui avait fallu que quelques minutes pour tomber amoureux d'elle. Son regard d'une étroite profondeur, ses yeux tristes, son visage à la peau soyeuse et cette douceur qui affleurait mais qu'elle gardait enfouie. Et surtout, cette fêlure fascinante qu'elle portait sur elle, au fond de laquelle elle s'enfonçait inexorablement.

À Knin comme ailleurs, les maris, les frères, les amis – les enfants, parfois – de ces femmes croates qui avaient été violées par leur voisin, leur patron, parfois leur beau-frère serbe, traquaient ces derniers. Sofia elle-même avait retrouvé l'un de ses bourreaux. Il ne se cachait pas. Celui qui l'avait violée respirait le même air qu'elle, dans la même ville.

Alors que les combats continuaient, que l'on croisait dans les rues les soldats qui vérifiaient leurs armes avant de monter dans le camion qui les mèneraient au front et qui parfois tiraient des coups en l'air pour rappeler que la guerre était toujours là, pas loin, parce qu'il restait des poches de résistance, elle avait décidé qu'elle allait le tuer, cet enfoiré de Serbe.

Elle répétait qu'elle se foutait du T.P.I. et de ces conneries sur la justice. Elle ne voulait que la vengeance.

Par amour pour elle, dans un état de confusion mentale et émotionnelle avancé, Phil l'avait aidée.

Il la revoit à califourchon sur l'homme qu'il l'a aidée à saucissonner. Une main écrasant le coussin contre le visage de son violeur, l'autre tenant le flingue dont le canon est enfoncé dedans, pendant que Phil, en retrait, les bras ballants, attend qu'elle appuie sur la détente.

Le coup de feu résonne encore dans sa tête. Il est interminable, ce temps pendant lequel un être humain meurt. Surtout quand on a assisté son assassin.

Il se repasse mentalement une autre scène. Quelques jours plus tard, sur le quai de la gare. Il vient de monter dans le train qui va l'éloigner définitivement de Knin. Sofia pleure à chaudes larmes, cherchant en vain un mouchoir dans ses poches. Elle lui fait un signe de la main qui veut dire à la fois « Je t'aime » et « Disparais à jamais ».

Ils ignoraient alors tous deux qu'elle portait un enfant de lui. Qui grandirait seul avec sa mère à Knin. Il n'a plus jamais eu de nouvelles de Sofia. Jusqu'à ce qu'il apprenne sa mort, d'un cancer, il y a cinq ans, et qu'il fasse enfin la connaissance de Milan, puis qu'il adopte son propre fils.

Phil tourne la tête vers le Gabian, qui vient de s'asseoir, le buste droit, les mains posées sur ses genoux, paumes vers le plafond. On pourrait penser qu'il médite, il a plutôt l'air de savourer la situation. Il sourit.

– Tu rêvasses, Phil ? fait-il, sans ouvrir les yeux.

– Je réfléchis à la façon dont on pourrait s'évader. En général, il suffit de creuser un tunnel avec une cuillère, non ?

– Détends-toi. On va bientôt venir nous chercher pour nous foutre dehors.

– Chouette, on va retrouver les voyous en liberté et les exclus.

– Les vrais exclus sont ceux qui ne planent pas.

– Arrête ces conneries.

Quand il lui a demandé si Minnelli ne risquait pas de porter plainte contre eux, le Gabian a rigolé.

– Même si j'avais distribué du LSD au baptême de ses enfants, il n'aurait pas bronché. Je le connais depuis longtemps, je te l'ai dit. Je l'ai aidé à faire des fausses cartes du parti, il y a des années. Ne me regarde pas comme ça, c'est pas comme si j'avais participé à l'assassinat de quelqu'un.

Phil est capable de tout encaisser de la part de son ami. Il sait que le Gabian est dénué de tout esprit malveillant.

Les flics les ont à peine interrogés, à leur arrivée à l'Évêché. Ils les ont fait asseoir dans un bureau tandis qu'à voix basse, ils discutaient entre eux. Phil n'a pas capté grand-chose. Il a juste eu l'impression qu'ils cherchaient un moyen de leur coller sur le dos un trouble à l'ordre public. Le Gabian affichait un visage serein. Il a fait observer qu'il ne détenait pas de stupéfiant et qu'il ne dealait pas. Il leur a même proposé de venir perquisitionner chez lui, puisqu'ils avaient déjà fouillé la camionnette de fond en comble. Ils étaient contrariés de devoir reconnaître, comme seul délit, un carreau du conseil régional cassé par une balle de golf projetée par un élu siégeant avec la majorité. On dit qu'ils sont sur les dents à cause de la multiplication des règlements de compte. Il y a quelques jours, un policier s'est fait tirer dessus à la kalachnikov par des truands qui rentraient d'un braquage ; ils venaient de voler des produits surgelés après avoir fracturé la porte d'un Picard.

Phil a été fasciné par les murs couverts de visages de personnes disparues. Des photocopies à l'encre à moitié effacée. Double peine pour ces pauvres gens. Presque aussi effrayant que le patchwork des bobines des employés du mois dans les chaînes de fast-food. Sur une étagère, il a tiqué en repérant une machine à écrire électrique, pas loin d'une cafetière à filtre. Une radio diffusait du jazz du genre Count Basie. L'un des flics a même sorti de sa poche un mouchoir en tissu pour s'éponger le front. Est-ce une sorte de choix politique ou éthique, de la part de la police, s'est demandé Phil, que de refuser de passer au XXIe siècle ?

Le Gabian se lève et s'approche de la grille.

Phil perçoit un bruit de pas qui résonnent dans le petit couloir. Un flic déboule et tourne une lourde clé dans la serrure. Il ouvre la porte.

– C'est bon, vous pouvez y aller. N'oubliez rien.

Phil soupire en gagnant l'escalier. Ils ont bien dû rester enfermés trois heures.

Il ne regarde même pas le papier qu'on lui fait signer à l'accueil, il récupère ses affaires dans un panier en plastique et il sort de l'Évêché. La lumière l'oblige à plisser les yeux. Il allume une cigarette en attendant le Gabian, qui s'évertue à expliquer aux flics pourquoi il est inique que l'État possède le monopole légitime de la violence, malgré ce qu'en dit Hegel. Ou Max Wall. Il n'est pas très sûr. Il a décidé de leur pomper l'air jusqu'à la dernière minute.

– Vous allez bien ? Ils vous ont torturé ?

Phil se retourne. C'est la journaliste de ce matin. Elle a dû sortir du commissariat juste derrière lui.

– Non. Il va falloir trouver une autre chute pour votre papier.

– Il est bouclé depuis un moment.

– Vous êtes efficace. Vous venez au commissariat à l'heure de votre pause ?

– Ça fait partie de la routine, de venir glaner une info ou deux à l'Évêché. Ce sont des copains, je passe à l'heure du thé, en général. C'est moi qui amène les gâteaux.

– J'imagine que vous avez dégotté des faits-divers un peu plus psychédéliques qu'une apologie du LSD dans un parking volé et un carreau cassé.

– Ne vous sous-estimez pas, vous nous avez offert de l'insolite. Les fusillades à la kalachnikov, les habitants d'un quartier qui chassent les Roms et incendient leur campement, le loup qui décime les troupeaux de brebis du Luberon, tout ça c'est de la gnognotte à côté de vos faits d'armes. De la drogue, de l'art, de la politique et du golf dans le même papier : de quoi redonner l'amour du métier à tous les faits-diversiers.

– Vous devriez inviter le Gabian à vos team building.

Phil se mord la lèvre. Il aimerait cesser de s'abriter derrière ses sarcasmes. Il désigne l'Évêché, d'un signe de tête, tandis qu'ils marchent vers la Major.

– On vous a servi de l'info de première main, avec votre thé ?

– Une petite bagarre hier soir. Couteaux et barres de fer. Deux types à l'hosto. Des racailles auraient agressé les occupants d'une maison du Roucas Blanc. Figurez-vous qu'on y tournait un film expérimental, d'après ce que j'ai compris. Il y avait un monde dingue, je ne vois pas très bien pourquoi des minots des quartiers seraient venus chercher des emmerdes là-bas… D'après les témoins, quand les jeunes se sont pointés, ils n'ont pas cherché à pénétrer à l'intérieur de la villa ; ils se sont mis sur la gueule avec des invités sortis à ce moment-là. En pleine rue. Cinq minutes plus tard, ils repartaient sur leurs scooters. Peut-être une histoire de drogue, un malentendu sur les tarifs…

Des minots des « quartiers ». Phil ne se lasse pas de cette formule. On dit rarement des « cités » ou des « quartiers Nord ». Ce que sous-entend pourtant l'expression.

– Au fait, je m'appelle Phil.

– Vous me l'avez dit ce matin. Éléonore Houzel.

Elle s'est arrêtée à l'angle d'une rue. Comme s'il était évident que leurs chemins allaient se séparer ici. Phil se passe la main dans les cheveux pour redresser sa discrète banane.

– Le vent se lève. J'en ai assez fait pour aujourd'hui, je vais rentrer au bercail, fier d'avoir si bien servi la cause de l'art contemporain et sans pester contre les heures sup' passées au cachot. Passez me voir au bar, le jour où vous vous ennuierez. Je fais de très bons cocktails à base de bière.

– Ça existe ?

– Une Pelforth fraise, par exemple. Ou un Monaco. Des boissons de fille, quoi.

Elle rit. Elle a l'air naturellement gaie, comme si la cargaison de catastrophes suspendue au dessus de nos têtes ne lui était jamais tombée dessus. Phil fouille dans son portefeuille et lui tend une carte de visite dont le logo est une tête de mort posée comme une tranche de citron sur le rebord d'un verre. Elle la prend sans la regarder et la glisse dans son sac, avant de déchirer une page de son carnet de notes et d'y griffonner un numéro.

– Appelez-moi le jour où vous monterez votre propre affaire de happening, je vous ferai un petit coup de pub.

Elle lui tend la main, il la serre délicatement.

– J'ai hâte de vous lire demain. J'aime déjà ce que vous faites.

Il la regarde s'éloigner puis rallume une cigarette en revenant sur ses pas. Le Gabian discute toujours avec un flic en civil devant la porte de l'Évêché. Il abrège la discussion en voyant son ami et le rejoint.

– Il faut récupérer le camping-car. Tu m'accompagnes ?

– Non, Gabian, j'ai promis à Milan d'aller le chercher.

Le Gabian a l'air déçu. Phil lui a menti, mais il a besoin de se retrouver un peu seul. Le bus ne lui fera pas de mal.

– À tout à l'heure, Phil. Merci de ton soutien, tu es un véritable ami.

– Je te dois bien ça, Gabian. Et ne roule pas avec Supertramp à fond, tu risquerais de te faire arrêter deux fois dans la même journée. La faute de goût est un délit majeur, au XXIe siècle.

Le Gabian hausse les épaules et tourne les talons pour aller récupérer son tas de ferraille bariolé. Phil traverse le Panier, puis longe le quai de la Mairie pour rejoindre l'arrêt de bus en bas de la Canebière.

Une fois tassé dans un siège, à l'arrière du véhicule, il met ses écouteurs dans ses oreilles.

Le rock est sa seule religion, les refrains des Clash les anti-prières les plus sûres qu'il connaisse.

« *Go straight to hell boy* ».

Le bus est secoué à cause des nids-de-poule sur la chaussée en cours de réfection. La ville est en train de subir une véritable opération de chirurgie esthétique. On remodèle les ronds-points, on élargit les trottoirs, on aménage des petits jardins et on plante des palmiers. On la triture jusqu'aux viscères : les conduits de canalisations sont mis à nu en attendant d'être rafistolés, laissant apparaître d'interminables tranchées dans l'enfilade des boulevards ; on creuse des trous à tous les carrefours, d'où sortent des câbles, des gaines et des boyaux en plastique aux embouts sectionnés. Partout, des montagnes de gravats, des barrières de métal tordues et des pans de palissades amoncelés en tas. D'innombrables lignes jaunes, continues ou pointillées, se superposent, se croisent et se mélangent sur l'asphalte, avec de nouveaux tracés qui s'ajoutent aux autres, jour après jour, offrant aux automobilistes une signalétique illisible, accentuant cette impression qu'aucune direction n'est sûre. Le sens de circulation est modifié quotidiennement. Même les piétons sont désorientés. Certains vieux Marseillais affichent une mine triste. Phil en a entendu qui pleurnichaient presque en affirmant que l'Europe du Nord était en train de leur voler leur ville avec la complicité des Parisiens.

Il sort son portable et envoie un message à Milan, pour s'assurer qu'il est bien sur le point de rentrer à Saint-Julien. Il sait qu'en ce moment, la vie n'est pas simple pour lui. Sa formation de pâtissier, au cœur d'une cité, est éprouvante. Il s'est fait tabasser deux fois en un mois. Ça ne l'a pas dissuadé de continuer.

– Dans un monde en miettes, on retrouve du sens en apprenant à faire des mille-feuilles, a-t-il lancé à son père, avec un clin d'oeil.

Ils sont par ailleurs obligés de squatter chez le Gabian, Phil s'étant toujours montré infoutu de conserver un boulot et un appartement plus de quelques mois. Et sa mère lui manque cruellement, plus que ces quatre dernières années.

Un texto de Milan. « Suis en route, flippe pas ».

Lorsqu'il descend du bus, à Saint-Julien, il réalise que le mistral souffle violemment. Il s'engage dans le chemin qui mène à la maison. Une route défoncée, bordée par de hauts murs qui cachent des villas avec piscine. Alors qu'il approche du portail de son ami, il aperçoit Milan de dos, à une cinquantaine de mètres sur le chemin, en discussion avec un homme qu'il n'a jamais vu. Il presse le pas pour rejoindre son fils. Milan semble faire des gestes d'apaisement. Son interlocuteur est un colosse qui mesure pas loin de deux mètres, coupe en brosse et cheveux grisonnants, le visage épais et marqué par des rides profondes. Milan s'exprime en serbo-croate.

– Tout va bien, Milan ?

L'adolescent sursaute et se retourne.

– Salut Phil. Ça baigne.

Il n'a jamais réussi à l'appeler « papa ».

– Tomislav est Croate, il ne parle pas bien le français. C'est le père de Marko, mon copain du centre de formation. Il s'inquiète pour lui, il pense qu'il est pas bien intégré. Rien de grave. J'essaie juste de le rassurer. Marko est un chouette gars, il s'en tirera. Je te rejoins dans cinq minutes, Phil.

Le type fait un signe de tête, sans décrocher un mot. Phil l'observe. Ses lèvres tremblent, ses paupières sont agitées par un tic nerveux. Il a peur.

Phil sent le rythme de son cœur s'accélérer brusquement.

Son fils vient de lui mentir.

Il est surpris car, à ses yeux, Milan incarne l'intégrité. Phil connaît le poids des mensonges et des secrets qu'on est obligé de porter. Milan sait que sa mère a été victime d'un viol et qu'elle s'est vengée en tuant son bourreau. Mais il ignore que Phil était présent ce jour-là.

C'est en tout cas ce que Phil préfère croire. Ils n'en ont jamais parlé.

Il ne souhaite pas que Milan lui ressemble de quelque façon que ce soit. Il a conscience qu'il ignore presque tout de l'instinct de paternité, mais il pressent que ce seront nos propres enfants qui nous enlèveront nos dernières illusions.

– D'accord. Je rentre, Milan. Rejoins-moi.

Il salue le gars d'un sourire appuyé. Il espère juste que ce n'est pas un ennemi, tout en se surprenant d'avoir employé en pensée un terme aussi chargé.

Il investit la cuisine et entreprend de disposer les ingrédients sur le plan de travail. Il découpe des cubes de fenouil qu'il mettra ensuite dans la cocotte, avec le filet de porc revenu avec des tranches d'oignons et de citron vert. Son plat de prédilection.

Il repense à Éléonore Houzel. Il se remémore les échanges qu'ils ont eus pour être certain qu'il ne s'est pas montré trop stupide et arrogant. Les relations humaines ne sont basées que sur un seul principe, pense-t-il. La rétention d'informations.

Phil dresse la table, dispose de longues et fines bougies de couleur.

Il se retourne. Milan vient d'entrer dans le salon.

– Que voulait-il vraiment, ce Tomislav ?

– Rien de grave, Phil. Je te vois tout le temps flipper pour moi. Mets-toi à ma place, c'est pas cool, cette image que tu me donnes. Marko, tu l'as déjà vu. Son père travaillait dans une boulangerie industrielle, à Split. Elle a fermé, il ne trouvait plus de boulot ; c'est lui qui a voulu que Marko fasse une formation de pâtissier. Ils sont arrivés en France il y a un an. Il s'inquiète, c'est tout. C'est la zone, le centre de formation, t'as bien vu… Chez les élèves, il y a de vrais dingues, et la direction refuse de les virer. Certains se sont retrouvés là parce que c'était ça ou l'application d'une peine de prison. Ils en ont rien à foutre, des cours. Tout ce qui les intéresse, c'est de harceler les profs et de les faire craquer. Ils leur proposent de venir s'éclater dans les caves avec eux, en leur disant de choisir une fille de la classe pour une tournante. Alors les filles s'énervent et le cours dégénère en baston. L'autre jour, un élève a expliqué au prof qu'il n'avait pas fait ses exercices parce qu'il avait fait le guet toute la nuit, et que c'était déjà bien qu'il se soit levé pour venir en cours. « Il faut bien croûter, monsieur », il a dit au prof, « c'est pas vous qui allez nous faire avoir un boulot ou donner du fric à ma mère pour nourrir mes frères ». Pendant le cours, la semaine dernière, des gars ont traversé la cité en courant et en tirant des coups de feu en l'air. Il y avait des femmes et des enfants, tout le monde s'est planqué derrière les voitures, les flics sont même pas venus. Le père de Marko, ça l'inquiète, c'est normal, il trouve que son fils, depuis quelque temps, est un peu… comment tu dirais ? Renfermé ? Je l'ai rassuré, je lui ai dit que Marko allait bien, je le connais, moi, il se laisse pas démonter, il fait ce qu'il a à faire. Les pères s'inquiètent tous, hein…

Milan est à bout de souffle.

– Tu n'as pas de problèmes, Milan ? Tu me le dirais ?

– J'essaierais. Allez, t'en fais pas.

Il sait exactement pourquoi il maronne. Parce que l'interlocuteur de Milan était Croate. Phil voudrait que Milan n'ait plus rien à faire avec aucun ex-Yougoslave. Ni avec tout ce qui touche à ce carnage.

Durant le dîner, Phil a du mal à se montrer enthousiaste. Le Gabian aussi a l'air tracassé. Les copains de Milan apprécient son repas, Phil les a laissés picoler et ils ont descendu la bouteille de vodka. Ils échangent des vannes en croate et se bidonnent, ils semblent se moquer de Phil et du Gabian. Quand Milan se livre à une imitation de son père, tout le monde éclate de rire. Sauf Phil, qui brûle de demander à son fils pourquoi son ami Marko n'est pas là. Il a soudain besoin d'être seul.

Le pétard de trop, peut-être. Celui qu'il est allé fumer dehors en douce pendant l'apéro.

Il salue tout le monde avant de se retirer. Milan se lève et serre son père dans ses bras. Une fois dans la chambre, Phil jette un oeil à la couverture de l'autobiographie d'Anthony Kiedis, le chanteur des Red Hot Chili Peppers, qui traîne sur sa table de nuit. Kiedis raconte que son propre père, qui dealait pour le tout Hollywood, l'a initié au cannabis quand il avait onze ans.

Phil est un bon père, il se le martèle encore et encore. Pour bien se l'ancrer dans la tête, au cas où quelque chose arrive un jour.

Il repense à ces trois heures de garde à vue, puis à Sofia.

Et la même phrase tourne dans sa tête, comme un refrain :

« Ne cherchez pas le monstre qui est en moi ; il est en vous ».

3

Ça fait deux heures que Phil subit le son saturé et cramé des guitares ainsi que le martèlement de la batterie, que le gringalet au torse et aux bras couverts de tatouages de panthères ne cesse de cogner sous prétexte de vérifier la tension des peaux. Il a à peine touché aux vis de réglage, il s'est contenté de répéter son solo primaire, sans nuances et sans finesse. Le groupe de métal qui va jouer ce soir au *Rage Machine* a débarqué en tout début d'après-midi. Trois hardos aux épaules voûtées, des cheveux longs qui tombent par mèches entières sur des visages offrant un stupéfiant accrochage de piercing. Des clous et des anneaux, des oreilles aux sourcils en passant par le nez et les lèvres. Le chanteur, tee-shirt de Korn et une douzaine de badges de groupes épinglés sur ce qui reste d'une veste en jeans datant sans doute des années quatre-vingt, a prétendu avec des trémolos dans la voix qu'il valait mieux prendre tout l'après-midi pour faire la balance. Il stressait. Phil lui a juste lancé :

– C'est votre premier concert, hein ?

L'autre a acquiescé en se passant la main dans les cheveux pour les remettre en arrière, geste qu'il a reproduit à l'identique une bonne dizaine de fois en attendant que Phil lui indique la scène et lui donne le feu vert pour brancher leur matos. Il a éclairé la petite estrade encombrée d'amplis, de câbles et de pieds de micro, il a servi trois bières sur le comptoir et il a ajouté :

– J'aime bien le nom du groupe. Caniche Nein. C'est mieux

qu'American Dog ou même Slaughter and The Dogs. Le rock est un truc qui aboie. Non, mais regardez Cat Power... Et je ne vous parle même pas des Byrds. Les Stray Cats sont une exception.

Il a alors lancé le CD de Them Crooked Vultures. *Dead End Friends.*

– Ah, les vautours aussi, on les garde au Panthéon du bestiaire rock.

«*I follow the road at night,*
Just hoping to find
Which puzzle piece fell out of me ».

Puis il a pointé le tee-shirt anti OGM du bassiste.

– Vous faites du rock engagé, c'est ça?

– Il y a un problème? On n'est quand même pas dans un rade de droite, ici ?

– Bien sûr que non. On est progressiste, on veut que les choses changent et si on en avait les moyens, tout le personnel serait transformiste. Mais ça n'est pas la question.

Le jeune homme a dévisagé Phil d'un regard méfiant.

– Tu vas voir où je veux en venir. Quand j'étais môme, le monde était plein de promesses, on nous assurait qu'en l'an 2000 on verrait enfin des ovnis et qu'on vivrait au milieu des robots. Trente ans plus tard, je n'ai toujours pas vu une seule soucoupe volante et ni ma télécommande, ni mon ordi ni mon portable ne sont foutus de ressentir la moindre émotion humaine. Tout ce qui nous reste d'un peu marrant à vivre, c'est le clonage, le nucléaire et les OGM. C'est notre dernière chance de nous métamorphoser, peut-être de muter. D'avoir enfin une troisième main ou un troisième oeil, par exemple. On devrait foncer sans se poser de questions, tu crois pas?

Le jeune garçon a esquissé un sourire ; le batteur, lui, s'est esclaffé avant d'enlever son tee-shirt et de sortir de son sac des baguettes avec des olives grosses comme des noix.

Il a exactement douze panthères tatouées sur le torse et les bras. Phil a compté.

Le bar est quasi désert, à cette heure-ci. Il n'y a que celui qu'on surnomme « Dérouille », un redskin qui, en général, s'assied sans un mot face au zinc et fait des sudokus en attendant que ses copains se pointent. Dérouille a juste ricané quand Phil a ajouté :

– Et puis songez à ces grands hommes qui sont forcément des organismes génétiquement modifiés : Alice Cooper, Ozzy Osbourne, Iggy Pop ou Rob Zombie.

Il jette un œil à la une de *La Provence*, où il est question, pêle-mêle, des Corses qui râlent contre les grèves de la SNCM, de la fac de lettres qui est la seule à être déficitaire, et des flics ripoux de la BAC Nord, pris la main dans le sac. Ils avaient mis sur pied un méga système de racket des dealers. Phil note avec satisfaction que *La Provence* est probablement le dernier quotidien francophone à employer le mot « malfaiteurs ». Il sourit en se disant que le déficit de la fac de Lettres a de beaux jours devant lui.

Quand son copain Max a ouvert ce troquet à la Plaine, il y a un an, il a aussitôt proposé à Phil d'y bosser comme barman. Phil venait de se faire virer de son boulot de vendeur dans un magasin de chaussures. Licenciement économique. La faute aux porteurs de tongs et aux va-nu-pieds, de plus en plus nombreux et qui coulent le marché de la chaussure de luxe, avait justifié son employeur.

Il l'aime bien, ce lieu. Ce vieux comptoir en zinc rugueux qui doit dater des années folles, avec ses frises dépolies, et cette configuration en enfilade qui mène à une autre salle, au fond, qui comporte une dizaine de tables et une estrade servant de scène de concert.

Max entre. Il fait l'ouverture, le matin, puis il va faire la sieste après le déjeuner, et il revient à l'heure de l'apéro.

– Salut Phil, je croyais que tu voulais l'enlever, l'écharpe de l'OM, au-dessus du bar.

Max et Phil sont comme deux frères. Si leur groupe Dystopia avait eu le succès qu'il méritait, ils se seraient fait appeler les *Glimmer Twins*, comme Mick Jagger et Keith Richards. Sauf que Max, guitariste aux doigts élastiques, n'a jamais rien fait pour la notoriété du groupe, lui a un jour balancé Phil.

– Tu penses à quoi ? a rétorqué Max.

– Un truc dans l'esprit de Keith : tomber d'un cocotier, te faire transfuser tout ton sang pour le purifier, sniffer les cendres de ton père ou de ta mère.

Max a les yeux brillants, les traits du visage asymétriques, le nez cassé et les sourcils épais. Une coupe en demi-brosse faite à la va-vite. À la Johnny Rotten. Il est constamment sapé d'une chemise noire et d'un Perfecto et il porte toujours des Creepers aux pieds. Le punk-rocker eighties. Il fait la bise à Dérouille, qui se replonge aussitôt dans ses sudokus, et vient s'asseoir sur un tabouret en face de Phil.

– Impossible de la virer, l'écharpe, les clients me lyncheraient, répond Phil, en lorgnant méchamment vers le bout de laine synthétique punaisé au-dessus des étagères à bouteilles et sur lequel est inscrit le sacro-saint slogan « Fiers d'être Marseillais ».

L'affirmation d'une identité collective liée à un territoire lui a toujours paru hasardeuse et cette devise lui évoque un truc à la fois anti-hippie, anti-punk et anti-traveller. Le reflet d'une culture de l'enracinement, qui jure presque avec l'autre mantra local : « Marseille, ville rebelle ».

Il sourit en se rappelant ce que disait ce vieux monsieur, ce matin, en buvant un café au comptoir :

– Vu que la majorité des artistes invités dans le cadre de la capitale européenne sont parisiens ou autres, ça va donner à la ville un petit air de fête exotique qui rappellera l'exposition coloniale de 1906, vous verrez.

Phil fait un café à son ami avant de glisser le panier à vaisselle dans la machine. Il appuie sur le bouton, s'assoit sur le rebord de l'évier et allume une cigarette.

– Il paraît que tu as passé ton après-midi en taule hier ?

– On devrait y aller plus souvent. Pour de brefs séjours. Ça remet les idées en place.

Max fait un clin d'œil à son copain. Ils ont le même âge, se sont connus à la fac, alors qu'ils manifestaient contre le siège de Sarajevo devant Notre-Dame de Paris. Quand Phil est parti en Croatie, Max l'a rejoint quelques jours plus tard. Il y a noué des contacts avec les voyous de Knin et s'est mis à organiser pour leur compte des convois de came entre Split et Marseille. Max n'a jamais été un casse-cou, encore moins un caïd. C'était juste quelqu'un qui s'ennuyait et qui n'avait peur de rien. Il s'est rangé avant que son nom n'apparaisse dans les dossiers des flics. Et parce qu'il a fini par prendre une balle qui a failli lui être fatale.

Max est le seul qui sache vraiment ce que Phil a fait à Knin.

Ils ont toujours été là l'un pour l'autre, dans les pires moments. Partageurs de catastrophes.

– Et Milan, il s'en sort?

Max a toujours eu le don de ramener Phil au temps présent.

– Je crois. L'avenir est à lui, c'est ce que les politiques appelleraient un « modéré ».

Dans la salle du fond, les membres de Caniche Nein ont repris leur raffut. Le bassiste a branché son instrument sur une pédale flanger. Phil déteste cet effet de son qui lui évoque les formes de la tôle ondulée. Il fait le tour du comptoir et désigne la porte de sortie à Max. Ils s'attablent sur le bout de trottoir aménagé en terrasse. En face d'eux, le grand parking de la Plaine, que traversent des femmes avec des cabas, des zonards désoeuvrés et des mômes qui sortent de l'école. Dans une heure, le lieu sera investi par les dealers qui proposent leurs marchandises vaguement dissimulés entre deux voitures. C'est le quartier le plus londonien de Marseille. Un vrai carrefour musical, où l'on croit encore aux vertus du look, de la frime et de la sape, où l'on peut encore croiser des punks, des gothiques et des rockabillies. Un îlot de résistance dans la capitale du rap, avec ses bouis-bouis infâmes et ses restaus pseudo-branchés, ses galeries d'art non subventionnées et sa faune de prolos bohêmes toujours entre deux petits boulots la journée, et entre deux plans dope et deux bars à musique la nuit. Beaucoup de toxicos ou d'ex-toxicos, des types auxquels il manque tellement de dents qu'on pourrait penser que la nature leur en avait donné trop sur la ligne de départ, des routards cabossés qui ne pensent qu'à draguer les petites bourgeoises de la rue Paradis venues s'encanailler. Ici, on a toujours servi du blues et du punk-rock, même si, avec la sophistication et le raffinement des années 2000, l'ère est à l'électro-pop. Des groupes réduits à deux membres vissés à leur table de mixage et à leurs ordis pendant les concerts. De plus en plus de jeunes gars, souvent étudiants, arborent une petite moustache, signe ultime de branchitude parisienne, et provocation ultime, qui signifie qu'on a enterré le punk mal rasé.

– La pudeur, chez certaines personnes, les pousse à cacher leur timidité, leur peur ou leur lâcheté. Milan, lui, ne supporterait pas qu'on décèle chez lui un manque d'entrain ou d'optimisme. Toujours à fond. Mais il parle beaucoup de sa mère, en ce moment. Je me suis toujours demandé ce qu'il savait de la vérité, de ce qui nous unissait vraiment, Sofia et moi.

– Votre foutu secret.

– Toutes ces années à le porter. À mesure que le temps passe et que Milan grandit, j'ai l'impression de me rapprocher à nouveau de ce cauchemar. Comme si j'allais à contretemps. À contresens. Tu sais, c'est cette idée fumeuse, comme quoi, dans la vie, on ne ferait que boucler des boucles.

– Alors que la vie n'est qu'un tunnel sans fin. Tu voudrais te racheter, c'est ça ? Ressaisis-toi, Phil. Ne ressassons et ne reproduisons pas les erreurs du passé, il est tellement plus créatif et excitant d'en faire de nouvelles.

Phil se lève et va chercher deux autres bières. Quand il ressort du bar, les jeunes métalleux lui emboîtent le pas. Le chanteur-guitariste fait un vague signe de tête et ils vont s'installer sur une marche d'entrée d'immeuble quelques mètres plus loin pour allumer un pétard.

– C'est Milan qui me relie à Sofia. C'est par lui que son souvenir demeure, il se trouve exactement à mi-chemin entre elle et moi. C'est ce qui doit lui peser.

Les deux amis trinquent, puis se mettent à boire en silence.

Jusqu'à ce que Phil se lève d'un bond.

– Merde ! Milan ! J'avais oublié, je dois aller le prendre au local de l'association pour l'emmener au concert de Punish Yourself.

– Tu choisis tes concerts en fonction de tes humeurs ?

– Max, sauve-moi la mise encore une fois, remplace-moi au bar ce soir.

Max bascule brusquement la tête en arrière en levant les deux mains au ciel.

– Putain, Phil!

Il secoue la tête comme un condamné.

– Allez, barre-toi.

– You're the one.

Un quart d'heure plus tard, Phil descend les allées Gambetta et se dirige vers l'association « Balkans-sur-Mars ».

Milan y passe une partie de ses mercredis après-midi avec d'autres ados et enfants originaires d'ex-Yougoslavie. Toutes leurs plaies ne sont pas pansées, mais l'association entend les aider à prendre conscience qu'ils sont des victimes de la guerre, même s'ils sont nés après la boucherie, et qu'ensemble, ils doivent s'unir pour pardonner à leurs parents et compatriotes.

Alors qu'il s'apprête à s'engager dans la rue Longue des Capucins, il s'arrête. Tassé dans un renfoncement d'immeuble, un homme est en train de surveiller la porte du local. Il se cache. C'est le père de Marko. Sans hésiter, Phil avance vers lui.

– Tomislav, c'est ça?

L'homme sursaute et manque de trébucher sur une marche. Phil le rattrape par la manche et l'autre le fixe avec étonnement. Phil est frappé par le nombre incalculable de pattes d'oie sous ses yeux.

Comme si ta vie avait été une grosse partie de rigolade, songe-t-il.

– Qu'est-ce que vous faites là? Vous allez chercher Marko? Accompagnez-moi, je vais récupérer Milan.

L'autre tourne la tête des deux côtés, comme pour s'assurer qu'on ne les observe pas.

– Vous comprenez le français?

– Oui, j'apprends.

– Pourquoi êtes-vous planqué là ?

Il a l'air contrarié.

– Je regarde si Marko, mon fils, passe ici.

– Vous l'espionnez ?

– Juste j'espère le voir. Et le suivre, savoir où il va.

– Je ne comprends pas.

– Il se cache, monsieur. Marko, il est disparu. Depuis trois jours. Peut-être danger.

Phil recule d'un pas. Normalement, ce ne devrait pas être son problème. Mais Marko est le meilleur copain de Milan. Et Marko a un problème.

– Allons boire un verre.

L'homme hésite, il jette un œil vers l'entrée du local.

– D'accord. Marko, il va plus venir maintenant. Je rentre chez moi, après.

Phil désigne le Boulevard Dugommier.

Ils s'installent dans un de ces bouis-bouis où l'on peut manger un couscous à n'importe quelle heure, dans une arrière-salle aux tables tassées les unes contre les autres.

Phil commande deux bières. Tomislav le dévisage.

– Ne vous tracassez pas, c'est juste pour discuter. Nos fils sont de bons amis, non ?

Le visage de Tomislav s'illumine un peu.

– Oui, Marko et Milan bons garçons. Milan très brave avec Marko.

– « Brave » ? Vous avez un petit accent, c'est vrai, mais vous avez capté l'essentiel du parler local.

– Hein ?

Phil fait un geste de la main, comme pour chasser une mouche.

– Rien. Une bêtise. Vous n'avez pas vu Marko depuis quand ?

– Il faisait un travail dimanche, le soir, il a revenu tard, je sais il a pas dormir, la télé allumée toute la nuit, puis le matin il a dit il a des choses à faire, pas s'inquiéter, il est sorti mais pas revenu le soir. Et pas téléphoné. Il fait jamais ça.

Il boit lentement, en penchant un peu le verre pour le contempler, après chaque gorgée, comme pour considérer ce qu'il est en train de boire, évaluer si ça va lui faire du bien ou non.

– Il a pu fuguer ? Il y avait des soucis chez vous, récemment ?

Tomislav fronce les sourcils.

– Non, Marko heureux à la maison.

– Il aurait donc des problèmes à l'extérieur. Mais pourquoi vous cacher pour le surveiller ?

– S'il me voit, il part, je sais. Je veux le suivre.

– Pourquoi pensiez-vous le trouver au local ?

– Il a besoin de l'argent, il venir au local emprunter à Josip, ou quelqu'un d'autre, je pensais.

Phil réfléchit. Marko ne fuit pas ses parents, mais il préfère s'éloigner d'eux. Pour les protéger, peut-être.

– Quel travail faisait-il, la veille du jour où il a disparu ?

Il regarde autour de lui, comme pour être sûr qu'on ne l'entende pas.

– Il fait un film.

– Il a fait un film ? Vous voulez dire qu'il tournait un film ?

– Non, il faire l'acteur. Il jouait dans le film.

– Quel film ?

– Marko faire du théâtre, en Croatie. Un bon acteur. Josip connaît un homme qui fait des films, demander à Marko jouer dans le film. Pour gagner un peu de l'argent. Figurant, il a dit.

– Josip ?

– Le directeur de l'association.

– Où tournait-on ce film ?

– Près la Corniche. La maison de le réalisateur. Pas de problème, il fait juste l'acteur.

Phil déglutit et finit son verre d'un trait. Il repense à l'affaire dont lui a parlé Éléonore Houzel. Il faut qu'il l'appelle.

– Qu'avez-vous dit à Milan, l'autre jour ?

– Juste savoir si Marko est venu voir Milan, si Milan sait où il est.

– Et que vous a-t-il répondu ?

– Milan a pas vu Marko. Marko pas allé aux cours à la formation.

Phil se lève.

– Je dois y aller. Je vais insister auprès de Milan pour savoir s'il n'a pas une idée de ce qui se serait passé. Peut-être que c'est rien de grave, essayez de pas vous inquiéter. Les adolescents sont comme ça. Imprévisibles. Pire, ils sont libres.

– Marko notre seul enfant. On veut il vivre mieux que nous, sans le communisme, sans la guerre, on fait tout pour lui, il est garçon sérieux, je promets.

Phil n'a pas encore posé sa question bête :

– La police, vous ne l'avez pas prévenue ?

Tomislav baisse la tête et écarte les paumes, comme pour désigner ce qu'il est. Une façon de dire : « Regardez-moi ».

– Je suis rien, ici. Pas de papiers.

– Vous feriez bien d'aller au local voir s'il y est. Venez avec moi.

– Je préfère que non. Au revoir.

Avant que Phil ait pu le retenir, le colosse est dehors, filant d'un pas rapide vers la Canebière. Phil paie, sort et se rend au local.

Milan est bien là, au baby-foot, avec trois autres jeunes de son âge.

– J'arrive, Phil. Deux minutes, on les achève. J'ai intérêt à gagner, j'ai dit que le vainqueur irait au concert avec toi.

Phil fait le tour de la salle du regard. Il y a des cartes des Balkans et quelques affiches de paysages et de monuments au mur. Dans un coin, une jeune fille est assise sur un tapis entre deux gamins de trois ou quatre ans à qui elle lit une histoire.

– Je t'attends dehors, Milan.

Une fois dans la rue, il passe un coup de fil à Éléonore. Elle lui propose un rendez-vous le lendemain midi. Il sent qu'avec un peu plus de culot, il aurait pu dîner avec elle. Mais il est pressé. Il sait qu'Éléonore peut l'aider et il n'a pas vraiment envie de questionner Milan pour l'instant. Marko est lié à l'incident qui a eu lieu dans cette villa du Roucas Blanc, Phil en est certain.

Il souhaiterait que ce ne soit qu'une fugue. Que le problème de Marko soit celui d'un adolescent. Un problème de fille, d'acné, de jalousie. Une banale vexation.

Son cerveau tourne à plein régime.

Lui viennent en tête les paroles de *Teen Angst*, du groupe Cracker, que Milan écoutait il y a quelques jours : « *I don't know what the world may need/But I'm sure as hell that it starts with me* ».

Il se souvient de ce reportage vu avec Milan, l'été dernier, et de cette scène, dans les rues de Sarajevo. Un convoi de camions bâchés qui transportaient les cercueils de plus de cinq cents victimes de Srebrenica identifiées au cours de l'année, qu'on allait enterrer au mémorial de Potocari. Ils ont pleuré en voyant ces femmes accrocher des fleurs rouges aux camions et en donner aux chauffeurs.

Ils ont zappé et sont tombés sur une pub pour une voiture familiale. Ils ont éteint la télé et ont passé une heure sans parler.

La guerre. Sofia. Tout ce qui le ramène à ce pays sent la pourriture et la mort.

Milan arrive enfin.

– Tu as gagné, à ce que je vois ?

– Tu ne croyais pas que j'allais te laisser tomber ?

Phil lève les yeux vers les mouettes qui volent au-dessus de leur tête, alors qu'ils remontent en direction des Réformés. Le ciel est haut et léger et il ne pèse pas comme un couvercle, Baudelaire peut aller se faire foutre. Il ne supporte soudain plus cette foule dans les rues. Il pense à Sofia.

Un être vous hante et tout vous paraît surpeuplé.

Son attention se focalise sur les barbus et les cagoles, comme s'il n'y avait qu'eux à arpenter la Canebière. Il songe que s'ils pouvaient s'aimer, s'unir et se mélanger, ils offriraient à la cité phocéenne une génération flamboyante de drag-queens en babouches et de femmes à barbe montées sur semelles compensées. Marseille deviendrait enfin, au-delà de son cosmopolitisme sans cesse rabâché, une véritable ville hybride et ultra-trendy.

– Allez, jette ta clope et entrons, Phil.

Il tend ses billets et soupire bruyamment tandis que le videur le palpe.

Ils pénètrent à l'intérieur de la petite salle. Tout de suite, le vacarme de la musique.

Oublier le reste.

Phil suit son fils et tous les deux se jettent dans la fosse pour pogoter avec les autres. Il chasse toutes ses pensées parasites et n'a plus qu'une certitude : le rock et le roll sont les deux mamelles de la liberté.

4

La lumière ricoche sur la surface de la mer, sur les portiques en métal des jeux d'enfants, sur les vitres teintées du restaurant voisin. Elle pénètre à l'intérieur des pupilles, vous aveugle et vous ferme au monde tandis qu'elle le lèche et l'absorbe.

On ne sait pas grand-chose de la lumière. « Les chercheurs ont réussi à maîtriser un photon pour l'observer durant moins d'un dixième de seconde », lui a expliqué un jour le Gabian, pour lui démontrer l'intérêt quasi scientifique des œuvres des peintres et des plasticiens qui en savent plus que quiconque sur le sujet.

Phil comprend simplement que la lumière est la forme visible du temps en train de s'écouler, rien d'autre.

Il attend Éléonore à la terrasse d'un modeste snack. Une cabane en bois coincée entre l'Escale Borély et ce que les surfeurs appellent « Épluchure Beach ». Il ne s'aventure jamais du côté des plages du Prado, mais la journaliste ne lui a pas donné le choix. Pour patienter, il dessine des femmes nues sur la nappe en papier.

Il a encore trop bu la veille. Milan n'a pas cessé de danser au concert de Punish Yourself. Les Toulousains allumés, au corps couvert de motifs tribaux et macabres faits à la peinture fluorescente, ont mis la scène à l'envers, jouant avec des feux d'artifice et bondissant partout, beuglant leurs chansons *Sister Apocalypse* ou *Suck My TV* sur fond de guitares hurlantes. De l'électro-punk pour les zombies et les fantômes. Estimant ne faire partie d'aucune de ces deux catégories, Phil a rapidement plaqué son fils pour aller se réfugier au bar.

Quand il a demandé à Milan si Marko allait mieux, Milan s'est embrouillé, a répondu que la vie des Croates en exil n'était pas toujours facile. Il n'a pas voulu écouter la suite et il n'a pas réussi à avouer à son fils qu'il avait discuté avec Tomislav dans l'après-midi.

– Vous m'avez attendue pour commencer. Un bon point pour vous.

Il se lève, hésite, puis tend la main à Éléonore Houzel.

Elle dégage une odeur rafraîchissante de parfum à l'eau de rose. Elle porte un collier de turquoises, peut-être amérindien, des pendentifs aux oreilles, accrochés au bout d'une fine chaîne d'or, et elle arbore une coiffure plus sauvage que la première fois qu'il l'a vue, avec des mèches en bataille. Elle s'est apprêtée pour ce rendez-vous, se plaît-il à penser. Il mate son décolleté pendant qu'elle suit des doigts le tracé d'un de ses dessins.

– Je vois, vous voulez qu'on vous prenne pour le mec à la cool, qui se fout de ce que peuvent penser les autres, c'est ça ?

Sa voix est posée, ses yeux brillent, elle plisse les paupières pour intensifier son regard. Il l'imagine très bien gémir et crier sans retenue pendant l'amour. Elle est aussi du genre à planquer du Poppers dans son sac et à avoir un plan beuh pour le week-end.

– Je peux demander à ce qu'on change la nappe, si vous voulez. J'avais le trac. C'est une façon de me détendre.

– Je vous dois beaucoup, vous savez. Je m'apprête à arrêter le fait-divers et l'investigation pour me lancer dans les comptes-rendus de happening. Je vois désormais l'actualité de notre ville sous un nouvel angle. Tout n'est que performance. Plus ou moins artistique. J'ai assisté à la soi-disant manifestation pro-salafiste, hier. Il y avait près d'une centaine de policiers mobilisés. Pour un seul manifestant. Un président d'association qui haranguait une foule de moins de dix personnes et qui affirmait qu'il ne demandait pas mieux que d'être embarqué… Un hélico de la gendarmerie filmait la scène. Qu'est-ce que vous dites de ça ?

– L'art et la politique sont toujours liés, et leur mode d'expression diffère peu. C'est ce que voulait démontrer le Gabian l'autre jour. Dommage que Marseille ait oublié que l'un de ses plus brillants adjoints à la culture était un poète et performeur.

Quand le serveur, tee-shirt sans manches et sandales en cuir, vient prendre la commande, Phil propose d'opter pour le filet de daurade. Éléonore acquiesce. Il lui sert du blanc et lève son verre avant de le porter à ses lèvres. Son sourire laisse apparaître deux incisives très blanches, légèrement en avant. Elle doit se faire polir les dents régulièrement.

– Comment êtes-vous devenue fait-diversière ?

– Je détestais la littérature américaine, le cinéma russe, le graffiti et la world music : vous me voyez à la culture ?

Il laisse échapper un petit rire. Il se décoince un peu.

– Vous êtes Marseillais de naissance ? De souche ? Je ne sais même pas ce qui fait qu'on est Marseillais.

– Moi non plus. Ne vous tracassez pas, c'est une question débattue de colloque en colloque et de bar en bar. J'ai un quart de sang marseillais, mais je m'en sers pas beaucoup.

Elle écarquille les yeux et se met à rire.

– Je ne suis pas Marseillaise, moi. J'ai passé mon enfance dans la Nièvre, vous voyez où c'est ?

Il sait juste que c'est un département, il serait infoutu de le placer sur une carte. Il fait un signe négatif de la tête et finit son verre d'un trait avant de se resservir.

– J'ai débarqué à Marseille à dix ans. Je me suis laissée amadouer, puis adopter. J'ai fait une école de journalisme ici. Je me rappelle ce cours sur la guerre des cliniques, entre les années quatre-vingt et quatre-vingt dix… On s'est entre-tué pour des cliniques alors que partout ailleurs, on se serait battu pour des casinos ou des boîtes de nuit. Je ne parle même pas des armes et de la drogue. Le marché en jeu était celui des malades… Tellement significatif. Je me suis dit alors que pour comprendre cette ville, il fallait lire entre les lignes, s'intéresser aux détails et à la symbolique. Ici, on réclame du fric à l'État ou aux collectivités tout en faisant voter un arrêté anti mendicité. Quand le ministre de l'Intérieur a annoncé qu'il allait créer des zones de sécurité prioritaire dans des coins paumés et sordides de la banlieue parisienne, notre maire a aussitôt réclamé que la ville tout entière soit classée en zone de sécurité prioritaire... Et ce, juste avant que les flics ripoux de la BAC de jour des quartiers Nord se fassent pincer. Plus de quinze policiers soupçonnés d'extorsion de fonds, parce qu'ils rackettaient les dealers ou s'étaient associés avec eux.

Elle est sans doute en train de réaliser qu'elle devient trop sérieuse. Elle ajoute :

– Un de mes copains parisiens dit que Marseille est la seule ville de France où, quand il y a un accident de voiture, les deux conducteurs ont tort.

-Et quand on vit ici depuis longtemps, on se dit qu'une fois mort, on léguera son corps à la science-fiction. Quant à l'insécurité, c'est avant tout d'insécurité affective dont souffre Marseille. On se moque d'elle, on la critique, mais on ne lui fait pas assez de câlins. Rappelez-vous cette banderole accrochée à la sauvage sur la façade de la Gare Saint-Charles : « Marseille, capitale mondiale du cunnilingus ».

Phil songe encore à la photo officielle de Marseille capitale prise par Rip Hopkins. Il y était avec le Gabian. Une quarantaine de citoyens, sélectionnés sur les réseaux sociaux, posaient pour le photographe. Une amie à eux faisait partie des heureux élus. On leur avait distribué des ballons en forme de cœur. Elle avait demandé :

– C'est une pub pour la Saint-Valentin ou quoi ?

Sa voisine lui avait répondu que si elle n'était pas contente, elle pouvait céder sa place, qu'elle ne mesurait pas sa chance, alors que des milliers de Marseillais auraient bien voulu figurer sur la photo.

Le serveur leur apporte leur plat. Phil observe Éléonore. Elle a des gestes délicats. Les joues rougies d'avoir parlé avec tant de fougue.

– Je vais répondre à votre question, dit Phil. Quand je lis, à la une d'un grand hebdo national, une accroche telle que « Marseille, territoire perdu de la République », je me sens plus Marseillais que quiconque et j'ai envie d'aller incendier les locaux du canard. Ce que j'aime, c'est son côté « ville-trottoir »... Tout se joue dans la rue. Le meilleur, comme ces dîners avec les chaises et les tables tirées dehors, comme le pire.

Il aimerait ajouter que Marseille possède, sur la Corniche, le plus long banc du monde. Sur lequel on peut donc échanger le plus long baiser du monde. Il s'abstient.

Autour d'eux, des jeunes des quartiers Sud, chemise blanche en satin, exhibant gourmettes et montres en argent, sirotent des cocktails, échangent des blagues et rient sans même se regarder, pendant qu'ils pianotent sur leur smartphone.

– Cette agression dans une villa du Roucas Blanc, pendant le tournage d'un film, vous travaillez toujours dessus ?

– J'ai interrogé deux ou trois personnes, puis j'ai laissé tomber. Il n'y a pas eu de plainte, donc pas d'enquête, donc pas d'interpellation. Juste un gars qui a eu une légère blessure au thorax. Un coup de couteau.

– Un des acteurs ?

– Non. Un fonctionnaire de la préfecture. Le réalisateur du film avait invité des personnalités artistiques et politiques. Je crois qu'il voulait que son tournage soit aussi l'occasion de gratter des subventions.

– Il tournait quoi, comme film ?

– Un court-métrage intitulé *La Menace*. Je n'ai pas bien compris le scénario. Vous savez, moi, la vidéo expérimentale... Je sais juste que le décor principal, c'était sa piscine. Avec, dans la flotte, des comédiens habillés. Debout, au bord, des ados, filles et garçons, étaient à poil, eux. Tous devaient rester immobiles pendant qu'il leur tournait autour avec la caméra.

– Des ados nus ? Des mineurs ?

– Vos yeux brillent, d'un coup. Non, je ne crois pas qu'il s'agissait de ce genre de films.

– D'où venaient les figurants ?

– Sans doute des cours de théâtre, des écoles d'art dramatique.

– Vous me disiez que des minots avaient débarqué en scooter, qu'ils n'avaient pas tenté de pénétrer dans la villa mais qu'une bagarre avait eu lieu à l'extérieur. Ils auraient pu être liés aux figurants ? Une histoire de fille, peut-être...

Elle semble réfléchir.

– Pourquoi vous intéressez-vous à cette histoire ? On dirait un interrogatoire en règle.

Phil hésite à tout lui dire. La présence de Marko ce soir-là. Sa disparition, le lendemain. A-t-il vu quelque chose qu'il n'aurait pas dû voir ? Est-il lié aux gamins en scooter ? S'il lui parlait de la disparition de Marko, elle relancerait peut-être son enquête. Alors il ne maîtriserait plus rien. *La Menace*. Aller au-devant des menaces, ce n'est pas seulement son fonctionnement psychique, c'est son style, pense-t-il. Il entend comme un grondement, au loin. C'est dans sa tête. Quelque chose qui est en train de se rapprocher. Comment Éléonore pourrait-elle comprendre ? Le poids de la guerre. Marko et Milan, des enfants du conflit ex-yougoslave.

– Un copain de mon fils est acteur de théâtre. On lui a proposé de faire de la figuration dans des films expérimentaux, il devrait refuser, non ?

– Vous avez l'air tendu...

– Vous m'intimidez.

Elle rit encore, pose ses couverts dans son assiette et la pousse devant elle pour signifier qu'elle a terminé. Elle se ressert du vin et caresse le rebord du verre de son index. Elle est en train de faire fonctionner ses neurones.

– J'ai interrogé l'épouse d'une personnalité présente à la soirée. Elle commençait à avoir mal à la tête, alors elle est montée dans le vestibule, plus au calme. Elle a vu passer un jeune homme, l'un des comédiens, qui semblait pressé de partir. Puis, quelques minutes après, une jeune fille qui boitait est sortie elle aussi précipitamment. La femme a entendu les scooters pétarader à ce moment-là. Elle s'est penchée par la fenêtre et a vu une demi-douzaine de deux-roues, deux minots par scooter. Quatre jeunes ont commencé à s'embrouiller avec le vigile et deux des invités. Ça a dégénéré en bagarre en dix secondes. Quelques coups de poing et un coup de batte de base-ball qui a envoyé le vigile sur le carreau. Les mômes sont repartis aussitôt. Les deux gars ont porté le vigile à l'intérieur. Une ambulance du SAMU est arrivée peu de temps après et serait repartie, selon cette femme, avec un homme dans un brancard, qui ne faisait pas partie de ceux qui se battaient dans la rue. Le fonctionnaire de la préfecture.

– Il a pu prendre un coup de couteau dans la maison. Avant l'arrivée des minots en scooter.

Elle affiche une mine contrariée.

– C'est une possibilité.

– Il s'est passé quelque chose à l'intérieur de la villa. Deux jeunes qui sortent précipitamment, dont une fille qui boite... La présence des voyous dehors n'était peut-être qu'une coïncidence. Vous n'avez pas parlé au réalisateur ?

– Il n'a pas assisté à la bagarre. Il m'a juste dit qu'un de ses invités avait été blessé lors d'une agression, mais que c'était sans gravité. Il a ajouté qu'il ne fallait pas en vouloir aux gamins des quartiers, que la misère engendrait la violence, que nous en étions tous responsables et que seule la culture pour tous pourrait changer la donne.

– Soyons surréalistes, demandons l'impossible.

Phil commande des cafés, qu'ils boivent en silence. Puis Éléonore se lève et elle attrape son sac pendu à sa chaise.

– Il faut que j'y aille.

Elle se dresse au-dessus de lui, à contre-jour. Il est persuadé qu'elle le fait exprès.

– Au fait, ce type qui a été blessé, vous vous êtes rencardé pour savoir dans quel service il bosse, à la préfecture ?

– Oui. L'état civil.

Phil allume une cigarette. Le monde est mal foutu. L'état civil. L'identité des citoyens et les titres de séjour pour les étrangers. Il en veut soudain à Marko. Puis à Milan, pour l'avoir choisi comme ami.

– Ne restez pas trop au soleil, Phil, je suis sûre que vous ne le supportez pas aussi bien que vous en avez l'air.

Une fois qu'elle a disparu, il commande un autre café. Les faits sont tous liés entre eux. Les gens forment une grande communauté, même s'ils ne se connaissent pas, et les problèmes des uns sont ceux des autres. Aux actes des uns répondent ceux des autres, même si c'est dans un autre espace et un temps plus tard.

La réalité du monde globalisé contre le microcosme.

La réalité de la lumière contre celle du photon.

Quand il arrive chez le Gabian, il découvre que le jardin a été transformé en vaste chantier. Une douzaine de gars en bleu de travail scient des planches, peignent des objets divers, d'un vieux Solex à une petite roue à aubes, en passant par des horodateurs plantés dans des pots de fleurs. Les artistes ont même fixé sur un tableau d'école un immense plan de Marseille sur lequel ils collent des images pornographiques.

Phil adresse un salut à un jeune homme qui fume une cigarette à l'écart, assis sur un tabouret. Il désigne le foutoir.

– Le Gabian a sorti l'artillerie lourde et il a fait appel aux réservistes ?

– Il prête les lieux aux artistes qui ont été virés d'un squat. Je ne les connais pas tous, et certains d'entre eux sont encore plus barges que lui. Tu entends ce truc ?

Phil voit deux gars avec des iroquois, lèvres maquillées en noir, assis devant une table de mixage, sous la treille, en train de bidouiller les boutons de réglage. Des petites enceintes s'échappe un mélange de chants populaires, de voix caverneuses et de souffles rauques sur fond de boîtes à rythmes et de sons synthétiques qui forment des mélodies glauques.

– Ils sont en train de composer l'hymne marseillais gothique ultime, en mixant des voix de personnes malades, des râles enregistrés dans des hôpitaux et des chants de supporters de l'OM. Ils veulent le diffuser à la pirate pendant la soirée d'inauguration de Marseille capitale. Ils ont aussi capté le dernier souffle d'un cancéreux, à ce qu'ils prétendent, et même des cris dans les couloirs d'une clinique psychiatrique. Flippant, non ?

Phil reconnaît un chant de footeux, conclu par un puissant soupir qui lui glace les sangs, puis le fameux refrain de Massilia Sound System. «*Mais qu'elle est belle, mais qu'elle est bleue*».

Il ne peut s'agir que de la mort, se dit-il.

Le Gabian sort de la maison et s'étire.

– Gabian, tu as vu Milan ?

– Il est rentré de ses cours et est immédiatement reparti. Il n'a pas voulu me dire où il allait. J'ai d'abord pensé qu'il avait rencard avec une gonzesse, mais il avait l'air trop tourmenté pour ça. Une minette, tu flippes, mais t'es excité, sinon, tu annules. Il a des soucis ?

– Non, ses soucis sont derrière lui. Excuse-moi.

Il tente d'appeler Milan. Répondeur. Il fonce dans la chambre de son fils et se met à fouiller sur le bureau. Le classeur vert. Celui qui contient les dossiers relatifs à sa formation. La liste des professeurs. Celle des élèves. Marko Kosaric. Une adresse à la Belle de Mai. Phil la note, fourre le papier dans sa poche et redescend l'escalier en trombe. Arrivé en bas, il réalise qu'il a les jambes qui flageolent.

Alors qu'il s'apprête à franchir le portail, il entend la voix du Gabian.

– Phil, j'ai besoin de toi. Je compte faire un happening comme celui des Pussy Riot et de leurs copains du collectif Voïna : des couples qui faisaient l'amour en public dans une salle du Musée d'Histoire Naturelle de Moscou, à côté des bêtes empaillées. Il faut qu'on fasse la même chose au Palais Longchamp, en soutien aux jeunes filles russes, en exigeant leur libération. Tu crois que ta copine journaliste serait d'accord ?

– Pour que je la baise en public ?

– Non, pas toi, Phil, je sais que tu es pudique. Elle pourrait se contenter d'un des artistes qui sont là, ils sont tous volontaires.

Phil dévisage le Gabian. Il est sérieux, pas de doute.

– Ce n'est peut-être pas une bonne idée. La déontologie journalistique, tu sais…

C'est alors qu'une dizaine d'hommes et de femmes, des Blancs grimés en Noirs et maquillés avec du rouge à lèvres, sortent du garage à la queue leu leu. Ils sont enchaînés aux chevilles, les mains attachées devant. Accrochée à leur cou, l'affiche de Marseille capitale avec le slogan « Tous bénévoles ». Ils incarnent très clairement une chaîne d'esclaves.

– Un autre happening, Gabian ?

– Il faut intensifier la lutte. Tu te rends compte ? Oser un plan com' pareil ? Prétendre transformer les Marseillais en travailleurs bénévoles au service de la capitale culturelle quand on voit la masse de pognon qui a été engloutie dans les salaires de ses cadres et alors que le taux de chômage dépasse la moitié dans certains quartiers, c'est indécent. On va descendre la Canebière en chantant des mélopées africaines.

– Pourquoi n'as-tu pas demandé à de vrais Blacks de jouer le rôle ?

– Ils n'ont pas voulu, ils ont trouvé que c'était un cliché raciste.

Phil observe les acteurs, qui affectent de prendre des mines affligées, la tête baissée et les épaules voûtées.

– Curieuse réaction de leur part… Je file, Gabian. Bon trip.

Il voit le bus quitter l'arrêt alors qu'il débouche sur le boulevard. Il l'a loupé. Il jure à voix haute. Assis contre un mur, Joseph, le SDF avec lequel il discute parfois, le regarde d'un air de chien battu, sans un mot. Phil traverse, entre dans l'épicerie où il achète deux bières fraîches.

Il les tend à Joseph en méditant sur le fait qu'on ne peut pas toujours lutter et contre la misère et contre l'alcoolisme en même temps.

5

Las de voir leurs trottoirs tapissés de déjections canines, certains habitants ont récupéré de grosses boîtes de conserve vides chez les pizzaïolos, ils ont planté des oliviers, des ficus, mais aussi plusieurs espèces de fleurs dont Phil ignore le nom. Ils ont disposé les pots aux pieds des immeubles avec cet écriteau : « Marseille, ville verte ». Ils espèrent surtout que ça incitera les propriétaires de chiens à les emmener pisser ailleurs. À l'angle d'une rue, un quinquagénaire à la bedaine proéminente, en tee-shirt, short et tongs a ouvert les vannes d'une arrivée d'eau juste au-dessus du caniveau et il passe et repasse avec son scooter, l'exposant au jet puissant sous tous les angles pour le laver. Deux vieillardes en tablier avec des gants en plastique en profitent pour remplir leur arrosoir, la mine réjouie, avant d'aller donner à boire à leurs plantes.

On dit qu'autrefois, le conducteur du tramway, quand celui-ci arrivait à la Belle de Mai, avait l'habitude de crier : « Vintimille, terminus ». C'était un quartier ouvrier à forte population italienne où, il y a un siècle et demi, les dockers et ouvriers en rade trouvaient toujours à se loger pour la nuit et où les cigarières qui travaillaient à la manufacture de tabac furent peut-être les premières femmes à se rebeller et à manifester contre le harcèlement sexuel.

Un de ces quartiers qui refuse toujours qu'on le qualifie autrement que par le terme de « village ».

Phil sourit aux vieilles jardinières et il s'arrête devant le numéro six de la petite impasse. La porte cochère est entrouverte. Il la pousse, elle fait un bruit de vieux bois et de vieux fer. Des boîtes aux lettres fissurées et aux serrures rouillées. Des noms croates ou serbes. Pas de Kosaric. Phil entend une voix derrière la porte du rez-de-chaussée. Une femme qui vocifère. Il frappe à la porte. La voix se tait et quelqu'un ouvre aussitôt. Un vieux type en maillot de corps, le visage tellement crevassé qu'il doit lui être impossible de se raser sans s'écorcher.

– Je cherche Tomislav Kosaric.

Le vieux réajuste ses lunettes, tandis que la voix de la femme résonne dans une pièce de l'appartement. Il tourne la tête vers l'intérieur et répond d'un ton las, en serbo-croate. Il fait un pas en avant, écarte Phil du bras et désigne l'escalier en levant deux doigts. Phil salue et grimpe les marches en se gardant de poser la main sur la rampe crasseuse.

Arrivé au deuxième, il se plante devant la porte, les pieds sur un paillasson aux poils à moitié arrachés, où l'on devine les lettres du mot « *Welcome* ». Il inspire une grande bouffée d'air avant de frapper. C'est Tomislav qui lui ouvre.

Phil force le passage en le poussant du coude. Le Croate a l'air désolé, comme s'il savait qu'il allait décevoir son visiteur. Il referme la porte dans un soupir bruyant. Phil se retrouve dans un petit salon sombre, avec une seule fenêtre aux volets clos. Le sol est fait de tomettes aux trois quarts brisées et délavées. Il y a peu de meubles, mais chaque pan de mur est orné d'une croix, parfois d'une image pieuse. Il recule machinalement d'un pas en découvrant un homme en face de lui, qu'il n'a pas vu se lever du canapé et qui sourit de toutes ses dents en lui tendant la main, sans un mot. Ses yeux sont cachés derrière des lunettes de soleil aux verres larges et ovales avec une fine monture dorée, un modèle de prestance et de luxe des années soixante-dix qui semble revenir à la mode.

Tomislav marmonne un nom que Phil ne saisit pas.

Il serre la main de l'homme, dont le sourire s'élargit avant de disparaître brusquement. Il retourne s'asseoir, étend le bras sur le dossier du canapé, croise les jambes et tire sur une cigarette comme s'il était à nouveau seul. Il porte une chemise rouge, un jean et une veste de costume anthracite que Phil suppose de qualité supérieure. Peut-être du sur-mesure. Il a la cinquantaine et il a l'habitude de poser. Avec cette façon de tenir la cigarette coincée entre deux doigts sans replier les autres. Il la porte à ses lèvres d'un geste ample, en écartant le coude. Légèrement dégarni, il a les cheveux épais, mi-longs, retenus derrière les oreilles.

Tomislav ne sait quoi faire de ses mains. Il jette un regard vers l'homme, à la dérobée, en se massant les paumes et les phalanges comme s'il venait de se battre. Phil sent qu'il hésite à lui proposer de s'asseoir.

L'odeur est étouffante, elle lui assèche la gorge. La pièce est enfumée et elle sent le renfermé, comme si la fenêtre n'avait pas été ouverte depuis des mois, même pas cinq minutes. Juste le temps de se jeter dans le vide, songe Phil, déjà pressé de repartir.

Il attrape Tomislav par la manche et l'attire vers la porte d'entrée.

– Je suis sûr que vous savez maintenant où est Marko. J'ai besoin de le trouver. Je veux être certain qu'il n'est pas en train d'embarquer mon fils dans de sales embrouilles. Ensuite je vous foutrai la paix.

– Marko est disparu plusieurs jours. Pas de nouvelles. Je suis inquiet.

Tomislav secoue la tête, la mine triste, puis il hausse les épaules à deux reprises, de façon assez peu naturelle pour que Phil se dise qu'il mente. Le mensonge, c'est un mouvement parasite, une articulation ou un muscle qu'on a sollicités parce que la réflexion est en train de l'emporter sur l'émotion. Le mensonge est le contraire de l'harmonie, rien d'autre.

Phil accentue la pression sur le poignet velu de Tomislav. L'autre pourrait lui broyer un os entre le pouce et l'index, s'il le voulait.

Il lui chuchote, à quelques centimètres du visage.

– Vous n'êtes pas bon acteur, Tomislav. Je suis comme vous, je suis inquiet, je veux savoir dans quel merdier mon fils est allé se fourrer, s'il s'est mis en tête d'aider le vôtre. J'ai des papiers, moi. Quand je serai sorti de votre immeuble, j'irai directement voir la police. Vous me comprenez ?

Il lui donne le temps de digérer l'information. De visualiser son expulsion jusqu'à la porte qui mène à l'extérieur de l'aéroport de Split, de sentir le poids de ses valises moisies et le regard compatissant du parent éloigné qui l'attend près d'une bagnole à la carrosserie rouillée. Phil a presque honte de lui. Il se dit que ce gars-là n'est pas méchant, peut-être même pas violent. Tomislav grimace et se passe la main sur le visage.

Phil est agacé par les mimiques du Croate et, en même temps, il le jalouse. Il a le sentiment qu'il a l'étoffe d'un vrai père. Tomislav l'ignorait peut-être hier, mais à présent, il sait où est son fils, Phil en est certain.

– Je sais qu'il y a eu une bagarre à la villa, le soir où Marko jouait dans ce film. Je peux l'aider. À vous de décider.

Tomislav secoue à nouveau la tête, la bouche crispée, comme s'il avait mal. Phil s'attendait à ce qu'il le supplie de ne pas prévenir les flics, mais le Croate se contente de le pousser vers l'entrée.

Phil salue de loin l'homme qui n'a pas bougé du canapé. Il n'attend pas que l'autre lui rende son salut, il sort et claque la porte derrière lui.

Une fois dehors, il fait quelques pas puis s'arrête pour allumer une cigarette.

À peine a-t-il tourné à l'angle de la rue qu'on tire sur sa manche.

Tomislav. En sueur. Il souffle comme un taureau et tousse, les bronches en feu.

– Un papier, un crayon, donnez-moi, j'écris l'adresse. Pas prévenir la police, s'il te plaît.

Phil sort un bic de sa poche. Il n'a pas de papier. Il tend sa carte grise. Elle est déjà couverte d'inscriptions. Tomislav la saisit, étonné, et griffonne une adresse avant de la rendre à Phil. Puis il repart en direction de son immeuble sans se retourner.

Dans la tête de Phil résonnent les accords de *Ramblin'Rose* du

MC5 ainsi que les mots du discours d'introduction de Brother Crawford.

«*Are you going to be part of the problem or part of the solution?*»

Une demi-heure plus tard, il débouche sur la Place Sébastopol, près des Cinq Avenues. Elle est encore plus triste et désolée que d'habitude. Un camion à pizza fermé, un scooter renversé, sans doute abandonné depuis des semaines, le siège éventré, juste à côté d'un banc où deux vieux en casquette de flanelle jettent en silence des miettes à des pigeons.

L'immeuble est une de ces bâtisses qui pouvait passer pour moderne il y a un demi-siècle, mince et élancé, d'un jaune pâlot, avec de grossiers balcons en béton. Phil profite qu'une dame en sorte pour lui tenir la porte puis entrer dans le petit hall triste.

Tomislav ne lui a pas donné de nom. Juste l'adresse et ces indications: troisième étage, porte de droite.

Arrivé devant, il frappe.

Un bruit de pas. La porte s'entrouvre à peine. Phil distingue le visage d'un jeune homme d'une vingtaine d'années, avec une casquette des South Winners et qui, derrière ses yeux vitreux de fumeur de shit, n'a pas l'air d'un loubard.

– Je suis un ami de Marko, dit Phil.

– Un ami comment? Du genre à partager un repas de Thanksgiving ou du genre: «Je ne veux que son bien»?

– Thanksgiving? Drôle d'idée. Du genre à lui rédiger ses mots d'absence pour ses cours.

L'autre sourit, fait un clin d'œil, repousse la porte pour enlever la chaînette puis la rouvre et invite Phil à entrer. Il porte un tee-shirt blanc maculé de taches jaunâtres. Ses mains sont encore plus sales.

– Je suis en train de faire un quatre-quarts.

Les étagères de l'entrée sont remplies de bouquins en anglais. John King, Peter Loughran, Clinton Heylin, Barney Hoskins, Greil Marcus, Iceberg Slim, Peter Biskind… Sur un mur, une affiche de

Pollock. Pas vraiment ce à quoi il s'attendait. Du salon s'échappe l'intro de *Marquee Moon* de Television.

Le garçon a tout d'un intello londonien ou new-yorkais.

Marko est alors vraiment dans le pétrin, songe Phil en se souriant à lui-même.

Il suit le type dans un couloir long et étroit qui débouche dans le salon. Phil ne voit d'abord que la toile cirée à petits carreaux rouges, sur la table. Puis Milan, de dos, qui a la tête tournée vers lui, sévère. En face, bras croisés, tête enfoncée dans les épaules, celui qui est sans doute Marko.

Phil glisse ses mains dans ses poches, en dodelinant de la tête. Il sent une rage sourde monter.

Le gars qui l'a accueilli est debout en train de remuer une pâte liquide avec un moulinet, dans un grand bol qu'il tient calé contre sa poitrine. Il s'adresse à Phil :

– Ça va être l'heure du thé, vous en voulez un ?

Phil fait non de la tête et il s'approche de la table.

– On t'attendait, Phil. Le père de Marko vient d'appeler.

– Ce serait impoli de demander une bière à votre ami ?

– Winston. Je suis anglais. On va vous trouver ça.

Phil s'assoit et dévisage son fils. Milan a l'air à peine embêté. Comme s'il avait rapporté une mauvaise note. De la cuisine parvient un bruit de raclage de fond de plat puis la soufflerie du four se met en marche. Winston revient avec deux bières. Il en tend une à Phil et s'assoit, avant de dévisser la capsule de la sienne.

– Je suis la formation de pâtissier avec Milan et Marko, détendez-vous.

– Et vous faites un quatre-quarts ? Quelle audace ! C'est pas un peu au-dessus du niveau de la classe ?

Winston rit, puis il vide la moitié de la bouteille d'un trait.

Milan et Marko restent silencieux, tout en gigotant sur leur chaise. Marko se racle la gorge et toussote. Phil lui vient en aide.

– Bon, les garçons, qu'est-ce qu'il se passe ? Marko, pourquoi tu te planques ?

Les deux coudes sur la table, Marko se prend le visage dans les mains, puis laisse glisser sa tête en avant jusqu'à ce que ses longs doigts se prennent dans ses cheveux. Il se met à parler d'une voix nasillarde, avec un léger accent.

– J'ai rien fait de mal. C'est le hasard, j'aurais pas dû atterrir dans cette chambre. C'était une grande baraque avec des couloirs partout. Au moins dix pièces. On dirait qu'ils le font exprès, comme s'ils voulaient nous noyer au milieu de tous leurs objets qui valent plein de fric. Moi, je m'en foutais, je venais pas piquer un truc, je cherchais juste mon sac.

Phil l'interrompt.

– Explique-moi tout depuis le début, y compris le film, j'y connais rien, en cinéma expérimental.

– Il a eu le plan par les cours de théâtre de l'association, coupe Milan. Le prof a demandé à des jeunes s'ils voulaient participer au tournage, y compris à ceux qui font pas de théâtre. Même à moi, ils m'ont proposé. Pas question, j'ai dit.

– Bon réflexe, mon fils. Tiens-toi éloigné du star-system.

Marko expire un bon coup, retrouve enfin un rythme de respiration normale et une voix plus calme. Il parle du metteur en scène, un type qui paraît à Phil plus fantaisiste que mégalomane et psychopathe. Il raconte ensuite le tournage, la caméra tournant autour de la piscine dans laquelle certains acteurs étaient immergés, tout habillés, tandis que d'autres figurants posaient nus debout au bord de la piscine.

– Pourquoi nus ? demande Phil.

– J'en sais rien, on s'en fout, non ? Moi, ça me dérange pas, d'être à poil. On devait pas se toucher, c'est pas ce que vous pensez.

Phil acquiesce, puis encourage le garçon à poursuivre.

Marko parle des bruits qu'il a entendus dans une pièce, d'un gars qu'il ne connaissait pas, qui était ivre et qui essayait d'embrasser sa cousine Lana, peut-être de la violer. Il baisse les yeux, se met à pianoter nerveusement sur la table avec ses doigts.

– Le gars m'a frappé, j'ai eu peur que d'autres types arrivent et que, pour défendre leur copain, ils nous fassent du mal, à Lana et à moi. J'ai pas réfléchi, j'ai sorti le couteau de ma poche. Je m'en étais jamais servi contre quelqu'un, je voulais juste qu'il voit le couteau et qu'il se casse. Le con, il voulait vraiment se battre. Je l'ai à peine éraflé. J'avais qu'une envie, après, me tirer. Lana arrivait pas à se décider à se barrer. Elle m'a donné une sacoche, elle voulait que je l'emporte avec moi. J'ai filé, je l'ai pas attendue.

– Et elle s'est échappée à son tour, c'est ça, demande Phil ?

Milan et Marko le regardent avec étonnement.

– Lana, elle traîne avec des gars de la cité à côté de laquelle elle habite, des dealers. Moi, je lui ai dit plusieurs fois de pas les fréquenter, qu'un jour elle aurait des ennuis. Elle s'en fout, elle dit que quand on est une femme, dans ce quartier-là, il faut avoir comme amis les vrais durs, ceux qui seront prêts à tout pour qu'il t'arrive rien. Elle sort avec un caïd, un vrai boss. Elle dit qu'elle l'aime et qu'il faut que tout le monde le sache. C'est lui qu'elle a appelé, l'autre soir. Il a envoyé un de ses gars la chercher, avec des minots. Un quart d'heure après, elle m'a appelé sur mon portable, elle voulait que je les attende aux pieds des escaliers de la gare pour lui rendre la sacoche. Quand elle est arrivée, elle m'a juste dit qu'elle avait fait une connerie, qu'elle était désolée, mais qu'il valait mieux que je rentre pas chez moi pendant quelques jours, que je parle de ça à personne, même pas à mes parents, et que j'aille pas en cours. Je lui ai refilé la sacoche et elle s'est barrée avec les autres.

– Il y avait quoi, dans la sacoche ?

– Je l'ai pas ouverte. J'ai d'abord pensé qu'il pouvait y avoir du shit ou de la coke, mais je crois pas. Elle ne prendrait pas ce risque-là.

– Pourtant, elle s'est mise en danger, dit Phil.

Il tourne les yeux vers Milan et il trouve pénible de devoir soutenir son regard.

Marko a rendu le sac à Lana. Le problème devrait être celui de Lana, à présent. Phil la déteste soudain, cette fameuse théorie qui dit que nous sommes tous connectés les uns aux autres, sur cette planète surmondialisée, par six foutus serrages de main. Il maudit ces choix inconsidérés que l'on fait dans l'urgence et qui actionnent aussitôt des mécanismes qui nous écraseront et nous détruiront. Ce n'est pas le désordre qui lui fait peur, mais plutôt l'inverse, ces éléments qui sont parfaitement agencés, dont l'ajustement au millimètre permettra une réaction en chaîne optimale. Pour que tout s'ébranle, il suffit d'un geste, que l'on finit toujours par faire parce qu'on croit qu'il nous protégera d'un danger. Et si celui-ci n'existe pas, on est capable de l'imaginer.

Il se demande quel est l'enjeu. Le sac ou Lana ? Les deux ?

– Lana, où est-elle ? demande-t-il.

– J'en sais rien. Chez son copain ou ailleurs. Elle se cache aussi.

– Est-ce qu'elle aurait profité du tournage pour voler quelque chose ? La sacoche ?

– Le mec que j'ai blessé a fait merder une transaction, c'est ce que j'ai entendu Lana dire.

– Tu peux la joindre ? Est-ce qu'elle accepterait de me parler ?

Le jeune homme secoue la tête en grimaçant, comme si c'était la pire idée qu'on puisse avoir.

– Vous croyez que j'ai pas essayé ? Son portable est éteint. Ou bien elle répond pas.

Phil s'affale sur un canapé.

– Si je comprends bien, des gens sont en train de rechercher Lana. Et la sacoche, sans doute. Si Lana a fait une grosse connerie, ils feront tout pour la retrouver. Ils peuvent penser que tu sais où elle est, Marko. Et Milan sait où tu es…

– Marko est mon pote, Phil, c'est normal qu'il m'ait parlé de ses problèmes. Tu aurais fait pareil.

– J'étais lourdé, alors j'ai appelé Milan. C'est lui qui a demandé à Winston de me planquer. C'est tout ce qu'il a fait. Il connaît à peine Lana. Il y a aussi peu de chances qu'ils l'interrogent que Winston ou d'autres gars de la formation.

Phil se dit qu'il est temps de partir. Il étouffe soudain, dans cet appartement.

– Ton père sait où tu es, lui aussi.

– Je ne pouvais pas ne pas lui dire. Qu'est-ce qu'on va faire ?
– Ce serait à Lana de nous éclairer. On va y réfléchir. Milan, on se casse.
Winston les accompagne sur le palier et dit :
– Mille mercis de votre visite, monsieur Phil. Vous en faites pas, on veille au grain. Mais vous auriez pu attendre que le quatre-quarts soit cuit, pour en emmener une portion chez vous.
Décidément, ce garçon est bizarre.
Une fois dehors, Phil lance à son fils :
– Pourquoi tu m'as rien dit, Milan ?
– Je voulais pas que ça dégénère.
Phil est rassuré de voir que son fils ricane.
– Tu n'as pas confiance en moi, Milan ?
– C'est pas la question. Parfois, je pense que tu portes la poisse.
Phil n'ose pas lui demander s'il a peur. Encore moins si c'est un sentiment qui l'excite.
Il le laisse à l'arrêt de bus, l'embrasse, puis descend le boulevard de la Libération pour se rendre au *Rage Machine*. La soirée s'annonce longue et pénible. Parce que Max a loué son bar pour une grosse bringue et que Phil va donc la passer à servir des verres et à compter la monnaie alors que c'est un ennemi juré du calcul mental.
« Un concept de bringue hype », lui a dit Max.
Il maudit soudain les branchés et les cultures urbaines.

6

Phil et Max se sont barricadés derrière le comptoir, sur lequel ils ont établi un rempart avec des mini-barriques de whisky séparées les unes des autres par un espace aussi étroit que possible, à travers lequel ils font passer les verres. Ils en remplissent par dizaines, se trompant parfois de boisson, rendant la monnaie de façon approximative en subissant les invectives des jeunes qui réclament d'être servis. Ceux qui, au premier rang, sont écrasés contre le comptoir cognent avec leurs bagues sur le zinc pour que les barmen accélèrent la cadence. Des tas de mains s'agitent devant les yeux de Phil, le pouce et l'index tendus comme des flingues.

À l'entrée, les copains redskins assurent le service d'ordre, davantage pour dissuader les petites bourgeoises de rentrer, pour leur propre bien, que pour barrer l'accès aux minots échauffés.

La salle du fond a été vidée d'une partie de ses chaises et de ses tables, mais les mômes dansent partout, y compris sur le vieux piano, imbibés d'alcool et de drogues. Ils imitent des cris d'animaux en se tortillant comme des vers, contre les murs ou allongés au sol. Leurs larges sourires laissent parfois apparaître un « grill » avec des dents sculptées. Ils arborent de fausses dreadlocks, des lunettes en plastique qui clignotent, certains sont même enrubannés de guirlandes de Noël, d'autres portent des masques en cuir clouté. La plupart des garçons sont torse nu, exhibant tatouages, piercings, chaînes et pendentifs de mauvais goût. Les filles ont parfois juste un sous-tif et une jupe ultracourte en vinyle ou en cuir, qui cache à peine leur string multicolore.

On ne distingue pas vraiment les couleurs, en vérité. Ni celles des peaux, ni celles des fringues, ni celles des gadgets et ornements qui font de tous ces fêtards des personnages de foire futuriste. Les jeux de projecteurs et les néons faussent la vision, nappant le décor et les fêtards de jaune, de vert ou de ce foutu violet que Phil déteste. L'abolition des différences de couleurs. Il maudit Max d'avoir accepté ce plan, même s'ils n'ont rien eu à préparer et que, financièrement, Max va s'y retrouver.

C'est un jeune organisateur de fêtes, Yann, qui a tout géré, de la sono au racolage de tous ces agités, via Facebook. Son associé, un quadra en costard orange, encaisse les droits d'entrée, juste derrière les videurs. Yann n'a même pas discuté le prix de la location, il a juste mentionné une soirée Hyphy. Un mouvement importé de Californie qui entraîne les bad-boys et les cagoles dans un tourbillon délirant de bêtise, de frime et de grasse rigolade, où le mauvais goût est un must be, cultivé sur fond de mélange de house et de rap tribal ultra-rapide. Le DJ ne cesse de mixer le slogan d'un certain Mac Dre en plein milieu des morceaux.

« *Can you feel me ?* ».

Et les danseurs hurlent à la mort, comme des loups satisfaits.

– « Paillardise » et « paillettes ». J'y connais rien mais je pense que c'est la même racine grammaticale, souffle Max.

Ils sont près de deux cents. Enfermés volontaires dans cent cinquante mètres carrés. Toutes les dix minutes, ils reprennent en chœur le cri de ralliement : « *Go Stupid !* »

Phil désigne à Max un couple qui mime l'acte sexuel. Un gars en caleçon, cambré, se trémousse juste derrière une fille pliée en deux, les mains plaquées au mur, jambes écartées. Elle remue les fesses lentement, d'un mouvement circulaire. Le type synchronise le balancement de ses hanches avec celui de la fille. C'est sans équivoque. Autour d'eux, les danseurs bougent lascivement, bras en l'air, la bouche ouverte et la langue qui s'agite frénétiquement. La fille lèche une affiche collée au mur. Une pub pour le Jack Daniels. Puis le type pousse un hurlement strident et la fille se redresse d'un coup, en gonflant son ventre. La foule élargit le cercle et applaudit alors qu'elle tire sur sa culotte et qu'un ours en peluche s'échappe d'entre ses jambes et tombe au sol. Rapidement, il est balancé dans la foule et il vole de main en main.

Max est à présent en train de gueuler sur un mec qui prétend avoir été escroqué sur la monnaie. Dérouille pose une main sur l'épaule du type, qui semble hésiter et qui opte pour un grand éclat de rire, tout en agitant une sorte de gri-gri avec des plumes et des cauris sous le nez du videur. Il recule en faisant le moonwalk, deux pouces levés en direction du skin, en enchaînant les clins d'œil.

Phil n'en doute plus, à cette minute : le bar a été transformé en un de ces temples sacrés de la régression, comme ces autres lieux qui pratiquent la soirée disco moussante ou électro-ballon-baudruche, avec des videos-jokeys qui projettent en boucle des séquences de dessins animés de Candy ou des extraits de documentaires sur la reproduction animale.

Seule l'idée d'une soirée pyjama entre adultes, susceptible de mal tourner, lui rend sa bonne humeur.

– J'espère que tu ne rêves plus du Grand Soir ! crie-t-il à Max. Regarde, le vrai soulèvement populaire, il est là, devant toi.

– La révolution se fera avec des guérilleros en latex armés de machines à dérouler du PQ ou ne se fera pas.

Phil se demande d'où peuvent bien venir tous ces mômes. Ils ne sont pas là pour mettre le oaï. Seul un tout petit nombre d'entre eux a l'air de vrais lascars, qui évacuent sans doute dans ce genre de sauteries le stress des affaires, loin des soirées de négociation pour un territoire ou un marché qui se terminent en général par des after un peu plus destroy, avec putes et baston. Les autres pourraient être des étudiants, des vendeurs de fringues, des coiffeurs ou même des fonctionnaires des impôts. La majorité a moins de vingt-cinq ans. À les entendre, certains ont roulé cent ou deux cents kilomètres pour venir à cette fête.

Phil sait qu'elle ne dérapera pas. Un truc que les barmen sentent, presque aussi bien que les videurs. Il suffit d'identifier les caïds, susceptibles de tenir les autres, et de s'assurer qu'ils sont dans de bonnes dispositions. Il faut aussi savoir suivre le déplacement d'un regard. Son itinéraire. Repérer les points sur lesquels les yeux se fixent successivement pour en déduire la logique probable d'un comportement.

Verre ; bouteille sur l'étagère ; verre ; barman ; blonde aux tétons qui pointent sous le tee-shirt ; projections d'images lumineuses sur le mur ; verre : pas d'engatse en vue.

Montre en or au poignet du copain de la même blonde qui, le bras sur le comptoir attend ses cocktails ; blonde ; videur ; mec au rire gras et à la tête à claques à l'autre bout du comptoir ; videur ; barman ; blonde ; videur : embrouille possible.

Non, c'est du baratin. On ne voit jamais ce qu'on devrait voir.

Yann s'approche du comptoir. Il porte une chemise hawaïenne, un collier de fleurs et un short de safari. Il se penche vers Phil.

– Faites une pause d'une demi-heure, les gars, je vais m'occuper du bar avec Laura.

À peine dehors, Phil et Max allument une clope. Il est à peine minuit. La soirée se poursuivra jusqu'à trois ou quatre heures. En général, à ce moment-là, Max devient irascible s'il ne reprend pas un parachute d'ecstasy. Il est capable de devenir agressif et grossier puis de flanquer tout le monde dehors avant de tirer le rideau et de s'allonger sur la banquette en cuir pour entamer sa nuit.

Dérouille est adossé au mur, mains dans les poches. Deux autres redskins discutent, les bras croisés, quelques mètres plus loin.

Phil lui lance :

– Alors, ça mord ?

Le skin sourit, dévoilant une bouche pleine de trous.

– La routine, Phil. Sauf ce con, tout à l'heure, avec sa pancarte « Free Hate » qui, quand il a compris qu'on ne le laisserait pas passer, s'est planté pendant une demi-heure sur le trottoir d'en face en exhibant son bout de carton à bout de bras. La prise de tête. Les racailles n'insistent pas, ce soir. Par contre, les gamines chicos, y'en avait un paquet qui voulaient rentrer... Franchement, gagner son pain en refusant l'accès aux bombasses bien roulées, j'ai l'impression que c'est de l'argent sale.

Phil et Max rient, puis se dirigent vers le Bar de la Plaine. Échange de bises avec quelques habitués, bons pères de famille et soûlards décomplexés. Ils vont s'attabler en terrasse, avec la pinte qu'ils sont allés chercher au bar.

– Foutue soirée. J'en ai marre de faire des extras pour ces conneries, Max. Tu peux pas trouver quelqu'un d'autre ?

– T'as besoin de ce fric, Phil, te plains pas. Tu crois que ça m'amuse, moi ? Ils font quoi, ces tarés, entre deux bringues de ce genre ? Ils s'automutilent, ils s'arrachent les cheveux et les ongles ? Ton fils ne devait pas venir, au fait ?

Phil lève son verre et le fait tinter contre celui de Max.

– Je trinque au fait qu'il ait eu un empêchement.

Max vide la moitié de son verre, le repose et s'étire en grimaçant.

– Tu te fais un sang d'encre, Phil. Je te connais. Tu baisses les yeux quand on te regarde. Qu'est-ce qui cloche ?

Phil se rend compte qu'il est à nouveau en train de regarder l'écran de son portable. Il a laissé un message à Éléonore. Il est frustré de n'avoir pas de réponse. Il fixe le ciel noir et cherche machinalement la lumière d'un satellite, comme si ça allait l'aider à faire la bonne connexion.

– Tu as entendu parler de ces mères qui font un déni de grossesse, Max ? Elles portent, sous des pulls amples, des fringues serrées qui leur compriment le ventre et les seins. Elles ne découvrent qu'elles sont enceintes qu'au moment d'accoucher. Un soir, le mari rentre, il voit sa femme en sang dans la cuisine. Elle a fait une hémorragie en mettant seule son bébé au monde et, jusqu'au dernier moment, elle refuse l'idée que c'est le sien. Comme si c'était un corps étranger. Plus tard, après qu'on a emmené la femme à l'hosto, on découvre le cadavre de l'enfant dans la machine à laver.

Max se lève de sa chaise et file un coup de pied dedans.

– Tu n'es qu'un sale con, Phil !

Max est vraiment furieux. Il se dirige vers le comptoir et revient avec deux autres bières.

– Où tu veux en venir ?

– J'ai fait sa connaissance quand il avait onze ans, mais je me dis que j'aurais toujours dû savoir que j'avais un fils, même s'il grandissait à des milliers de kilomètres d'ici. Intuitivement.

– Ça n'a rien à voir avec un déni, Phil. Qu'est-ce que tu essaies de me dire ?

– Milan m'a accepté comme père. Je le suis devenu par une sorte de consentement mutuel. Il aurait pu se rebeller, je n'avais aucun droit sur lui. J'aurais dû lui rendre sa liberté. J'ai peur de ne pas être capable de le protéger.

Il rallume une cigarette. Elle lui crame aussitôt les poumons. C'est la fumée tiède et âcre qui, en se faufilant dans sa gorge à chaque bouffée, lui fait prendre conscience de son unité en lui donnant le sentiment rassurant que son corps et sa tête sont bien reliés. La principale vertu de la clope, estime-t-il.

– J'ai peut-être été qu'un père porteur, après tout… J'ai porté l'histoire de Sofia, je porte son souvenir. J'ai l'impression de pas être son père légitime.

Phil sait qu'il peut s'épancher avec son ami. Et Max sait lire entre les lignes.

– Raconte, Phil. Le vrai problème, pas ce bullshit.

Phil lui résume sa rencontre avec Marko.

Max soupire et se contente de répondre :

– Tu as besoin de cette fille. La journaliste. À tous points de vue. Retournons au turbin, on va se faire jeter par Yann.

Phil se demande comment il va trouver l'énergie pour subir à nouveau cette musique et cette foule hurlantes. C'est Max qui le déride.

– Pose-toi une seule question, Phil. Demande-toi depuis combien de temps tu n'as pas léché l'intérieur de l'oreille d'une gonzesse en buvant du champagne.

Max doit les fréquenter, ces pyjamas parties entre adultes.

Quand, sous les injures de Yann, ils réintègrent enfin leur place derrière le comptoir, les mines réjouies des noceurs se sont effacées, pour la plupart. Les drogues ont fini de faire effet et ils semblent nombreux à n'avoir pas renouvelé leurs prises. Comme ce type adossé à un mur, les mains dans les poches, le regard perdu, qui arbore ce tee-shirt de Bob Marley avec cette citation du parrain du reggae : « Tu ne sais jamais à quel point tu es fort jusqu'au jour où être fort reste la seule option ».

Durant les trois heures qui suivent, Phil s'active sans un mot.

Yann, avec l'aide de Max et des videurs, parvient à chasser les derniers fêtards à quatre heures. Le concert de protestations se poursuit dans la rue, où des mômes en scooter font crisser les pneus et tournoyer leurs engins sur place.

Quand Phil est enfin rentré, il est cinq heures.

C'est un dub instrumental agressif. Mid-tempo. Entre 115 et 120 bpm. Une mélodie familière. Dans un demi-sommeil, le mot « émeute » lui vient à l'esprit. Phil ouvre un œil. Le Gabian, de dos, emmitouflé dans un peignoir en éponge, est assis sur le bord du lit. Il tient son portable à la main, qui sonne sans qu'il se décide à répondre. Phil identifie enfin le morceau. *Guns Of Brixton*. Il se rappelle qu'il a téléchargé en douce cette sonnerie sur le téléphone de son ami, car il n'en pouvait plus d'entendre la précédente, qui imitait un miaulement. Il jette un œil au réveil. Dix heures.

– Qu'est-ce que tu fais ici, Gabian, tu t'es perdu dans le couloir ?

Son ami balance son portable sur la moquette et vient s'asseoir à côté de Phil. Il cale un oreiller entre sa tête et le mur, étale ses jambes et allume une cigarette. Il la tend à Phil et s'en allume une autre. Il fume rarement. Il a de lourds cernes sous les yeux.

– Qu'est-ce qui ne va pas ?

– On va avoir de la visite, Phil.

– Tu en as constamment. Tous ces artistes. Milan et moi… Je te suis reconnaissant de nous héberger, mais si tu as besoin qu'on débarrasse le plancher, hésite pas à me le dire, on se débrouillera. Tu parles pas des flics, au moins ? Tu as fait une bêtise ? Une vraie, je veux dire.

Il a les paupières plissées et le regard perdu vers le plafond, comme s'il contemplait un vol de mouettes imaginaires tout en protégeant ses pupilles du soleil.

– Non. Une personne que j'ai connue il y a longtemps. J'essaie de ne plus avoir besoin de personne, mais ça n'est pas facile, j'ai toujours compté sur les autres. Restez, toi et Milan. C'est bon de vous avoir.

– Je peux t'aider, Gabian. Demande-moi ce que tu veux. Sauf de participer une fois de plus à tes happenings, je t'en supplie.

Phil se lève, enfile son caleçon et son jean et va ouvrir la fenêtre, en laissant les volets fermés. Puis il prend sur la commode un cendrier en porcelaine qui n'a jamais servi et le pose sur le lit, avant de se rasseoir à côté de son ami, qui affiche à présent un air triste.

– Je me demande si nos révoltes servent à quelque chose, Phil. Le maître mot, aujourd'hui, c'est « consensus ».

– Oui, un de ces mots pleins de promesses, mais qui se révèlent décevants quand on en découvre la signification.

Le Gabian ne réagit pas. Phil se croit obligé de surenchérir.

– Un peu comme « pinacothèque ».

Le Gabian enchaîne, comme s'il ne prêtait pas vraiment attention à Phil.

– On a réussi à faire croire aux gens que le plus important est de mettre tout le monde d'accord. Alors nos colères ne servent plus à rien, elles se retournent contre nous-mêmes et nos proches et elles finissent par nous empoisonner. Je me rappelle ce copain qui bossait comme manutentionnaire dans les entrepôts d'une société qui fabriquait, je crois, des boîtiers d'emballage de montres de luxe. Puis l'entreprise a fermé et il s'est retrouvé au chômage. Il a cherché du boulot, mais ne trouvait rien. Un jour, il m'a dit : « Je ne veux plus d'allocs, je veux du boulot ». Il est parti dans un bled de montagne et il est devenu bûcheron. Pourquoi bûcheron ? Il voulait juste frapper avec sa hache, tailler dans des troncs pour faire sortir sa hargne. Un an après, il avait lancé sa propre scierie, il était à la tête d'une petite affaire qui marchait… Puis je n'ai plus jamais eu de nouvelles.

– La morale de l'histoire ?

– Ce n'est qu'en se pliant au système qu'on peut canaliser sa haine. Pas en luttant contre lui. Tu sais ce que je crois ? Ce qui nous apaise vraiment, ce n'est pas la révolte, c'est de voir approcher ce moment où on sait qu'on va payer pour nos erreurs et nos fautes.

Il se lève, plante son regard dans celui de Phil et semble le voir enfin, comme s'il venait de retrouver ses esprits. Il a l'air à nouveau plein d'entrain.

– Ne nous laissons pas abattre, je crois juste que j'ai mal dormi, Phil. J'ai fait des cauchemars. Ce n'est pas le moment d'abandonner la lutte.

Il quitte la pièce en massacrant une de ces chansons révolutionnaires en espagnol, que Phil a entendue mille fois et qui lui donnerait surtout envie de se recoucher. Il opte pour la douche.

Dix minutes plus tard, alors qu'il boit son café à la table du salon, il remarque la présence d'un des copains du Gabian, avachi dans le canapé, sous l'escalier. Casque sur les oreilles, ordinateur sur les genoux, il rit nerveusement en fixant l'écran. Phil s'approche, sa tasse à la main. C'est un geek. Lunettes mal ajustées sur le nez, verres trop grands, bouche trop petite.

– Je peux m'asseoir ?

Le gars débranche le jack du casque afin que le son sorte directement de l'ordinateur. Phil s'installe à côté de lui. Sur l'écran, un homme assis sur un tabouret, devant une planche à dessin, s'exprime en faisant de grands gestes.

– La qualité est méga bonne, non ?

– Je suppose, je n'y connais rien. Qui c'est ?

– Un architecte. C'est filmé avec mon portable. Écoute-le.

Il bidouille le pavé tactile pour remettre en arrière la vidéo, puis il monte le son manuellement, avant de croiser les mains sur son ventre. L'architecte a le regard sévère et il parle avec un débit torrentiel, sur un ton virulent : « Les Marseillais, c'est le sang de la ville, il est d'un rouge dense et épais, il ne s'arrête jamais de circuler et même quand le corps est blessé et que le sang se répand, il ne coagule pas. C'est notre force : ici, on ne coagule pas ! ».

– Mais de quoi il parle ? demande Phil.

– On se le demande, hein ?

Le jeune homme manipule à nouveau le pavé tactile, clique et reclique en laissant échapper de brefs éclats de rire hystériques. À l'écran, des hommes et des femmes se succèdent, dans un bureau, une galerie d'art ou un restaurant, sur un rocher au bord de l'eau ou en plein milieu d'une rue. À chaque fois, un plan fixe de quelques secondes.

– Je suis en train de réaliser le montage, poursuit le geek, qui pioche en même temps dans un sachet de chips. Mon idée était de poser une seule et même question à une personnalité, un élu ou un artiste, et de le filmer avec un portable. Jusque-là, rien de très excitant. Sauf que la question était : « Croyez-vous que Marseille est une ville anti-culturelle et que, pour le Marseillais, la culture est un obstacle dressé entre lui et la plage par le pouvoir jacobin ? » Terrible, non ?

– Carrément méchant, répond Phil.

Il comprend alors les gestes de colère de certaines personnalités qui défilent à l'écran en accéléré et qui semblent parfois accabler d'injures celui qui les filme. Il réussit à identifier des élus, des humoristes, des chanteurs et des footballeurs. D'autres visages lui sont familiers, sans qu'il puisse mettre un nom dessus.

– Quand le montage sera terminé, j'aurai un film d'une heure, composé de deux cent quarante interviews de quinze secondes chacune. On est en train de chercher un moyen de le projeter à la sauvage sur la façade de la mairie, le jour de l'inauguration de Marseille capitale. Peut-être d'un hors-bord…

Phil le coupe.

– Reviens en arrière. Qui c'est, lui ?

Il se demande où il a vu ce visage. Le jeune homme repasse le début de l'interview et remet le son.

– Ce gars-là ?

L'homme est à l'intérieur d'une voiture, la main sur la poignée de la portière. On ne saurait dire s'il s'apprête à la claquer ou s'il est sur le point de sortir du véhicule. La qualité de l'image est plutôt mauvaise. L'homme a un léger accent étranger.

Phil retient sa respiration.

C'est l'homme qui était chez Tomislav, hier.

– C'est un ancien artiste devenu galeriste, qui expose tout ce qu'il peut trouver de trash et de déjanté. C'est un gars du circuit, il est dans les programmes officiels. C'est aussi l'un des rares qui a trouvé ma question marrante.

– Comment il s'appelle ?

– Josip Bradman. C'est un Croate, je crois. Ou un Serbe. Un truc comme ça.

Phil se lève d'un bond.

– Mon truc te fait flipper ?

– Ton film est parfait. C'est la fatigue. Un mal de crâne pas possible.

Il a l'esprit embrouillé et est incapable de faire le tri dans les données qui tournent dans sa tête comme dans une centrifugeuse. Ce qui lui est déplaisant, c'est cette sensation que le monde est saturé de connexions qui nous traversent dans tous les sens.

– Tiens, prends ça, ça te fera du bien.

Le geek lui tend un comprimé rose.

– C'est quoi ?

– Ecstasy. Light.

Phil ne réfléchit pas, il le prend et l'avale avec un verre d'eau.

Il regrette aussitôt son geste. Son téléphone sonne. Éléonore.

Elle veut le voir d'urgence.

7

Le mistral semble écraser les ombres. À chaque rafale, Phil ressent l'effet de coups assénés dans son dos et dans ses reins, il a la nuque et le crâne comprimés. Les ordures sont disséminées sur la chaussée et des boîtes de conserve vides roulent sur le quai pour terminer leur course dans les eaux du Vieux-Port. L'habituelle mer d'huile s'est transformée en une masse compacte, graisseuse et houleuse. Des images se succèdent dans sa tête. Une plage exotique, sable fin et transat, cocktail d'un liquide bleu transparent ; un navire de croisière en train de couler ; les visages de Sofia et d'Éléonore ; un champ de terre, le long d'une route aux abords de Knin, avec ces panneaux qui indiquent des mines.

Il s'efforce de marcher droit en espérant qu'Éléonore ne se rendra pas compte de son état. Il est loin de déborder d'amour, elle devait être frelatée, la « pilule de la love ». Il éprouve davantage une puissante haine envers ses contemporains, et pas seulement les plus sauvages, comme ces criminels de guerre qui ont fait tant de mal à Sofia, ces types dont on voudrait rappeler qu'ils demeurent humains, mais qui ne le sont que dans des moments d'inattention.

Il a le vertige. Les voiliers tanguent méchamment. Les passants semblent marcher au ralenti alors qu'au-dessus de leurs têtes, les sacs en plastique filent à toute allure. Il aimerait pouvoir ralentir encore le flot de ses pensées.

Il manque de se prendre les pieds dans le cageot d'un pêcheur. Il jure à voix haute.

– Putain d'ecstasy !

Il regarde sa montre. Éléonore ne devrait plus tarder. Il essaie de se convaincre qu'il redescend peu à peu. Il a dû faire le tour du port à pied, le ferry-boat à énergie solaire étant à nouveau en panne. Il vient de lire dans le journal qu'hier, alors que le vent était encore plus violent, le Napoléon Bonaparte a rompu ses amarres. Le vent l'a fait dériver et le ferry s'est échoué sur sa quille, le flanc reposant contre le quai, prêt à chavirer et à s'écraser sur les bâtiments du môle. Depuis ce matin, des plongeurs essaient de colmater la brèche par laquelle s'engouffrent des tonnes d'eau.

S'il reste définitivement immobilisé, on le transformera peut-être en salle de concert, songe Phil. Marseille a l'habitude de recycler les vieilles manufactures, silos et autres friches industrielles en lieux culturels, alors pourquoi pas un ferry ?

Il croise un type qui porte le fameux maillot de l'OM affichant ce slogan qui comporte une faute d'orthographe. Les tee-shirts n'ont pas été retirés de la vente, le coût aurait été trop élevé. Des supporters continuent donc d'arborer, dans le dos, la jolie phrase : « Et nos cœurs sont oranges, comme au couchant sont les flots ».

Il songe à ce que disait le patron du café de Saint-Julien, il y a quelques jours :

– Se faire naturaliser Français, d'accord. Mais on devrait aussi pouvoir se faire surnaturaliser Marseillais.

Éléonore lui a dit qu'elle avait besoin d'aide. Étrange formulation.

Il a le refrain des Beatles en tête et il se dit qu'aucune chanson digne de ce nom ne devrait contenir les mots « *help* » ou « *love* ». Ils ont rendez-vous au dernier café du quai de la Mairie. Elle n'a pas su lui donner le nom.

– Tu te demandais si tu n'allais pas annuler à cause du vent, c'est ça ?

Éléonore. Phil lui fait la bise. Elle a les joues gelées, il a les lèvres sèches. Retour sur terre.

– Vous me tutoyez, à présent ? C'est flatteur ?

Elle esquisse un sourire puis désigne le bistrot. Ils s'assoient à l'intérieur et elle commande deux expressos. Il la coupe, demande un grand crème. Le zinc est squatté par des vieux qui picolent en remplissant des grilles de tiercé. Le serveur sifflote en essuyant des verres, un œil sur le filet noir qui s'écoule dans les tasses. Éléonore demeure silencieuse, Phil n'ose pas entamer la discussion, il a peur de dire une bêtise et il préfère se laisser absorber par la conversation de la table voisine. Deux pêcheurs sont en train de pester contre la malbouffe de la mer en évoquant les actions qu'il leur faudrait mener pour une meilleure traçabilité des poissons dans les grandes surfaces. Ils parlent d'aller y déverser des kilos d'algues pourries sur les étalages.

Le ton de leur discussion lui fait penser à une chanson de Billy Bragg et il réalise qu'il est en train de battre la mesure avec son pied.

Quand il est servi, il vide aussitôt deux sachets de sucre dans sa tasse et il la porte à ses lèvres après avoir brièvement touillé. Il se brûle. Éléonore lui tend un mouchoir.

– Pour tes yeux. Tu pleures.

Il s'essuie les joues, puis les paupières. Il a enfin l'esprit clair. Il désigne la veste de flanelle d'Éléonore.

– Chaque soir, au bar, je me dis que tu vas passer me rendre visite. C'est un problème de dress code ? Tu peux venir comme tu es, tu sais.

Elle rit. Il repose sa tasse trop brusquement et il renverse du café. Il se sert du mouchoir d'Éléonore pour nettoyer.

– Tu n'as rien du barman : tu es plutôt gauche, tu préfères parler qu'écouter et tu es certainement un peu misanthrope.

Elle marque une pause, prend une mine grave. Parfaitement étudiée, songe Phil.

– Pourquoi m'as-tu interrogée, l'autre jour, sur cette soirée de tournage ?

Phil redoutait qu'il s'agisse de ça. Au lieu de s'inquiéter, il se sent soulagé. Il soupire.

– Tu as repris cette enquête ? Je croyais qu'il n'y avait pas lieu de le faire.

– Ne tourne pas autour du pot. Tu as quelque chose à voir avec ce qui s'est passé là-bas ?

– Il y a eu un rebondissement, n'est-ce pas?

– Raconte-moi d'abord ce que tu sais.

Phil s'assure que la dispute des pêcheurs, alimentée par l'arrivée d'un troisième, couvre ses paroles. Il approche son visage de celui d'Éléonore et lui répète ce que Marko lui a dit. Il digresse, parle de son fils, de Sofia, de ses angoisses de père.

Le visage d'Éléonore reste concentré et impassible. Phil peut lire dans ses yeux qu'elle le croit.

À la fin de son récit, il sort une cigarette de son paquet et la tasse nerveusement contre la table.

Éléonore fourre ses mains dans les poches de sa veste et se penche vers Phil. Elle chuchote.

– Ce gars que le copain de ton fils a blessé lors de la soirée, il est mort hier soir. Il est passé par-dessus la rambarde de sa terrasse et il s'est écrasé sur le sol en marbre pile devant l'entrée de son immeuble. Il devait être près de minuit. Un couple venait de franchir la porte du hall et à quelques secondes près, il leur tombait dessus.

Phil prend une longue inspiration. Son cœur est en surchauffe.

– Quelqu'un l'a aidé à tomber?

– Je connais très bien le flic qui est arrivé le premier sur les lieux. Ils n'ont encore fait aucune déclaration, aucun communiqué. Il m'a demandé d'attendre avant de publier quoi que ce soit. Il a trouvé la terrasse en désordre, avec des chaises renversées, la table en travers, un cendrier par terre avec les mégots éparpillés autour, et une bouteille de vodka vide. Ça ressemble à l'histoire du type qui se saoule seul, qui fait le con, qui danse peut-être sur la table et qui fait un faux pas. Il semblerait que plusieurs voisins l'aient appelé pour qu'il baisse la musique, l'un d'eux aurait même cogné contre sa porte pendant un quart d'heure, vers onze heures et demie.

– Et tu ne crois pas à cette hypothèse. L'accident, je veux dire.

– C'est toujours pareil: c'est trop évident, on dirait une mise en scène.

– De toute façon, je n'ai jamais cru que les gens qui buvaient seuls chez eux dansaient sur les tables.

Phil a sorti son portable de sa poche, il le pose sur la table et le fait tourner comme une toupie. Il se demande s'il doit appeler Milan. Ou aller voir Marko.

Éléonore semble cogiter.

– Il s'appelait Daumal.

– Ce Daumal a essayé d'abuser d'une des actrices. Lana. Pour la défendre, Marko lui a donné un coup de couteau. N'étant pas certaine de se sortir de là sans encombre, Lana a poussé Marko à prendre la fuite, après lui avoir confié une sacoche, qu'elle a récupérée quelques dizaines de minutes plus tard, après être parvenue à se tirer à son tour grâce aux minots en scooter.

– Puis le gars a été emmené à l'hôpital en ambulance. C'était trois fois rien. Et une semaine plus tard, il se fait défenestrer de chez lui.

– On n'en est pas sûr...

Le visage d'Éléonore s'adoucit. Il trahit de la compassion.

– Tu t'inquiètes pour ton fils ? D'une façon générale, je veux dire.

– Oui. À cause de l'histoire qu'il trimballe. Celle de sa mère, de ses amis, de sa famille, celle des chiens de guerre. Je sais, je ne devrais pas m'en faire simplement parce que son meilleur copain a aidé sa cousine à se tirer d'un mauvais pas.

– Après ce qui s'est passé à la villa, il serait normal, pour celui qui veut récupérer la sacoche, de penser que Lana et Marko sont complices.

– Complices de quoi ?

– D'avoir volé cette sacoche. C'est ce que cette Lana a fait, non ? Elle appartenait peut-être à Daumal. Ou bien il était censé la récupérer ce soir-là pour le compte de quelqu'un d'autre. Celui qui l'aurait ensuite fait assassiner.

Elle sourit malicieusement, comme si la gamberge l'excitait

Phil déteste la tournure que prend leur conversation. C'est un jeu de construction mentale abstrait, dont les enjeux lui échappent. Il est incapable de saisir clairement le nœud du problème. Il voudrait sortir et aller sur la digue du Large contempler la mer déchaînée.

Sa peur est indistincte. Une menace lointaine, tapie au fond d'un gouffre profond et obscur. *La Menace*. Le titre du film tourné ce soir-là.

– Il faut que Marko me mette en contact avec sa cousine et qu'elle me dise ce qu'elle trafiquait avec ce type. Juste pour être sûr que Milan est loin au bout de la chaîne des emmerdes. Loin de ce que les politiques et les voyous trafiquent entre eux. J'ai besoin de mesurer l'épaisseur du mur qui sépare les affaires de Lana, Daumal et les autres de l'univers de mon fils. Tu vas poursuivre ton enquête ?

– Je ne sais pas encore. Je ne suis pas flic. Toi non plus, Phil.

Elle regarde sa montre et resserre les pans de sa veste pour s'emmitoufler.

Phil interpelle le serveur pour lui demander la note. Il paie les deux cafés et ils se lèvent. Les pêcheurs se marrent, à présent, en ironisant sur le sort du Napoléon Bonaparte.

Une fois dehors, Éléonore s'excuse presque de devoir retourner au journal. Quand Phil s'approche d'elle pour lui faire la bise, une rafale les oblige à se cramponner fermement l'un à l'autre. Elle rit encore. Ils se séparent. Elle monte vers le Panier tandis que Phil marche en direction de la Canebière en songeant à cette chanson qu'il essaie d'écrire depuis des semaines.

Marseille's burning.

Dans le rock, les villes sont faites pour flamber. Detroit. Londres. Babylone.

Il n'a réussi qu'à en écrire le refrain.

« Victoire du bling-bling, vide ton verre, fini le swing,
Hier encore, on te gavait de longs travelling
Sur le clientélisme et le Bernard Tapiing
Mais tu vois pas, darling, que Marseille's burning ! »

Les flammes, dans l'imagerie locale, ce sont les bûchers érigés lors de la grande peste, quand les galériens étaient sommés de charger les cadavres dans les charrettes pour aller les brûler. Ce sont encore celles qui ont ravagé les Nouvelles Galeries dans les années trente. Il y a aussi les slogans de l'OM. Ce soir on vous met le feu. Des supporters sont passés à l'acte, il y a quelques années, incendiant la statue de la girafe constituée d'un assemblage de dizaines de livres, sur la Canebière. Un autodafé marquant la supériorité du coup franc sur la littérature.

Depuis la première guerre du Golfe, et à chaque fois qu'un conflit au Moyen-Orient fait la une, la nation tout entière attend que Marseille s'embrase. Ce qui n'arrive jamais. Quand la France des banlieues se soulève, c'est à Marseille qu'on prévoit le pire. La ville concentrerait tous les stocks de poudre du pays. Avec la violence sociale, on imagine que les mèches sont en place et prêtes à être allumées, mais les pyromanes préfèrent voir brûler le chêne et le pin des collines environnantes.

Le Gabian lui a récemment exposé son point de vue :

– On a mis en place des pare-feux efficaces. La presse locale ne cesse de faire l'éloge de la longévité en allant traquer les vieux dans les maisons de retraite pour publier, jour après jour, une photo d'anniversaire d'un centenaire en train de souffler des bougies. Tout le monde ne rêve plus que d'atteindre les cent ans pour avoir à son tour sa photo dans le canard... Et puis on a lancé la semaine du respect dans les bureaux de la Poste, on fait faire des cendriers en rotin aux enfants dans les maternelles des quartiers Nord, on a même envoyé les pires éléments à Miami pour y assurer un reality-show débile. Le Marseillais est bien trop maladivement amoureux de son image pour y mettre le feu, Phil. Marseille n'est pas prête de brûler.

Bref, sa compo n'avance pas. Il se dit qu'il devrait y renoncer et se lancer dans une traduction des chansons de Black Sabbath en occitan.

8

Max désigne une pub sur un kiosque. On est en train de mettre le paquet pour promouvoir la presque capitale culturelle européenne, mais surtout pour faire taire les critiques. Les futurs grands musées ne seront pas prêts à temps pour cause de travaux inachevés, la municipalité et l'association organisatrice de l'événement se tirent dans les pattes pour obtenir les mécénats des grosses entreprises et les artistes locaux râlent qu'on leur ait préféré des « Parisiens » pour servir de locomotives.

– La date de l'inauguration sera historique, Phil. Le douze janvier deux mille treize : légalisation de la culture à Marseille après des décennies de prohibition.

Phil a lu qu'à La Ciotat, il a été question, pour une exposition sur la protection du milieu marin, d'immerger pendant un an quatre statues géantes de Bob l'éponge. Le potentiel artistique de cette région est décidément sans limite.

– Le Gabian a bien raison de foutre le oaï de partout, poursuit Max, qui a replongé le nez dans le quotidien gratuit qu'il a trouvé par terre, sous son siège. Les édiles voudraient que cette année culturelle ne soit rien d'autre qu'une grande quinzaine commerciale. Le président de la communauté urbaine dit que les commerçants seront les premières vitrines de l'événement sur toute la métropole et les autres ne parlent que de « capitaliser les retombées économiques et touristiques ».

– Tout est à vendre, Max. Mais ça, tu le savais déjà. On arrive, ferme ton journal et concentre-toi sur ton rôle.

Le bus les dépose près de l'anse du Prophète.

Phil indique à son ami une traviole qui monte raide en serpentant entre les maisons. Les bougainvilliers dépassent au-dessus des murets. Il n'a pas réussi à convaincre Max de se fringuer plus sobrement. Il porte un cuir usé et lacéré couvert de badges de groupes punk et metal et ses Creepers vertes. Il peste en manquant à plusieurs reprises de se tordre la cheville.

Phil s'arrête devant un portail en fer forgé. Il avise le nom au-dessous de la sonnette avant d'appuyer longuement.

C'est la villa du réalisateur de *La Menace*. Walter Gantz.

Phil l'a appelé en lui faisant croire qu'il voulait l'interviewer pour un site web sur le thème de la menace dans l'art contemporain et qu'il avait entendu parler de son film expérimental.

Une porte en fer coincée dans un renfoncement du mur s'ouvre sur leur gauche.

– Entrez par là, venez.

L'homme a l'air jovial. Il tend la main à Phil et s'écarte pour les laisser entrer. Il n'a pas l'air plus allumé que le Gabian. Il lui fait même l'effet d'un gars sympathique, il est pieds nus, porte un pantalon de toile large et un tee-shirt de Marilyn Monroe. Phil présente Max comme étant le cameraman et Walter les conduit sur la terrasse. Il les fait asseoir à l'ombre d'un immense parasol et leur sert une citronnade sans leur demander leur avis.

– C'est ici qu'a été tourné *La Menace*? demande Phil.

– Sur la terrasse et en partie dans la piscine. Vous avez entendu parler du post-modernisme, je suppose?

– Justement, je me demande parfois à quoi ressemble le héros post-moderne du XXIe siècle. Mais je suis assez vieux jeu. Davantage « pré » que « post ». Bien que le mot précurseur désigne plutôt ce qui serait à la page, non?

Walter éclate d'un rire bruyant.

Max a branché la caméra sur un pied. Phil a passé une demi-heure à lui montrer comment on utilisait la molette pour le zoom.

– Tout mon travail repose sur les problématiques du désordre et du danger. Le monde bouge sous nos pieds, la terre tremble constamment et aucun être humain ne peut prétendre avoir trouvé sa place. Je m'intéresse à cette tectonique des plaques. Sur un plan symbolique. Le monde n'est pas rassurant, on ne sait jamais d'où le danger peut venir, ni sous quelle forme il va se présenter.

Phil écoute d'une oreille distraite tout en observant attentivement les lieux.

– Vos acteurs adhèrent à votre façon de voir ?

– C'est délicat, l'emploi des acteurs. Il faut être clair sur ce qu'on attend d'eux. Je ne recherche pas des comédiens, au sens classique du terme. Dans mes œuvres, ils se contentent d'être des figures immobiles, presque des personnages-objets façonnés plutôt par un designer que par un metteur en scène. Ce sont des produits standardisés et manufacturés par une société devenue une gigantesque chaîne de fabrication d'individus et de personnalités, dont certains sont défectueux. Les rebuts sont envoyés à la casse avant l'étape finale, celle du conditionnement des produits.

– La casse ?

– Les marges. Ce qu'ils appellent les « classes dangereuses ». Mes films sont avant tout politiques.

Phil se dit que c'est presque un feu vert.

– J'ai entendu dire que le tournage avait été difficile. Qu'il y avait eu des incidents.

Il grimace légèrement.

– Ah, la rumeur… Le tournage s'est bien déroulé. C'est plus tard qu'il s'est passé quelque chose. Une broutille, si vous voulez mon avis. Des jeunes un peu chauds qui passaient par là, au moment où certains de mes invités étaient sur le point de s'engouffrer dans leur voiture pour rentrer chez eux. Peut-être un échange de mots déplacés, qui ont provoqué une bagarre. Je vous avoue que bon nombre de mes amis étaient un peu saouls.

– Vous avez assisté à la scène ?

Phil voit dans les yeux de l'artiste qu'il est en train de se montrer trop curieux.

– Vous auriez pu la filmer et l'intégrer dans votre film, s'empresse-t-il d'ajouter. On n'est pas loin de *La Menace*, non ?

– Ces gamins, ce sont ceux qui ont été envoyés à la casse, écartés de la chaîne de production dont je vous parlais. D'autres se chargent de les recycler, pour en faire des dealers ou des talibans.

Phil remarque que Max s'est placé derrière Walter. Il lui fait discrètement signe qu'il en a marre.

Le réalisateur reprend :

– Je n'ai pas vu ce qui s'était passé dans la rue, mais je sais que le gars qui a été blessé n'avait rien à faire chez moi. Je ne le connaissais pas et il n'a aucun lien avec le monde artistique. Il travaille à la préfecture. Moi qui m'échine à bosser le plus loin possible des autorités et des administrations pour rester libre ! Il y aurait d'ailleurs eu une altercation à l'intérieur de ma maison entre ce type et l'une de mes figurantes. Je suis persuadé qu'il s'est comporté avec elle comme un porc et qu'elle s'est défendue avant de s'enfuir, effrayée. Elle aurait dû venir me trouver, j'aurais réglé ça. J'imagine qu'elle a croisé la route des mômes en scooter, qu'elle leur a demandé de l'aide et qu'ils l'ont embarquée avec eux pour la tirer d'affaire. Vous savez, je veux rester humain, je respecte mes acteurs, même s'ils ont parfois l'impression de ne tenir qu'un rôle de potiche… Et je les paie bien.

– Vous vivez dans un chouette quartier. Vos films vous rapportent de l'argent ? Je ne sais pas mesurer la notoriété des artistes autrement qu'en fonction de ce qu'ils gagnent. Je ne suis pas très subtil, côté art et cinéma, je suis fan de Ben Stiller et de Damien Hirst.

Walter se ressert un verre et semble réfléchir, comme s'il accordait de l'importance à sa réponse.

– Je survis. Cette maison était celle de mes parents, j'en ai hérité. Mais le quartier change. Les vieilles familles disparaissent. Marseille à la conquête du monde, la « porte du palais universel du commerce » dont parlait Albert Londres, c'est bien fini. Les héritiers revendent les biens et vont s'expatrier sur la Côte d'Azur. Des nouveaux riches les rachètent. Dont certains enfants de l'immigration, qui ont réussi. Ne me demandez pas si c'est l'argent de la drogue… Ce ne sont pas tous des bandits, ce sont aussi les forces vives de notre ville et il n'y a pas de raison qu'ils n'aient pas vue sur la Corniche. La plus grosse intox consiste à prétendre que de leurs cités, sur les collines, ils ont droit au plus beau panorama sur la mer. Quel cynisme ! Une vue plongeante sur le marasme d'un port industriel en crise, oui. Bref, dans dix ans, même ce quartier sera cosmopolite, vous entendrez du rap et du raï provenant des habitations. Ça ne me déplaît pas.

– Revenons à votre travail. Vous utilisez toujours les mêmes acteurs ?

– Non, j'aime changer. Mais je tâche de tisser de vrais liens avec mes comédiens. Je m'efforce de retenir leurs prénoms, même quand ils sont une vingtaine, qu'ils vont venir jouer leur rôle une journée puis repartir et que nous ne nous verrons plus.

– Comment les choisissez-vous ?

– Le fils d'un copain, le neveu d'un autre ou même son oncle ou sa grand-mère… J'organise peu de castings, ça ne sert à rien. J'ai une méthode inverse à l'usage : j'adapte mon film aux acteurs que j'ai devant moi et tout le monde peut être acteur, dans mes films. Même vous.

Max dans *La Menace* eût été parfait, songe Phil en ricanant.

– Sur le dernier tournage, j'ai fait travailler des jeunes comédiens originaires d'ex-Yougoslavie parce que c'est un ami, un artiste serbe, qui me les a envoyés. Il faut faire confiance au hasard et aux opportunités.

– Votre ami est cinéaste ?

– Plasticien. Trop occupé à gérer ses galeries pour travailler à ses propres œuvres. Il en possède plusieurs entre Paris et Marseille. Mais vous le connaissez peut-être, il s'appelle Josip Bradman. C'est un personnage, dans le petit monde de la culture. Il veut toujours aider tout le monde.

Phil réfléchit à cent à l'heure, tout en s'efforçant de cacher sa surprise.

Josip Bradman. Encore lui.

– D'ailleurs, la fille qui s'est enfuie, Lana, elle était Croate, aussi. La pauvre. Heureusement, il paraît qu'elle va bien.

– Qui vous a dit ça ?

Phil a envie de se mordre la langue. Mais le réalisateur prête à peine attention à lui, occupé par ses pensées.

– Bradman. Je lui ai demandé des nouvelles de Lana, c'était la moindre des choses. Il la connaît bien. Il y a quand même eu un sacré remue-ménage chez moi, avec un gars blessé par un coup de couteau, même si c'est bien fait pour sa gueule.

Si Walter n'est pas au courant de la mort de Daumal, Phil se dit qu'il vaut mieux qu'il n'en dise rien.

– Une ambulance, les flics, des journalistes qui m'ont appelé, certains qui sont venus me voir. Je croyais que la presse ne s'intéressait qu'aux quartiers Nord. Josip m'a dit que Lana n'aurait aucun souci avec les flics, que ce mufle ne porterait pas plainte. Encore heureux ! Dire que c'est un ami de Josip, que c'est lui qui l'a amené chez moi !

Phil le regarde dans le blanc des yeux. Il a l'air sincère.

Lana est obligée de se cacher et elle ne tient probablement pas une grosse forme. Josip Bradman a menti à Walter.

Quand ils quittent la villa, Phil se sent vidé.

Max en profite pour râler pendant tout le chemin de retour. Contre la géographie physique et les dénivelés, contre la géographie humaine et les maisons des riches où les toilettes sont toujours introuvables et contre la technologie moderne et les caméras qui comportent trop de boutons et de molettes.

– Ce Walter t'a appris quelque chose, au moins ?

– Peut-être. Les gens honnêtes te permettent toujours d'identifier les vrais menteurs. Mais aller leur demander des comptes, à eux, c'est perdu d'avance, non ? Cette Lana, je prie juste pour qu'elle ne fasse pas partie de cette catégorie-là.

– Va pas trop vite. Il faut que tu apprennes la modération, Phil.

Max réalise qu'il a raté son arrêt, alors que le bus est immobilisé au feu. Il se lève, salue Phil et se rue vers le chauffeur, le supplie de le laisser descendre en lui postillonnant au visage jusqu'à ce que le gars, excédé, lui ouvre la porte avant du bus.

Quand Phil arrive chez le Gabian, il est treize heures. Le jardin est toujours envahi par les établis, par ces objets incongrus et ces installations bizarres, comme ce scooter sur lequel a été montée une espèce de cabine fermée par des tissus en velours. Sur un fanion qui claque dans le vent est écrit : « Confessionnal mobile ».

Aucun artiste n'est dans les parages. Ils ont dû aller déjeuner ailleurs.

Le Gabian les appelle désormais les « artivistes ». Il a tenté d'en expliquer à Phil le concept :

– Les artistes sont les mieux qualifiés pour l'action directe. Ils agissent dans l'ombre, dans tous les coins de la planète, et ils sont insaisissables, comme Banksy. Ici, ils collent une balle sanguinolente entre les yeux des mannequins sur les affiches de pub, là ils inventent des robots graffeurs, ils organisent des carnavals anticapitalistes au cœur de la City de Londres et ailleurs, ils jouent les révérends clownesques en faisant des prêches anti consommation dans les rayons des supermarchés. Parce que l'art doit contribuer à abattre le système.

En se dirigeant vers la porte vitrée, Phil remarque une silhouette, dans l'ombre du chêne. Parce qu'il a vu scintiller ce qui doit être un collier. C'est une femme menue d'une cinquantaine d'années, vêtue d'une longue robe noire étroite et boutonnée jusque sous le menton, qui lui comprime le corps. Elle se tient assise sur le banc de pierre, immobile, le buste droit, les genoux serrés l'un contre l'autre et les mains jointes sur les cuisses. Elle donne l'impression d'être compacte et centrée. Ses cheveux sont tirés en arrière et noués en un chignon, laissant apparaître une raie parfaite au milieu du crâne. Tout, dans sa silhouette et dans sa posture, relève d'un sens de la symétrie troublant. Peut-être a-t-elle les deux hémisphères cérébraux identiques, se dit Phil en s'approchant d'elle.

Elle a l'air d'attendre. Quelque chose qui serait sur le point de se produire et qui ne la surprendrait pas.

Elle plante finalement son regard dans celui de Phil, comme on jetterait au fond d'un puits un seau au bout d'une corde. Phil est à contre-jour, mais elle ne semble pas incommodée par le soleil. Elle a des petits yeux d'un bleu épais qui lui évoquent la forme d'ailerons de requin.

Aucune expression d'étonnement ni d'intérêt dans son regard. Ses sourcils ne bougent pas d'un poil.

– Bonjour, je m'appelle Phil. Je suis un ami du Gabian, j'habite momentanément chez lui avec mon fils Milan.

Il a l'impression que ses mots ricochent sur la surface de ce visage. Il tend la main. Elle ne bouge pas. Le teint de sa peau est d'un rose pâle et froid. Pourtant, l'air semble brûlant autour d'elle, comme s'il émanait d'elle.

Elle paraît tout droit sortie d'une gravure symboliste.

– Je m'appelle Betty.

Elle n'a l'air ni enchantée ni contrariée, elle a prononcé ces mots d'une voix cristalline.

Elle décide peut-être que c'est insuffisant.

– Je vis à Paris. Je suis arrivée ce matin…

Elle s'interrompt brusquement, comme si, pour le coup, elle en avait trop dit. Phil se demande si c'est à lui de la tirer d'affaire ou l'inverse.

– Vous êtes une amie du Gabian ? Je peux vous aider ?

Une main se pose sur son épaule. Il n'a pas entendu arriver son ami, qui a troqué son peignoir contre une salopette. Il a rasé sa barbe et s'est mis de l'after-shave. Il ne cesse de se caresser la peau du menton du bout des doigts, tout en remuant lentement la tête de gauche à droite.

– Vous avez fait connaissance ? Betty et moi étions ensemble aux Beaux-Arts. On appartenait à une petite troupe de performeurs.

Phil a rarement vu son ami aussi embarrassé. Il tire sur le col de sa chemise, comme si elle l'étranglait.

– On faisait des happenings, quoi. Tu te rappelles, Betty, ce jour où on est entré dans une ANPE avec la fanfare, pour fourguer des acides aux chômeurs ? J'avais failli me faire casser la gueule par un artiste au chômage. Le comble.

– Je me rappelle, Victor. Je n'ai rien oublié, tu le sais.

Ses pommettes ont tressailli, son visage s'est empourpré et elle a décroisé les mains. Phil n'avait jamais entendu personne appeler le Gabian par son prénom. Il remarque que les mains de son ami tremblent quand celui-ci sort une clé de sa poche, et que les poils de ses avant-bras sont hérissés. Il a la chair de poule.

Phil sent que si on branchait un voltmètre entre ces deux-là, il leur péterait à la figure.

– Betty va habiter à la villa quelque temps. Dans le studio, derrière le garage. Je compte sur toi, Phil, pour qu'elle se sente comme chez elle. Je risque d'être assez occupé, Betty, mais Phil est comme un frère, pour moi, tu peux lui demander n'importe quoi.

Elle acquiesce, puis se lève. Elle pose une main sur le bras du Gabian et Phil est surpris de voir un sourire sur son visage.

– Je suis contente de passer ce peu de temps avec toi, Victor. Je me ferai discrète, mais je serai là. Et je n'ai aucune appréhension.

– Vous ne vous étiez pas vus depuis longtemps ? demande Phil.

– Presque trente ans. Victor n'a pas changé.

Le Gabian balbutie un remerciement, puis il prétexte un travail à finir et il tourne les talons. Betty le regarde disparaître à l'angle de la maison puis elle se tourne vers Phil.

– Je m'adapterai. Quand nous nous fréquentions, j'ai toujours été pour lui une sorte de dame de compagnie.

Phil lui assure qu'elle peut compter sur lui si elle manque de quoi que ce soit, puis il l'abandonne à son tour.

Quand il se retrouve au soleil, il se rend compte qu'il a les mains moites et qu'il n'a pas répondu à son téléphone, alors que celui-ci vibrait au fond de sa poche. Il le saisit tout en se disant que c'est un étrange fil qui relie le Gabian et Betty. Il devine qu'ils ont été très intimes. Amoureux, peut-être. Une de ces complicités trop lourdes pour survoler avec candeur et insouciance les souvenirs communs.

Ils se sont comportés comme s'ils avaient besoin l'un de l'autre tout en étant de trop l'un pour l'autre.

Comme s'ils avaient quelque chose à perdre ensemble.

9

Phil sent mille regards se poser sur lui. Comme des guêpes. Il se ressaisit. Cette femme en jogging, penchée sur la roue bloquée de sa poussette et qui l'étudie pour comprendre ce qui coince, ne lui prête pas la moindre attention. Ce vieux aux mains noires en train de farfouiller dans son moteur, clope au bec, ne lui lance pas un regard non plus. Sur une aire de jeux, un gamin est en train de rafistoler un énorme fusil futuriste en plastique avec des bouts de fil de fer. Il lève à peine les yeux vers Phil, puis se remet aussitôt à bidouiller son jouet.

Tout le monde a un truc à réparer, ici, songe-t-il.

Les pieds des tours sont parsemés de détritus et d'emballages divers de produits dont il ne parvient pas à identifier les logos. Du démarqué. Le royaume du discount, autant que la zone de non-droit.

Marko a enfin réussi à joindre Lana et elle a accepté de rencontrer Phil, dans cette cité dans laquelle elle se planque.

Les urbanistes qui ont imaginé ces ensembles, il y a une quarantaine d'années, concevaient ce genre de terre-plein comme une agora. L'équivalent d'une place de village. Il sert à la fois de parking et de grand théâtre populaire. De leur balcon, les spectateurs ont vue sur le ballet de voitures, ce va-et-vient incessant qui offre l'illusion qu'on peut se tirer quand on veut. Devant les cages d'escalier, les dealers, canette à la main, plaisantent en surveillant le passage. Les clients venus des quartiers Sud n'ont même pas à sortir de leur voiture. Ils s'arrêtent à hauteur des dealers, passent commande, paient, attendent la marchandise en encaissant les railleries et les provocations des gamins puis ils repartent. Les guetteurs sillonnent les allées en scooter. L'un d'eux l'a repéré et fonce vers lui, son engin cabré, en gueulant comme un singe. Il lui tourne autour, le frôle à plusieurs reprises pour le contraindre à dévier de son itinéraire et à se rapprocher du groupe de dealers. Deux minots s'approchent alors de lui. Le guetteur s'arrête à une dizaine de mètres et, bras croisés sur le guidon, il observe la scène, le visage illuminé d'un grand sourire.

– Qu'est-ce que tu fais là, à pied, frère ? Tu veux quoi ? Shit, coke ?

Phil déglutit. Le garçon a à peine l'âge de Milan.

– Je viens voir une copine. Au bâtiment B.

Il désigne l'un des immeubles.

– C'est le D, ça. Comment elle s'appelle ?

– Lana.

– Lana ?

– Oui. Comme Lana Turner.

C'est plus fort que lui.

– Disons, comme Lana Del Rey.

– Nous embrouille pas, frère. Où elle est, ta voiture, pourquoi t'es à pied ?

– J'ai pris le bus. J'ai prêté ma voiture au Gabian.

Le gamin sur le scooter se redresse et se remet à scruter les alentours. Deux autres jeunes, debout sur leurs deux-roues, viennent vers lui et lui font un signe avant de faire demi-tour et de s'échapper plein gaz. Le gars les rejoint. Les bruits pétaradants résonnent entre les murs de béton. Les trois larrons reprennent leur occupation. Tourner inlassablement sur le parking pour détecter la présence d'éventuels intrus.

Un trentenaire baraqué qui porte à l'épaule un filet rempli de ballons de foot s'arrête et s'adresse à celui qui semble être le chef des dealers.

– Kamel, fous-lui la paix, c'est pas un tox, il te dit qu'il vient voir quelqu'un.

– Mais qu'il reste pas là. Il se croit dans un lieu public ?

Le jeune crache par terre, juste entre les pieds de Phil. Qui s'entend dire mentalement : « Kamel, si tu continues à faire chier, je t'écrase dans le cendrier. »

– Viens, fait le gars, je te conduis. Tu vas où ?

– Bâtiment B.

– Tu vas chez qui ?

– Lana, une copine de mon fils. Elle vit chez des amis. Je ne connais pas leur nom, mais elle m'a dit que c'était au premier étage.

– Tu vas chez Hakim, alors. Comment tu peux le connaître ?

– Je ne le connais pas. La fille non plus, en vérité. Mais elle m'attend.

– Méfi, fais pas le con quand tu seras là-bas. Il est pas comme les minots, il joue pas, Hakim.

– J'en tiendrai compte. Vous êtes entraîneur ?

– Entre autres. Je suis le dernier service social de la cité. Conseil à l'emploi, aide à la rédaction des formulaires de demandes d'aides, RSA et autres, décryptage des courriers de la CAF. Tout ça. Parce que tous les services de proximité ont fermé et qu'ici, on croit que l'entraîneur de foot peut les remplacer. Voilà, vous y êtes.

Il tend la main à Phil, que ce dernier sert mollement.

– Il vaut mieux qu'on vous voit me serrer la main.

– Vous vivez là ? En général, devant les étrangers, les habitants des cités prétendent qu'ils aiment leur cadre de vie et que les médias disent trop de mal de leur environnement.

– Fausse pub, comme toujours, dans un sens comme dans l'autre. C'est un enfer. Pour tout le monde. Il n'y a rien à défendre, ici. Rien à valoriser. Mais ça ne veut pas dire qu'on baisse les bras.

Il tourne les talons et s'éloigne.

Dans le hall, des noms sur les étiquettes d'un interphone, devenu inutile puisque la porte a été enlevée de ses gonds. D'autres, écrits directement sur le mur, au bic ou au crayon à papier.

Il monte au premier et cogne contre la porte couverte d'autocollants de footballeurs.

Une voix d'homme, autoritaire, grave et éraillée.

– C'est qui ?

– Phil. Je viens voir Lana.

Il entend alors la voix d'une femme, qui semble s'adresser au gars. Douce et posée. Il ne comprend pas ce qu'elle dit, mais la porte s'ouvre.

– Je suis Lana. Entrez.

Une silhouette frêle. Une jolie brune aux yeux noisette. Elle lui tend une main hésitante, et à peine Phil l'a effleurée qu'elle la retire. Elle referme la porte et le guide à l'intérieur de l'appartement sombre. Phil se retrouve dans ce qui est sans doute le salon, éclairé par une lampe halogène réglée au minimum. Les volets sont à peine entrouverts. Le ménage a été fait, rien ne traîne par terre, ni cartons de pizzas ni canettes. Sur une table basse, des magazines sont empilés, avec un numéro de *Paris-Match* au-dessus du tas.

François Hollande en couverture.

Avec cette citation : « Je veux mettre fin aux privilèges ».

Alors que Lana indique à Phil le canapé, un homme d'une trentaine d'années vêtu d'une chemise blanche avec des motifs à fleurs pénètre dans la pièce. Il arbore un iroquois discret et une fine barbiche. Il a le regard dur, mais il semble sourire.

– C'est lui, demande-t-il à Lana ?

– Je ne l'ai jamais vu, mais il semblerait que oui.

Phil sort sa carte d'identité de son portefeuille, d'où s'échappe sa carte d'électeur, qu'il ramasse en murmurant :

– Oui, je fais partie des gens qui votent encore. On ne sait jamais, il faut faire entendre sa voix, des fois qu'il soit question de légaliser un jour le cannabis.

Le gars éclate de rire.

– C'était pas la peine de montrer tes papiers. Je m'appelle Hakim.

Il repart vers la cuisine en secouant la tête, comme si son hôte venait de gagner un pari insensé. Il réapparaît avec deux canettes de bière. Il lui en tend une et va se poster près de la fenêtre, le regard qui va et vient entre Phil et le parking de la cité, qu'il doit à peine entrevoir par les battants des volets à moitié fermés. Au mur, un immense poster de NTM, sur lequel les yeux de Phil s'attardent tandis qu'il s'assied.

– C'est pour les minots. Faut qu'ils sachent, quand ils se pointent ici, que le monde ne s'arrête pas à IAM ni aux portes de Marseille. Il y a toujours une prison quelque part, prête à les accueillir s'ils font les cons.

– Vous cherchez à les dissuader de devenir dealers, c'est ça ?

– Non, je leur apprends la prudence. Faut beaucoup de patience et d'intelligence pour faire ce taf. L'humour, ça sert à rien, par contre.

Phil se dit que le caïd vient de le remettre à sa place. Lana intervient.

– Marko va bien ? Milan aussi ?

– Vous connaissez mon fils ?

– Je l'ai croisé au local. Toujours fourré avec Marko. Ils sont comme deux frères. Votre fils est un garçon bien, je dis souvent à Marko qu'il a de la chance de l'avoir comme pote.

– Sauf votre respect, j'ai l'impression que Marko, vous l'avez fourré dans une sale situation.

– C'était juste pas de chance. Marko sait pas grand-chose de ma vie. Quand on a fait ce que j'ai dû faire pour me retrouver là où j'en suis, avoir mon propre appartement, on s'en vante pas. Je voulais pas le mêler à mes affaires.

– On n'est pas chez vous, ici ?

– Non. Je préfère pas foutre les pieds chez moi pour l'instant. J'habite dans une rue pas loin, tout près de la cité, mais Hakim a voulu que je reste planquée chez lui quelque temps. Je sors pratiquement pas, je me fais chier toute la journée, c'est pas évident. Je suis bien emmerdée pour Marko. Je lui ai fait jurer de rester caché lui aussi.

– Vous avez l'air proches. Vous tâchez de le protéger, c'est à votre honneur. Et lui, il n'a pas hésité à vous défendre.

Il boit quelques gorgées de bière. Lana joue avec son bracelet. Elle porte un chemisier à pois et une jupe plissée. Elle est habillée comme si elle s'apprêtait à passer un entretien chez Pigier. Pas son genre. Elle demande à Phil :

– Et vous, pourquoi vous êtes-vous mêlé de ça ?

– Pour être sûr que ces embrouilles ne peuvent pas toucher Milan d'une façon ou d'une autre. Je déteste ne pas comprendre ce qui se passe, à me demander si mon fils est en danger.

– Attention, c'est un peu comme ça que la guerre a commencé, chez nous. Les gens ont eu peur, ils savaient pas ce qui se passait, alors ils se sont armés et, dans le doute, chacun a voulu attaquer le premier.

Phil observe la jeune fille. Elle a le visage grave, mais par moments, ses yeux pétillent, elle est du genre malicieux. Il a du mal à rassembler ses idées. Il jette un œil à sa canette. Une de ces saloperies à plus de huit degrés. Il l'a vidée trop vite.

– Et si vous me disiez ce qui s'est passé à la villa, la semaine dernière, Lana, que je sache quel risque court Marko. Pour le reste, je vous laisserai vous débrouiller seule.

Elle se lève et va vers Hakim. Il la prend dans ses bras, l'embrasse avec tendresse en lui caressant le cou. Puis elle revient s'asseoir.

– J'ai, disons, trouvé une sacoche. Pleine de documents qui foutraient par terre la carrière d'hommes politiques ou d'hommes d'affaires, si on les filait aux journalistes ou si on les publiait sur Internet. Des histoires de fric et de cul. Des listes de chiffres, de sommes d'argent avec des noms, puis des photos et même des DVD. Il y avait des photos de Daumal prises dans une fête libertine. Je vous fais pas un dessin ? Daumal pouvait me faire avoir des papiers. Hors de question de retourner en Croatie, pour moi. Là, j'avais une chance de vivre en France normalement, pas comme une clando.

– Vous l'aviez connu comment, Daumal ?

Elle détourne le regard.

– Les sauteries. Je viens de vous le dire : tout ce que je veux, maintenant, c'est faire un boulot normal. Esthéticienne, par exemple. Ou parfumeuse.

Hakim laisse échapper un petit rire. Lana fait mine de l'ignorer.

– On s'est dit, avec trois autres filles, qu'on pouvait obtenir ce qu'on voulait de Daumal, en échange de la sacoche. C'était un pauvre mec, il n'avait aucun courage. Il aurait lâché pas mal de monnaie et on aurait eu les papiers. Il était d'accord pour faire l'échange ce soir-là, à la villa. C'est pour ça que je suis allée jouer les figurantes dans ce film merdique. Je me disais qu'il y aurait du monde, que je craignais rien, il tenterait pas un coup de pute en plein milieu de la soirée. Mais il était complètement ivre. Il suffisait de faire la transaction, les papiers et le fric contre la sacoche et on n'en parlait plus, mais il a voulu davantage. Un plan baise. Pour le dédommager des ennuis que je lui avais causés, comme il a dit... Bref, il a tout fait foirer.

– C'était juste une péripétie. Pourquoi vous ne l'avez pas rappelé le lendemain pour procéder à un nouvel échange ?

– J'ai pensé qu'il voudrait se venger. J'avais plus confiance. C'était plus prudent d'attendre que les choses se calment.

– La sacoche, comment vous l'aviez eue ?

Elle baisse les yeux.

– Je lui avais piquée.

Phil se raidit.

– Ah. Vous auriez dû commencer par là, non ?

– Je sais. Putain, j'ai déconné sur toute la ligne.

Phil regarde Hakim, qui fume une clope à la fenêtre et semble à peine faire attention à eux. Non loin du poster de NTM, des images des calanques, découpées dans des magazines, et des cartes postales anciennes représentant les vieux quartiers de Marseille. Les bouquetières du cours Saint-Louis, les cigarières de la Belle de Mai et les vieux cafés huppés de la Canebière. Tellement daté et éloigné du gangsta-rap. Il a l'air concentré sur ce qui se passe dehors. Il est probablement à la tête d'un trafic qui rapporte des dizaines de milliers d'euros par jour.

– C'est une des filles qui m'a rencardée. Une Bosniaque qui se pointait parfois au bureau de Daumal, en fin de journée. Ça l'excitait de la baiser dans les locaux de la préfecture. Ils avaient une sorte de liaison. Tarifée, comme ils disent. Il n'aimait que les putes. De luxe ou non. Il faudra m'expliquer un jour comment le fait de faire la pute devient un luxe... Bref, un jour, la fille l'a vu attraper une sacoche dans un placard. Il s'est mis à fouiller dedans. Il en a sorti une photo, il l'a regardée et il l'a posée sur son bureau. Puis il a été appelé en urgence et il est sorti de la pièce. La fille, c'est comme s'il l'avait oubliée. Il venait de la baiser. Elle est pas plus conne qu'une autre, elle a bien compris, en voyant la photo, qu'il valait mieux pas qu'elle tombe entre n'importe quelles mains. Elle représentait un couple en train de niquer dans un salon bourgeois. Elle était floue, comme les photos de stars prises par des paparazzis. Elle a fouillé dans la sacoche et elle a découvert les documents et d'autres photos. C'était évident qu'avec ce matos, il pouvait faire chanter qui il voulait. Elle m'a dit que c'était de la bombe et elle a suggéré qu'on pique la sacoche. L'occasion de faire payer à ce salaud toutes nos humiliations et d'obtenir des papiers. J'ai appelé Daumal en lui disant qu'il y avait un problème, que quelqu'un qui nous avait vus ensemble dans une sauterie voulait le balancer. C'était un minable paranoïaque. Il m'a reçu à son bureau dans la demi-heure. J'étais avec une copine. Je lui ai dit que le problème était réglé, elle l'a entraîné dans la pièce à côté, j'ai pris la sacoche et je me suis fait la malle. Ma copine m'a retrouvée dehors un quart d'heure plus tard.

– Et dans les documents que vous avez découverts en ouvrant la sacoche, il y avait ces fameuses photos de lui ?

– C'est ça.

– Alors ces documents ne lui appartenaient pas. Il avait lui-même volé la sacoche à quelqu'un d'autre. Vous savez à qui ?

– Aucune idée. Mais le type fera tout pour remettre la main sur cette putain de sacoche.

– Peut-il savoir que c'est vous qui l'avez ? Si c'est le cas, il devrait tenter d'entrer en contact avec vous.

– Personne ne m'a appelée pour ça. S'il sait que j'ai le sac alors que moi, je sais pas qui il est, il a un avantage sur moi. Et il est en train de jouer avec mes nerfs.

– Et ce serait peut-être lui qui aurait tué ou fait tuer Daumal.

– Lui ou un de ces types que Daumal aurait essayé de faire chanter. C'est une bonne chose qu'il soit crevé. Quand je pense comment il se comportait avec ces pauvres gonzesses qui débarquaient de l'Est et qui s'étaient retrouvées là sans avoir eu le temps de réaliser ce qui leur arrivait. Elles croyaient au miracle du web. Un mariage ou une carrière de mannequin. C'est toujours l'un ou l'autre. Curieux, non ? Ce sont deux tafs tellement différents.

– Vous avez entendu parler d'un certain Josip Bradman ?

– Josip ? Bien sûr. C'est lui qui a créé l'association Balkans-sur-Mars. C'est par lui que j'ai eu ce boulot pour le tournage. Il m'a dit que le réalisateur avait besoin d'une actrice qui avait une vraie gueule de star. Il me payait bien. Moi, j'ai accepté parce que c'était l'occasion de faire cet échange avec Daumal. Je savais qu'il serait là. Josip, c'est un artiste pété de thunes, il aime le pouvoir et la notoriété. Il expose des jeunes peintres, il finance des projets artistiques, il fait des dons aux fondations des aristos. Il est aussi resté proche de la communauté ex-yougoslave, y compris les sans-papiers. Il est à l'aise avec les gens de tous les milieux. Parce qu'au fond c'est un rustre, me dit ma copine. On vous balancera qu'il veut les aider, mais il pense qu'à les humilier, à leur mettre le nez dans leur merde en étalant les signes de sa réussite. Pourquoi vous me demandez si je le connais ?

– Il est toujours sur mon chemin ou dans les parages, depuis quelques jours. Il connaissait bien Daumal ?

– Ils se partageaient des filles, ils se fréquentaient dans certaines soirées. Vous croyez que Daumal le faisait chanter ?

– Y a-t-il un dossier sur Josip dans la sacoche ?

– Je vais vous la chercher. Vous allez peut-être comprendre ce que veulent dire tous ces papiers. C'est du chinois, pour moi. Mais vous ne l'emporterez pas, je la garde avec moi.

Phil se tourne vers Hakim, qui vient d'ouvrir un sachet de chips.

Lana lit dans les pensées de Phil.

– Hakim n'est pas intéressé par ce qu'il y a dans la sacoche. C'est pas sa façon à lui de faire du business.

Mais le dealer n'écoute pas. Il interpelle quelqu'un dehors, un des minots, sans doute, et pointe une direction avec insistance en plaçant ensuite ses deux doigts devant ses yeux, comme pour indiquer au gamin d'être attentif à ce qui se passe à un lieu précis. Il écrase sa cigarette sur le rebord de la fenêtre et il lance à Phil :

– On ne fait que ce qu'on sait faire. C'est la règle. Pas seulement la mienne ni celle des cités. C'est valable pour tout le monde. Faut jamais t'aventurer sur un terrain que tu connais pas. Les aventuriers, ça finit toujours en naufrage. Regarde Éric Tabarly ou Bernard Tapie.

Phil sourit.

Lana disparaît dans le couloir et revient quelques secondes après avec une sacoche noire usée. Elle la jette aux pieds de Phil.

Il tire la fermeture éclair, étonné qu'elle ne résiste pas. La vague de chaleur qui lui brûle le visage est montée brutalement. Il réalise qu'il a peur. Comme s'il s'apprêtait à atteindre un point de non-retour.

Il extrait le paquet de documents. Il y a des chemises cartonnées de couleurs différentes, des photos éparses et des DVD. Il étale le tout devant lui, sur le tapis. Aucun nom ne figure sur les pages de garde des chemises ou sur les disques. Juste des numéros. Il en ouvre une et parcourt les papiers, essentiellement des courriers et des e-mails imprimés. Il regarde les en-têtes. Des administrations, des services de la Ville, des collectivités territoriales, des associations et des entreprises privées. On y trouve des colonnes de chiffres, des promesses de dons, des listes d'adhérents, de membres et d'élus, des plans de bâtiments et de terrains, des annonces de nominations à des postes divers. Quelques notes plus personnelles affirment que tel problème de permis sera réglé sous peu, qu'untel sera écarté d'un conseil d'administration, qu'une somme en liquide a été réunie ici pour compenser un déficit apparent là. Il faudrait davantage de temps à Phil, ainsi que l'aide d'un comptable, d'un politologue et d'un philosophe pour décrypter toutes les malversations qui apparaissent noir sur blanc sous ses yeux.

Il détaille chaque feuillet un à un, pour identifier des noms. Il en reconnaît certains. Il parcourt deux fois les documents, mais les noms de Bradman ou de Daumal n'y figurent pas.

Il range les documents dans leurs chemises et regroupe l'ensemble en un tas.

– Vous avez regardé les DVD, Lana ?

Ses yeux s'illuminent.

– Dans la haute société, ils aiment se coller des frissons en filmant les partouzes. Vous reconnaîtrez peut-être des gens. Je peux vous dire que les participants sont consentants, ils font même coucou à la caméra. Quand on pense que ces débiles nous gouvernent... D'autres plans montrent des couples dans des chambres privées. Ces vidéos-là ont été réalisées par un gars planqué derrière un rideau. Vous voulez voir ?

– Dites-moi juste si Bradman ou Daumal font partie du casting.

– Aucun des deux.

Phil fouille dans le tas de photos et les passe en revue, tâchant d'en conserver l'ordre de classement. Il tombe sur une série de clichés pris à l'arrache, qui montrent un couple à la sortie d'un restaurant, au bar d'une boîte de nuit, dans un salon. Il en déduit juste qu'ils n'auraient jamais dû se trouver dans ces endroits ensemble. D'autres photos de couples en train de baiser ou lors d'un dîner, mais aussi des hommes d'affaires entre eux, en train de rire ou de discuter d'un air grave.

– Là, c'est Daumal, fait Lana.

Elle pointe la photo d'un type à poil, dans un lit, avec deux filles.

La personne qui a réuni ces pièces et qui a pris – ou fait prendre – ces photos savait exactement ce qu'elle faisait. Il s'agit d'un dossier à charge méticuleux, réalisé avec un zèle évident. Un plan mûri patiemment et qui dénote une pathologie maniaque.

Phil est intrigué par un cliché noir et blanc imprimé, comme les autres, sur du papier haut de gamme. La photo d'un amateur, qui l'a probablement développée lui-même. Il la saisit et se lève, s'approche de la fenêtre pour la voir à la lumière. Des couples en train de forniquer dans un lieu public, les femmes contre le mur d'un bâtiment, les hommes les prenant par-derrière. Des badauds qui regardent, une mère qui tire son enfant par la main en lui cachant les yeux. Il connaît ce visage, au deuxième plan. Un type au regard noir, qui tient fermement par les hanches la fille qu'il est en train de culbuter.

Il fouille dans son esprit. L'imagerie médicale montrerait une partie de son cerveau en train de clignoter comme un gyrophare.

Il trouvera. Mais il le pressent, il détestera ce moment où il mettra un nom sur cette tête.

C'est quelqu'un qu'il a connu il y a longtemps. Ou qu'il fréquente, mais qui aurait changé par rapport à la photo.

Il hésite à la garder, puis la remet à sa place.

Il lève les yeux vers Lana, qui est en train de l'observer, intriguée.

– Vous avez l'air retourné. C'est du lourd, non ?

– Oui. Bonne pioche, Lana. Vous avez de quoi ramasser un tas d'emmerdes. Je vais essayer de savoir où en sont les flics de leur enquête sur la mort de Daumal. Si on parvenait à identifier le propriétaire de la sacoche et que vous la lui rendiez, vous auriez la paix. En attendant, restez encore planquée. Je vais y aller. Si on me laisse sortir d'ici.

– Passez le bonjour à Marko et à Milan.

Il acquiesce, fait la bise à Lana et se dirige vers la porte d'entrée.

Sur ses talons, Hakim murmure :

– Je t'accompagne, c'est mieux.

Quand ils passent devant les jeunes, Phil fait discrètement un doigt d'honneur au dealer de tout à l'heure. Mesquin. Il sait qu'en présence d'Hakim, il a tous les droits. L'adolescent ouvre des yeux ronds, semble hésiter puis grimace en lorgnant vers le caïd. Il crache par terre, les yeux remplis de haine.

Hakim l'escorte en silence jusqu'à l'arrêt de bus, faisant un signe aux personnes qui le saluent.

– Lana, je l'aime vraiment. Ce que je fais, c'est pour elle. Je veux juste la protéger, je m'en branle, des dossiers. D'ailleurs, des histoires de cul, tout le monde en a, qu'elles s'étalent ou non dans les journaux. Qu'ils aillent se faire enculer, ceux qui croient que c'est scandaleux qu'on s'envoie en l'air avec une pute plutôt qu'avec sa femme, comme si ça faisait une différence.

La voix du rappeur.

– La sacoche, on pourrait peut-être s'en débarrasser, si j'arrivais à convaincre Lana. Faut que je te raconte un truc. Dans ce business, il y a un moment où on est forcé de blanchir le fric. Les risques, on les prend, et quand on perd, on paie le prix fort. C'est pas Arcelor Mittal, ici, on balance pas un plan social en quinze jours en laissant des gars sur le carreau, à plus pouvoir nourrir leur famille. Alors faut être malin, pour les placements… Mon grand-père habitait le bidonville de Saint-Barthélemy, on est Marseillais depuis le jour où il a cloué sa boîte aux lettres sur le platane qui marquait l'entrée des taudis. Je suis Français, moi. C'est un détail, mais il est important pour les gens. Je taffe dur et je fais bosser ceux dont aucune boîte ni aucun employeur ne veut. Même pas la municipalité, c'est pour dire ! J'ai même eu mon bac, et les gens me respectent. Pourtant, on m'a toujours fait comprendre, même dans le milieu des affaires, que j'étais pas assez français. Parce que j'ai toujours gardé un lien avec le bled, le pays d'origine de mes grands-parents. C'est là-bas que je continuerai à investir. Les stations balnéaires, les hôtels, les boîtes. Vieux jeu, hein ? Mais pas question d'investir dans des lavomatiques, une station de lavage ou un snack pourri à la périphérie de Marseille, comme le font la plupart des collègues. Je trouve ça humiliant. On a droit à plus clinquant. Il y a des cousins, dans d'autres cités, qui commencent à voir les choses différemment. Le bled, ils veulent plus en entendre parler. Avec leurs thunes, ils s'imaginent qu'ils vont rafler les biens des riches. Leurs maisons qui valent des millions, dans les beaux quartiers de Marseille. Et ça, c'est un mauvais pari parce que ça va attirer l'attention des flics…

– Où vous voulez en venir ?

– Pour blanchir l'argent de cette façon-là, les intermédiaires, il leur faut des complicités chez les politiques et chez ces putains de notaires, de banquiers et d'assureurs.

– Et ?

– Tu captes pas ? Les intermédiaires, on les connaît pas, ils sont forts pour bosser dans l'ombre, mais ces politiques et ces hommes d'affaires dont ils ont besoin, il y en a dont les noms sont dans les dossiers. Dans la sacoche. Si on la refilait aux keufs ou aux journalistes, ils tomberaient comme des mouches.

Phil essaie d'emboîter les pièces. Hakim tenterait-il de tirer parti de la situation ?

L'autre crache par terre avant de reprendre.

– C'est juste une idée. Allez, arrache-toi, tu réfléchiras plus tard.

Phil ferme le poing et l'envoie frapper celui que Hakim lui tend. Puis il marche jusqu'à l'arrêt de bus.

Une fois dans le véhicule, il regarde défiler le paysage en écoutant les Vismets.

Normal Life.

Il se surprend à penser que Lana et Hakim forment un joli couple. Il détaille les affiches publicitaires sur un mur, alors que le bus est arrêté au feu rouge et, il se raidit. Il ne sait pas si c'est ce slogan pour des magasins de meubles – « Réinventer l'art de vivre » – ou celui pour une marque de whisky – « L'assemblage est un art complexe » –, mais il a enfin mis un nom sur le visage de la photo.

Le Gabian.

Avec vingt ou trente ans de moins.

10

Le Gabian tire sur un pétard avant de le faire passer à Phil, qui aspire une grande bouffée et sent aussitôt, au milieu de son crâne, ce point glacial, ou peut-être brûlant, qui irradie peu à peu tout son corps. Le froid et la brûlure fusionnent en filant dans les artères et les veines et en faisant pression contre les parois.

Phil rend le joint à son ami en lui signifiant d'un geste qu'il n'en veut plus.

Le Gabian a les yeux rouges et vitreux, il affiche un sourire idiot. Il a débarqué au moment où Phil faisait du café.

Ils sont assis l'un en face de l'autre à la table de la cuisine. Phil a mal dormi, il s'est réveillé en sueur en plein milieu d'un cauchemar dont il a déjà tout oublié.

Sans un mot, son ami se lève et saisit un objet sur le buffet, qu'il pose sous le nez de Phil, après avoir écarté de la manche deux tartines de miel. On dirait une sculpture totémique, lisse et élancée, légèrement arrondie, d'une vingtaine de centimètres et dépourvue de socle. Elle représente deux amants enlacés, dont les corps ont été stylisés pour se fondre l'un dans l'autre et n'en faire qu'un, qui a la forme d'une banane. Le bout légèrement ovale et un tantinet plus épais que le reste de l'objet montre les visages de l'homme et de la femme en train de s'embrasser, les yeux fermés. Le graphisme est emprunté à celui des personnages que l'on voit sur les reproductions de vases grecs antiques.

Ça ne fait aucun doute, le bidule a la forme d'un pénis.

Le Gabian actionne un bouton situé à sa base et il se met à vibrer sur la table à un rythme irrégulier, avec des ratés.

Le bruit émis par un frelon désorienté doit ressembler à ça, se dit Phil.

– Le Seigneur t'a chargé d'une mission artistique, Gabian ? Qu'est-ce que c'est que ce truc obscène ?

L'artiste ouvre des yeux ronds et inquiets comme si Phil était soudainement devenu dangereux pour sa propre personne.

– Tu es en train de me dire que tu ne reconnais pas Gyptis et Protis, les fondateurs de notre ville ? Laissez-vous prendre et surprendre par la cité phocéenne. Accourez des quatre coins du monde et c'est Marseille tout entière que vous sentirez vibrer en vous. Joli, non ? J'avais d'abord songé à modéliser la Coupe d'Europe de 1993, mais Gyptis et Protis, c'est plus convaincant, ce couple est le véritable emblème de Marseille. Tu as devant toi le futur sex-toy officiel de la capitale culturelle européenne. Les gens vont adorer Marseille et quand ils verront cet objet, ils voudront tous se l'enfoncer dans le cul ou dans la chatte. Tout le monde cherche à lier plaisir sexuel et retour aux origines et si on les laissait faire, ils baiseraient dans des sarcophages sacrés. Ce serait une affreuse déviance, tu crois pas, Phil ? Moi, je propose une nouvelle forme d'intimité entre le Marseillais et sa ville. Un truc qui plaira aussi à l'*estranger* du dehors.

Le Gabian fait à présent la moue en retournant l'objet entre ses doigts, comme s'il avait oublié quelque chose.

Phil l'imagine enfant, en vacances à la campagne, en train de sculpter des termitières, de peindre les ailes des coccinelles en bleu et de coller des stickers de footballeurs sur les carapaces des scarabées.

Il n'ose pas lui parler de la photo.

Depuis sa discussion avec Lana, il a l'impression d'avancer à tâtons, dans le noir, traqué par un ennemi invisible, sans savoir ce qu'il doit chercher. Il est obnubilé par l'idée que le moindre de ses agissements pourrait déclencher une catastrophe.

– J'y ai passé la nuit. Je l'ai pas essayé, mais je me suis quand même branlé deux fois tellement j'étais excité. Je compte pas le tester et je te le propose pas, tu es l'exact opposé d'un sodomite, tu es bien trop coincé. Et puis je me demande si cet objet n'est pas davantage destiné aux chattes. Tu crois qu'Éléonore accepterait de l'essayer ?

Phil soupire, attrape une tartine et mord dedans avec rage, avant de rétorquer, la bouche pleine :

– Pourquoi pas Betty ?

– Phil, est-ce que tu l'as bien regardée ?

– Oui, et je me demande ce qu'elle est venue faire ici. Elle ne cadre pas avec le paysage.

– Betty et moi, c'est une longue histoire. Elle fait partie de moi, je fais partie d'elle. Elle est là, donc je sais que je suis en vie. Tu sais ce que je souhaiterais par-dessus tout ? Me réveiller un matin et me rendre compte que je suis devenu différent. Alors je n'aurais plus besoin de personne et je me contenterais de cultiver mon jardin. J'y ferais pousser des fruits exotiques.

Il contemple son sex-toy.

– Hélas, ça n'arrivera pas. On est condamné à la lutte. Alors, allons-y, rentrons dans le lard de ces imbéciles qui auraient mieux fait de se faire descendre par un sniper le jour où ils se sont mis dans le crâne qu'ils allaient régenter les existences de gens qu'ils ne connaissent même pas et avec lesquels ils ne se sont jamais saoulés.

– Qu'est-ce qu'elle veut, Betty, te reconquérir ?

– Elle veut juste être près de moi. Au cas où il m'arriverait quelque chose.

Évasif :

– Elle a cette allure austère, mais il faut pas lui en vouloir, elle a perdu un être cher, il y a longtemps.

– Tu es en train de me dire qu'elle veille sur toi ?

– C'est ça. Un état de veille. Comme quelque chose qui a été désactivé, une mémoire, par exemple, mais pas vraiment éteinte.

Phil sent que le Gabian n'est pas loin de divaguer, comme s'il avait oublié sa présence.

– Qu'est-ce que tu comptes faire de ton machin ?

– Je vais commander à un artisan une série de moulages. Une cinquantaine d'unités. Puis je les distribuerai gratuitement. Je ne fais qu'exercer cette liberté de création que les officiels ne cessent de promouvoir même s'ils persistent à ignorer qu'elle restera toujours hors de leur contrôle. Si je suis amené un jour à justifier mon œuvre devant un tribunal, je dirai que c'était un malentendu, que j'avais mal compris les instructions et je mettrai ça sur le compte d'un défaut d'élocution des responsables de tout ce cirque. En attendant, qu'ils se les gardent, leurs jongleurs à deux balles, leurs clowns tristes et leurs funambules qui marchent sur un fil à dix centimètres au-dessus du sol !

– Gabian, tu devrais lever le pied, tu ne crois pas ? Laisse faire tes copains, ils sont largement aussi dingues que toi, ils seront à la hauteur. Tu vas finir burnout. Ce qui serait contre-performant pour un artiste qui lutte contre le système et qui veut substituer l'art aux cadences infernales.

– Le surmenage, c'est le moment où on rend son dernier souffle, Phil. Et ça peut arriver à tout moment.

Son regard s'est assombri.

– Quant aux cadences infernales, on les doit à ton cher Jimi Hendrix. On n'avait pas idée de jouer de la guitare aussi vite. Moi, je suis comme Serge Lama, tu sais. Je l'ai entendu raconter qu'il était né avec un ennui profond et que c'était ce qui lui avait permis de réussir. Il faut vivre dans le déséquilibre en sachant toujours à quelle distance on se trouve du précipice. J'ai de la marge. Il me reste encore un peu de temps avant de clamser. Enfin, j'espère.

Il quitte la cuisine en poussant un râle, son godemiché à la main. Phil ouvre la baie vitrée et se retrouve dans le jardin. Quelqu'un a accroché un drapeau tchétchène à la vieille antenne de télévision, sur le toit. Les artistes sont en tenue de combat, treillis et rangers. L'un d'entre eux porte même un gilet pare-balles sur lequel il a épinglé des lapins en peluche qui tirent la langue.

Il commence à s'impatienter. Ça fait une demi-heure qu'Éléonore aurait dû l'appeler pour fixer leur rendez-vous de ce soir. Il a le sentiment que lui aussi s'apprête à monter au combat, sans savoir où pourrait bien se trouver la ligne de front.

Il vient de lancer les Deftones sur son téléphone quand celui-ci sonne enfin. Éléonore. Il laisse jouer *Knife Party* quelques secondes avant de se décider à répondre.

« *I'm the new king/I taste the queen/We're all anemic/In here anemic and sweet* ».

11

Tandis que, par la fenêtre entrouverte, les rires des invités parviennent de la terrasse jusqu'à la pièce obscure, Phil voit Éléonore qui est en train d'enlever sa culotte, penchée en avant, une main sous sa jupe, s'appuyant de l'autre contre une commode en acajou.

– Tout va bien, Éléonore ?

– Tu voulais trouver des documents sur Bradman, non ? S'il y en a, ils sont dans cette pièce, c'est son bureau.

Ils se trouvent au premier étage de la maison. La lumière qui inonde la terrasse grouillante de monde se faufile faiblement à travers les lattes des volets.

– Vas-y, fouille. Déontologiquement, moi, je ne peux pas.

Elle enlève son gilet puis son chemisier et les jette sur le lit.

– C'est pour nous couvrir au cas où quelqu'un entrerait.

Elle se dirige vers la porte tout en dégrafant son soutien-gorge et ferme le verrou. Les bretelles de son soutif glissent de ses épaules et le sous-vêtement tombe par terre. Elle le ramasse, le plie délicatement et le pose sur le lit.

– Tu nous couvres en enlevant tes fringues ? Tu veux me prouver que tu es bien foutue et que tu as les seins fermes parce que j'ai dit que tu faisais plus vieille que ton âge ?

– Tu ne comprends pas. Si quelqu'un essaie d'entrer et que je vais lui ouvrir à moitié à poil, il en déduira qu'on s'est enfermés pour un quicky. Il vaut mieux qu'il s'imagine que tu étais en train de me peloter plutôt que tu fouillais dans les affaires de notre hôte. Surtout si c'est Bradman lui-même qui entre.

Ses yeux brillent.

Phil s'approche de la fenêtre et regarde entre les lattes des volets. Des convives sont en train de jouer avec une machine à faire des bulles géantes. Puis il distingue deux groupes. Presque deux camps. D'un côté, près de la piscine, des visages rouges et hilares, des rires gras et puissants ; de l'autre, près du buffet, des hochements de tête graves et des raclements de gorge. Il y a davantage de femmes dans le premier groupe que dans le second. Tous ont un verre à la main. Phil ne capte que quelques mots.

« Déshabiller Marie pour habiller Fatima ».

Des rires, à nouveau.

« Irradiés ».

« Agences de notation ».

Des commentaires inquiets.

Quand ils sont arrivés, ils ont été accueillis par un maître d'hôtel dont la moitié du visage avait dû être brûlée et qui a proposé de prendre leurs vestes. Ils ont décliné l'offre. Pour rien au monde Phil n'aurait refilé sa veste en cuir à ce type. Bradman a à peine salué Éléonore et il n'a pas paru reconnaître Phil. Le jour où ils se sont croisés, l'appartement de Tomislav était encore plus sombre que ce bureau dans lequel il se trouve en ce moment même avec Éléonore.

C'est elle qui a convaincu Phil de l'accompagner à cette soirée. Elle a piqué une invitation sur le bureau de son rédacteur en chef. Josip Bradman inaugure une sculpture monumentale qu'il a commandée à un artiste japonais. Elle est arrivée à Marseille par bateau, en pièces détachées. Érigée au centre du petit parc de sa demeure de Bonneveine, elle mesure presque dix mètres de hauteur et revêt la forme d'une tête de mort. C'est un assemblage de fauteuils roulants, de poussettes et de jouets d'enfants, des voitures à pédales et des camions et motos en plastique, scellés dans le bronze, recouverts d'une patine argentée d'aspect mat. Au pied de la statue, le cadavre allongé d'un enfant, probablement en résine, grandeur nature, d'un bleu qui fait songer à celui de Klein. L'une de ses mains est cramponnée à une enseigne sur laquelle est gravé le mot « (V) engeance ». Le titre de l'œuvre.

Phil a remarqué le visage écarlate de Bradman, ses yeux qui flambaient littéralement de plaisir quand ils lisaient la stupeur dans ceux des convives découvrant la sculpture, réduits à balbutier des flatteries ternes et embarrassées.

Il s'est demandé un moment quel intérêt il y avait à venir à cette sauterie et si cela comportait des risques. Ne serait-ce qu'en attirant l'attention sur lui. Mais il voulait voir Bradman en chair et en os, le regarder dans les yeux, observer ses gestes et ses tics et évaluer quel genre d'homme il était. Mesurer, peut-être, sa capacité de nuisance. Éléonore servirait d'alibi à sa présence, et si cela ne suffisait pas, il avait préparé une phrase toute faite pour rappeler à Bradman qu'ils s'étaient croisés chez le père de Marko. Il lui aurait dit que les jeunes avaient de la chance de pouvoir compter sur un homme aussi généreux et proche de ses compatriotes, dans ce pays étranger et souvent hostile.

Il se demande à présent si Bradman connaît vraiment les gamins qui fréquentent le local. Y met-il seulement les pieds ?

Éléonore a suggéré à Phil qu'ils trouvent un moyen d'entrer dans le bureau de Bradman pour fouiller ses dossiers. Ils ont bu quelques coupes de champagne en avalant des amuse-gueules à la purée de pois chiche et à l'aubergine puis elle l'a entraîné à l'intérieur de la maison. Il l'a suivie dans les escaliers et, dans un couloir au sol recouvert d'un tapis rouge, elle a ouvert plusieurs portes pendant qu'il faisait le guet à l'angle d'un mur en grignotant des pistaches stockées dans ses poches. Quelques secondes plus tard, elle lui faisait signe, cachée derrière une porte entrouverte qu'elle a refermée sur eux dès qu'il s'est engouffré dans la pièce.

Il a du mal à se détendre.

Éléonore est en train de disposer ses vêtements sur le lit comme pour laisser penser qu'elle les a jetés négligemment. Phil sent son haleine de champagne alors qu'il est à quelques mètres d'elle, toujours près de la fenêtre. Il a envie d'elle, il ne résistera pas, il la maudit pour son audace. Elle tient sa culotte à la main, elle ne porte plus que sa jupe, ses bas et ses escarpins.

Elle lui lance :

– Tu ne fouilles pas dans les tiroirs du bureau ? On n'a pas toute la nuit, Phil.

– Il était nécessaire d'enlever ta culotte, si tu gardes ta jupe ?

Il baisse à nouveau les yeux vers la terrasse. Il entend, juste derrière lui, le crissement des ongles qui accrochent le nylon, aussitôt couvert par les cris qui fusent de la terrasse, suivis d'un plouf !

Éléonore chuchote :

– Tu préférerais jouer dans l'eau avec la mousse en reluquant les bimbos à l'accent slave ?

Phil soupire et va s'asseoir derrière l'immense bureau. L'un des coins est occupé par un grand plateau en bois d'olivier avec de hauts rebords. Il est rempli d'un tas d'objets hétéroclites, de la montre à gousset aux clés USB, en passant par des cassettes audio et des billets de banque étrangers.

Au centre du bureau, un ordinateur portable fermé, à côté de piles de dossiers ainsi qu'un tas de magazines empilés. Il les soulève un à un. Les journaux locaux, d'autres en serbo-croate, des numéros de *Forbes*, des revues d'arts et des exemplaires du magazine *Elle*. Sous le bureau, un meuble à tiroirs. Phil tire sur une poignée, elle résiste ; il n'essaie pas les autres.

Il ne sait pas ce qu'il cherche.

Tout ce qui occupe ses pensées, c'est Éléonore à moitié nue. Elle est assise sur le lit, les seins à l'air, qui se balancent avec légèreté tandis qu'elle se masse la nuque.

Il fouille dans les papiers sans conviction, ne voit rien qui ressemble à l'un des documents qu'il a trouvés dans la sacoche de Lana. Ce sont essentiellement des factures. Il farfouille à nouveau dans le grand plateau en bois. Il tombe sur des tickets de carte bancaire, les parcourt rapidement, puis s'arrête sur l'un d'entre eux. Une facture d'essence. Le suivant est un ticket de caisse d'une épicerie, pour du chocolat et une bouteille de whisky.

Les deux tickets indiquent la même date. Il y a trois jours. Et le même nom de rue.

Celle qui monte à la cité où se cache Lana.

Bradman sait donc où elle se trouve.

Peut-être l'espionne-t-il. Soit il cherche à la protéger, soit il représente une menace pour elle, attendant le bon moment pour agir, tournant autour d'elle comme un papillon de nuit autour de la source de lumière, sans pouvoir se montrer parce que le dispositif de sécurité d'Hakim est plutôt dissuasif.

Phil réajuste l'empilement des magazines et des dossiers et se lève pour retourner à la fenêtre, en faisant mine d'ignorer Éléonore.

– Alors, tu n'as rien trouvé ?

– Si. Une photo dédicacée par Johnny. Tu sais, le mec qui chante *Retiens la nuit*.

Son regard est attiré par une ombre immobile, dans un coin de la terrasse. Debout, près de la rambarde de pierre, les bras ballants, comme si elle attendait qu'on la prenne dans ses bras.

Betty.

– Que regardes-tu ?

Éléonore se glisse entre la fenêtre et Phil, lui offrant son dos. Elle passe une main derrière elle et l'attire contre elle en s'accrochant à un pan de sa chemise. Habilement, elle défait les boutons de son pantalon, puis sa ceinture, tout en posant son autre main contre la vitre. Elle attrape son sexe en érection et le caresse entre ses doigts. Elle écarte les pieds en se balançant légèrement, comme si elle cherchait à mieux se camper sur ses jambes.

– J'ai un peu bu. Profites-en, je ne suis pas une fille facile.

Il s'arrime à ses hanches et il la pénètre.

Elle gémit doucement, alors qu'il va et vient. De plus en plus frénétiquement. En bas, certains des invités se sont jetés dans la piscine, tout habillés, et ils jouent à s'éclabousser.

Quand il jouit, elle laisse échapper un long miaulement et elle presse ses fesses contre lui avec force, pour le sentir le plus profond possible en elle. Ses doigts glissent sur la vitre, laissant une trace moite qui se transforme aussitôt en buée.

Il se retire, réajuste son caleçon puis reboucle sa ceinture en soufflant comme un bœuf.

Éléonore est allée se rhabiller.

Phil la regarde. Elle forme un baiser sur ses lèvres, la tête légèrement en arrière et les paupières à moitié fermées.

– Essaie de paraître un peu débraillé, Phil. Je vais laisser la fermeture éclair de ma jupe un peu ouverte. Au cas où on croiserait quelqu'un en sortant.

– C'est le stratagème le plus élaboré qu'on a jamais utilisé pour me baiser.

– Tu as adoré ça et tu vas désormais me proposer de m'accompagner à toutes les soirées huppées.

Quand ils se retrouvent dans le couloir, il est désorienté. Éléonore lui prend la main et le conduit jusqu'à l'escalier. Elle affiche un sourire hautain alors qu'ils descendent les marches, comme si elle paradait et que tous les regards étaient tournés vers elle. Les visages des convives sont détendus et fatigués, les cravates sont desserrées, les collants effilés. En bas des marches, ils attrapent une coupe de champagne sur le plateau d'un serveur.

Une fois dehors, il abandonne Éléonore. Elle s'est fait alpaguer par un jeune play-boy en costume et en tongs qui lui a réclamé du feu et qui profite du temps qu'elle met pour chercher son briquet pour lui demander ce qu'elle pense de la sculpture. Phil se retourne et voit Éléonore extirper péniblement de son sac un tas d'objets pour retrouver son briquet, dont un rouleau de scotch, une paire de ciseaux et sa culotte. Le gars a l'air ravi.

Il songe avec délectation que certains moments présents s'apparentent à des remakes améliorés des meilleurs épisodes de notre vie passée. Ce sont juste d'autres personnages et un autre metteur en scène.

Il se dirige vers Betty.

– C'est votre sortie de la semaine ? J'aurais pensé que si c'était le cas, vous seriez plutôt enfermée dans une salle obscure pour une rétrospective Buñuel.

– Vous essayez d'être désagréable ? J'y avais songé, mais j'ai des obligations mondaines. Et vous, que faites-vous là ?

Son regard se fixe sur l'entrejambe de Phil.

– Ah, je vois. Vous devriez refermer votre braguette, ces gens sont peut-être moins décadents que vous le pensez.

Il se reboutonne.

– Vous accompagnez le Gabian ?

– Non. Je suis venue seule.

Il tourne la tête d'un côté et de l'autre, avant de tourner lentement sur lui-même, comme pour voir à trois cent soixante degrés.

– Et vous êtes restée seule dans un coin. Vous connaissez Josip Bradman ?

– Oui. Je ne l'avais pas vu depuis la fac.

– Vous étiez amis tous les trois, vous, le Gabian et Bradman ?

– Nous étions étudiants aux Beaux-Arts ensemble.

– Mais le Gabian n'a pas souhaité venir. Pourtant il était invité, j'en suis sûr.

Elle se contente d'acquiescer.

Phil repense à la photo du Gabian.

– Et vous avez réussi à lui parler, à votre vieux camarade ? Il est très sollicité, difficile à approcher. Allons le voir, je vous accompagne.

Phil agit par intuition. Mû par une envie soudaine d'en découdre. Il faut balancer un coup de pied là-dedans. Bouger un pion. Il n'a pas peur, il n'a pas été aussi sûr de lui depuis longtemps.

Il attrape Betty par le bras, elle résiste mais il la tient fermement et il l'entraîne vers Bradman. Il espère juste ne pas croiser Éléonore sur son chemin. Betty libère son bras d'un geste brusque et accélère le pas pour dépasser Phil. Son visage est resté impassible.

Bradman est en train de dessiner dans l'air avec ses doigts, comme s'il décrivait la trajectoire d'un surfeur, face à un homme et une femme aux sourires crispés.

– Excusez-nous, leur dit Phil. On vous l'enlève deux minutes.

Il pousse Bradman un peu à l'écart.

– J'ai insisté auprès de notre amie Betty pour qu'elle fasse les présentations. Figurez-vous qu'elle était en train de se ronger les ongles dans un coin, seule et perdue. Betty ?

– Bonsoir Josip, voici Phil.

– Nous nous sommes croisés chez le père de Marko, le meilleur copain de mon fils, Milan. Il vient régulièrement jouer au baby-foot au local. J'espère qu'il se tient bien et qu'il est poli. Nous comptons un ami précieux en commun, un artiste qui se fait surnommer le Gabian. C'est mon logeur, si je puis dire.

– Victor. Mon vieux copain. On me dit qu'il ne va pas fort, en ce moment. Je ne le vois pas beaucoup. Betty, ça fait si longtemps… Tu as bonne mine.

En une fraction de seconde, Phil est relégué au rang de spectateur. Tout se joue entre les regards féroces et les silences qui lient Bradman et Betty. Il a des petits yeux noirs brillants. La seule fois où il l'a vu, il portait des lunettes noires. C'est elle qui rompt le silence.

– Moi, je suis venue, tu vois. C'est élégant de ta part de m'avoir invitée. Tu es devenu quelqu'un d'important, Josip, si j'ai bien compris. Victor aussi, mais pas dans la même catégorie, on dirait.

– Toi, que deviens-tu, Betty ?

– Je ne cherche plus à devenir quoi que ce soit. Je suis la même. La même depuis ce fameux jour, du moins.

Phil intervient.

– Le Gabian va bien. Il est en pleine folie créatrice. Particulièrement inspiré et prolifique. Pourquoi n'est-il pas venu ?

– Nous nous sommes tout dit il y a longtemps. Nos quatre vérités. En pleine poire. La vie nous a séparés et nous a rendu notre liberté, à l'un et à l'autre. Je me figure toujours que nous pourrions renouer, notamment lors d'occasions comme celles-ci, mais je me plante à chaque fois.

– Il a son caractère, le Gabian. Je voulais juste vous dire que je suis rassuré de savoir que Marko va bien. Il est très proche de mon fils, vous savez, et Milan se faisait du souci pour lui. Je sais que vous avez été très présent pour la famille et que, grâce à vous, ses ennuis sont presque finis.

Bradman le dévisage d'un air étonné. Peut-être inquiet.

Un peu de bluff ne fait jamais de mal.

Il aperçoit Éléonore qui s'approche d'eux. Il redoute qu'elle intervienne dans la discussion.

– Je vous laisse. Une de vos convives me fait de l'œil depuis tout à l'heure.

Il salue et se dirige vers la journaliste.

Il l'entraîne à l'écart et ils s'assoient à une table pleine d'assiettes remplies de restes de nourriture. Betty s'est à nouveau retranchée près de la rambarde, un verre à la main. Phil se demande pourquoi elle ne vide pas les lieux. Il la soupçonne de ne rester que parce que sa présence met Bradman mal à l'aise.

Il remarque alors cet homme qui s'approche du maître des lieux. Il l'a déjà aperçu tout à l'heure. Il est costaud et grand, peut-être plus de deux mètres, et il n'a pas l'air incommodé dans son costume trop étroit. Il se déplace d'un pas assuré, en lançant des coups d'œil furtifs autour de lui. Il n'a rien du pique-assiette qui traînasse ou prend racine. Les traits de son visage bougent à peine quand il parle et son buste demeure immobile tandis qu'il fait des gestes tranchants de la main. Il serait équipé de pinces en acier chromé si le bon Dieu avait grandi en lisant des comics. Ses yeux sont humides et son regard glacé.

Phil fronce les sourcils alors que lui vient à l'esprit l'image d'une mare aux écrevisses.

L'homme a attrapé Bradman par le bras et l'a tiré sans ménagement à l'écart du groupe avec lequel il était en train de converser. Il a l'air de lui passer un savon, avec des gestes agressifs, comme s'il était en train de lui reprocher sa propre présence ici. Bradman sourit en posant la main sur l'épaule du géant. Qui fait un mouvement brusque pour s'en débarrasser.

Phil se tourne vers Éléonore. Il pointe le gars.

– Qui est-ce ?

– Jamais vu. Tu veux que je me renseigne ?

– Oui. Ce gars-là semble être le seul, avec moi, à ne pas avoir sa place ici. On a forcément des points communs, lui et moi.

Éléonore se lève et fend la foule. Elle a l'air de savoir où elle va. Elle contourne un groupe d'hommes en smoking dont certains tiennent à peine debout et elle s'approche d'un vieux bonhomme voûté, qui a peut-être quatre-vingts ans et la bouille d'un papy comblé. Il se redresse, surpris et joyeux. Il embrasse Éléonore en la serrant dans ses bras. Elle prend un air candide et montre la foule, désignant certains des convives d'un air interrogateur.

Du genre : je ne connais pas grand monde, ici.

Le vieil homme lève sa canne et la pointe successivement vers plusieurs endroits en faisant à chaque fois de brefs commentaires. Éléonore pose quelques questions, éclate plusieurs fois de rire et embrasse à nouveau le vieillard avant de revenir vers Phil tandis que le volume de la musique monte d'un cran et que quelques-uns des invités se mettent à danser sur une piste aménagée sous une grande toile de tente. Un vieux tube de disco remixé qui préfigure sûrement une playlist Hi-NRG pour la suite. Ils se feront la malle avant.

– Ce vieux monsieur est une figure de la Chambre de commerce et d'industrie. C'était un ami de mon père. L'homme s'appelle Lucarelli. J'ai oublié son prénom. Jean, je crois. Il est dans l'immobilier. Locaux industriels. Bradman et lui auraient récemment lancé une affaire ensemble.

– Bradman ? De l'immobilier ? Ça me paraît bien éloigné de l'art.

– Tu t'y connais encore moins en placements financiers et immobiliers qu'en art, je parie.

– Je sais juste que le jour où les banquiers, les assureurs, les promoteurs et les marchands d'armes passeront le relais à un triumvirat constitué de Philippe Starck, Ben et Pierre Soulages pour nous gouverner, je m'exilerai pour de bon.

Il allume une cigarette et fait des ronds de fumée. Moins réussis que ceux d'Hakim.

– Hier encore, j'avais une discussion de fond sur les bulles immobilières avec un investisseur éclairé. Tiens, observe-le, ce Lucarelli. Une vraie pile électrique, non ? J'aimerais en savoir plus sur lui. Si on retournait fouiller le bureau ? Cette fois-ci tu retournes les dossiers, tu ouvres tous les tiroirs et c'est moi qui me déshabille.

– Pas chiche.

– Tu as raison. J'en peux plus, tirons-nous. Tu attendras d'être dans le taxi pour remettre ta culotte.

Elle rit. Elle est magnifique et elle a un charme fou.

Et merde, se dit Phil, alors qu'ils franchissent le portail.

12

Le vacarme de la pluie martelant l'auvent en plexiglas, au-dessus de sa tête, lui fait penser au fracas des armes. Phil est le seul client attablé, sur la petite terrasse en bois surélevée. Deux couples âgés déjeunent à l'intérieur, derrière la baie vitrée. Ils sont absorbés par le spectacle des trombes d'eau. Comme tous les autres restaurants alignés le long de la plage, celui-ci propose, quand il fait beau, ses tables les pieds dans le sable, à quelques mètres de l'eau. Le paradis. Le chef, Arsène, est un vieux copain qu'il a connu quand il était serveur dans un café du Vieux-Port. Phil vient à la Pointe-Rouge quand il est à court d'inspiration et de forces. Ce coin aux allures de village balnéaire soviétique, avec ses façades du front de mer décaties et ses cabanons aux murs lépreux, a le don de le ramener à lui. Peut-être parce que quand il était minot, sa grand-mère l'emmenait se baigner ici et que dans son souvenir, le paysage n'a pas changé.

Ce matin, il a reçu un coup de fil d'Hakim. Lana s'est fait tirer dessus par un type en voiture, alors qu'elle se rendait à l'épicerie pour acheter du lait. Une balle l'a atteinte à l'épaule. Elle a été conduite rapidement à l'hôpital. Phil a eu un mal fou à calmer le dealer et à le convaincre de se tenir tranquille.

Il y a encore quinze jours, Milan et lui menaient leur vie en parvenant à chasser les images tristes du passé et en se comportant comme des touristes de l'existence peu exigeants, avides d'ordinaire et de routine. Marko était juste le meilleur copain de Milan.

Milan voulait juste devenir pâtissier. *La Menace* n'avait pas été tourné.

Il est peut-être projeté en boucle en ce moment même dans une galerie branchée, se dit Phil.

Des mouettes se mettent à crier dans le ciel.

Ce matin, le Gabian a fait irruption dans la cuisine avec un costume rouge vif, tout comme sa chemise, sa cravate, ses chaussures et sa ceinture. Il a fait tremper l'ensemble dans la même teinture toute la journée d'hier. Puis il a demandé à Phil de le suivre dans le jardin et lui a montré un Caddie rempli de ses sex-toys. Sur chaque flanc du chariot, une pancarte rouge, avec cette phrase à la peinture blanche : « Marseille vibre en moi ».

L'air absent, en butant sur certains mots, il a expliqué à Phil qu'il entendait être l'alter ego marseillais de Mister Pink, un performer coréen qui arpente les lieux de consommation en complet rose avec un Caddie vide. Le Gabian se préparait à se rendre à une réunion de l'association Marseille capitale pour distribuer ses sex-toys aux organisateurs et responsables de l'événement.

Il s'est ensuite lancé dans un discours à l'attention des autres artistes. Phil lui a trouvé la mine salement chiffonnée.

– Nous ne sommes pas là pour peindre des marines ou sculpter des femmes nues, mais pour les combattre, eux et leur culture en toc. Nos arts sont des armes chargées. C'est bien d'action directe dont il s'agit.

Il a ensuite évoqué de nouvelles idées de happening, dont un défilé de fausses « Miss Marseille » sur la Canebière, qui se pavaneraient avec la culotte maculée d'une tache rouge sang, et qui seraient suivies par des « Mister Ethnic », Noirs, Asiatiques, Maghrébins et autres, nus, à l'exception d'un tee-shirt portant l'inscription : « *I'm* a non-art project ».

Puis il s'est tu quand Betty est apparue. Il a salué à la cantonade avant de franchir le portail et de s'engager dans l'allée en poussant son Caddie devant lui. Les artivistes l'ont applaudi, certains l'ont suivi pour lui serrer la main, comme pour rendre hommage à son courage et à son sacrifice. Phil l'a regardé s'éloigner en éprouvant des remords de ne pas l'accompagner.

Le bruit de la pluie, qui a redoublé, le tire de ses pensées.

Il a l'impression qu'elle ne cessera jamais. Il ne déteste pas ça.

– Cesse de t'extasier, Phil, lance Arsène derrière lui. Ceux qui prétendent qu'ils aiment la pluie à Marseille ne sont que des snobinards qui font les malins.

Il dépose un verre de blanc et un café sur la table, tire une chaise et s'assoit en face de Phil. Puis il allume une cigarette, qu'il tient entre ses lèvres pour tourner son café.

– Ta chanson, elle avance ?

Phil secoue la tête.

– Non. *Marseille's burning* est à l'eau, je crois.

Les vagues ne charrient plus seulement les algues grises, mais aussi des tapis de feuilles de platanes arrachés par le vent et qui flottent au milieu des détritus. Le mistral, qui fait voler toutes les immondices de la ville, les transporte des quartiers les plus pourris aux plus cossus, le long de son axe nord-sud. La belle ironie. Marseille est réputée pour sa saleté et Phil sourit en songeant à sa discussion avec Hakim. Ici, quand les hommes d'affaires magouillent et arrosent de pots-de-vin des politiques pour grignoter des zones protégées et y installer leur future entreprise lucrative, il semblerait que c'est plus souvent une décharge qu'une discothèque ou une galerie d'art.

Le banc de sable paraît se déplacer comme une onde, parce que l'averse ne cesse d'en modeler la surface et les formes. Par effet de contraste, c'est la mer qui semble immobile et stagnante, sous sa peau grise criblée.

Les premiers accords de *A Bullet With My Name On It* s'échappent des enceintes.

Arsène croit bien faire en mettant l'album de Dream Syndicate que Phil lui a offert, chaque fois que celui-ci vient lui rendre visite.

– On n'a jamais réussi à quitter cette ville, Arsène, ce putain de foutoir où rien ne marche, parce qu'elle nous protège de la vitesse, d'un monde qui a toujours une longueur d'avance, qui n'est plus seulement branché mais dangereusement survolté. Dans les autres grandes villes, tout a déjà eu lieu, les heures de gloire sont passées et toutes les pages d'histoire sont écrites à l'avance. Marseille est la seule cité de ce pays qui respecte notre heure biologique, et où on serait infoutu de savoir ce qui va arriver demain. Ni névralgique, ni transhumaine. Un vrai modèle de décroissance, finalement, non ?

– Il y a pas longtemps, à Paris, j'ai pris un brunch au Café de la Paix. Ça m'a coûté 85 euros. On devrait faire payer le double aux Parigots dans un établissement select marseillais qu'on appellerait le Café de la Guerre. Voilà ce que je pense.

Ils rient. Phil vide son verre et décline la proposition d'Arsène de lui en offrir un autre.

Le sable creusé par la pluie laisse peu à peu apparaître des jouets d'enfants oubliés et enterrés. Le manche d'une pelle, les dents d'un râteau.

– Et on a trop de mauvais souvenirs ailleurs.

– Tu penses à Sofia ?

– Oui. Et au reste. La suite. C'est pas tant que je me sois foutu dans le pétrin, c'est juste que la machine à bousiller les espoirs et à écraser les quotidiens paisibles était en marche.

– Je comprends rien, Phil.

Phil lui raconte. Jusqu'à la tentative de meurtre sur Lana.

– J'ai agi pour anticiper sur ce que Milan aurait pu faire pour aider son copain, pour lui enlever toute velléité de se mêler de ses affaires. Je lui ai piqué son rôle, je ne lui ai pas fait confiance, Arsène.

– Il n'y a que les sadiques et les barbares qui ne commettent pas d'erreurs, non ? Dès qu'on agit, on s'ouvre au champ de tous les possibles, on est déjà dans l'infinité de son acte, il faut l'accepter.

Arsène a fait une maîtrise de philo, se souvient soudain Phil.

– Au lieu de te demander si Sofia n'a pas souffert de son propre sentiment de culpabilité, tu continues à te complaire dans la tienne. Tu régleras tes problèmes avec Milan quand tu arrêteras de te regarder le nombril, Phil.

Non, plutôt une maîtrise de psycho.

– Arsène, lâche-moi.

Il sait très bien ce que son ami veut dire.

La culpabilité de Sofia et celle de Phil étaient de même nature. Ils ont cru qu'ils la tailleraient en deux en se séparant et en continuant leur chemin chacun de leur côté. Il s'est débiné et l'a laissée seule avec son mal. Comme un pansement qu'on néglige de changer, qui finit par pourrir et coller à la plaie jusqu'à faire partie de celle-ci, puis de la cicatrice.

Au loin, Phil distingue une silhouette qui approche. Éléonore. Qui manque de trébucher dans le sable.

– Tu me filerais un parapluie oublié par un client, Arsène ?

Son ami entre dans la bicoque et en ramène un, rose, qui laisse apparaître, une fois qu'il l'a ouvert, le dessin d'Hello Kitty.

Arsène esquisse un sourire et tend le parapluie à Phil.

– Le ridicule, tu t'en fous. La culpabilité, prends-la au sérieux. Surtout si ce n'est pas de la tienne dont il s'agit.

– Salut, Arsène. À un de ces jours.

Il saute de la terrasse pour se retrouver à patauger dans le sable trempé. Il rejoint Éléonore et l'oblige à se blottir contre lui pour que le parapluie les recouvre tous les deux.

– Marchons un peu.

– Je suis désolée pour Lana, Phil.

– Elle va s'en sortir. Que disent tes copains flics ?

– Ils ont d'abord pensé que c'était un règlement de compte entre dealers. La fille qui aurait menacé de trahir ses copains, tu vois ? Lana ne leur a rien dit, sinon qu'elle venait de tirer du liquide. Ils en ont alors déduit que c'était une banale tentative de vol. Plus personne ne s'étonne qu'on suive ses proies en voiture et qu'on soit prêt à les flinguer. Je suis allée la voir dès que tu m'as appelée. Elle pensait qu'elle pouvait sortir et faire juste une course, elle n'en pouvait plus de rester cloîtrée. Ceux qui ont essayé de la descendre attendaient une occasion de récupérer la sacoche. Ils l'avaient à l'œil, peut-être même avaient-ils repéré l'immeuble, voire l'appartement dans lequel elle se cachait, mais sans pouvoir l'approcher. Les guetteurs connaissent leur boulot, ils n'auraient pas fait vingt mètres sans déclencher une fusillade et risquer de se faire tuer. Heureusement, une femme a appelé les pompiers et elle a été très vite conduite à l'hôpital Nord.

– Oui, ça, je le sais, elle y est encore. J'ai peur pour elle, elle est en danger, à l'hosto.

– Non, Phil. Elle n'y est plus.

Il fronce les sourcils.

– Je suis retournée la chercher il y a une heure et je l'ai conduite chez un copain. Un magistrat. Personne n'irait la trouver là-bas. J'ai réussi à convaincre le médecin. Sa blessure est superficielle, la balle l'a à peine éraflée et une infirmière va s'occuper d'elle à domicile.

– Bradman savait où elle se cachait.

Il mentionne les factures trouvées sur le bureau du Serbe.

– Lui ou un autre. Sans s'être concertés, sans savoir que plusieurs noms figurent sur ces documents, ils pourraient être au moins une dizaine à cavaler après la sacoche. Des hommes qui se côtoient dans les cocktails, parfois se piquent des maîtresses, s'invectivent le lendemain au conseil municipal ou sur un plateau télé, qui traquent peut-être le même butin.

– Il est possible aussi qu'aucun ne soit au courant qu'un type a compilé des dossiers compromettants si celui-ci n'a encore tenté de faire chanter personne.

– N'est-ce pas le moment de prévenir les flics ?

– Pas sans l'accord de Lana, et pas tant qu'on ne sait pas qui lui cavale derrière et qui pourrait vouloir sa peau juste parce qu'elle en sait trop.

– On fait quoi, alors, Phil ?

– Josip Bradman. C'est la piste à suivre.

– Je ne sais pas si je dois t'encourager à foncer là-dedans. On devrait passer à autre chose.

– Tu as raison. Allons chez toi. Une sorte de repli stratégique. On se protégera du monde et de ses dangers en pratiquant le safe sex.

Phil allume le pétard que lui a donné Max. Il tire dessus et son esprit prend feu dans l'instant. Il devrait faire un effort pour la terminer, sa chanson. *Marseille's Burning*. Quand la pluie s'arrêtera. Quand le monde sera en paix. Une fois qu'on aura pendu le dernier romantique avec les tripes du dernier impressionniste.

Derrière la baie vitrée d'Éléonore s'étalent les champs de tuiles rouges et, en arrière-plan, le port industriel, qui paraît à l'abandon. Il lui tend le joint. Elle le garde à la bouche en se déshabillant, plissant les yeux pour éviter qu'ils soient piqués par la fumée. Sa chambre est décorée sobrement. Un lit. Une table sur laquelle reposent une chope à bière vide remplie de crayons et un ordinateur portable fermé. Une penderie Ikea sur la porte de laquelle sont épinglées des dizaines de clichés de couchers de soleil derrière des nuages.

– Je ne prends des photos qu'en avion, se croit-elle obligée de dire en suivant le regard de Phil.

Son regard s'attarde enfin sur le porte-manteau, auquel ne sont accrochées que des nuisettes.

Éléonore actionne une télécommande. Une chaîne d'un vieux modèle se met en marche.

Les Doors. Phil hoche la tête. Le groupe le plus excitant de l'histoire du rock, sexuellement parlant. Le sex appeal lié à Jim Morrison, bien sûr. Mais aussi l'effet produit par le nom même du groupe, qui donne envie de passer sa vie à regarder par le trou d'une serrure

Il la mordille en plusieurs endroits, se retient pour ne pas lui arracher le lobe de l'oreille, se dit qu'il n'a pas besoin de trophée, elle joue avec son gland, malaxe ses couilles et les gobe l'une après l'autre comme s'il était nécessaire de les réchauffer, il a l'intérieur du ventre qui brûle, il fond finalement en elle comme un aigle sur sa proie. Un rapace affamé dont le vol a trop duré. Ils s'étreignent et se serrent jusqu'à s'étouffer.

Ils passent l'après-midi à faire l'amour, Éléonore lui dit qu'il est doux, il répond, agressif et menteur, qu'il se voit comme un animal à écailles.

Puis ils s'étendent sur le dos, les doigts entrelacés. La nuit est en train de tomber.

Dans les enceintes, The Delgados.

« *I Fought the angels here today*
Hope my defeat will end this play. »

Phil flotte dans un demi-sommeil. Peut-être qu'il a dormi et fait un rêve. Il a vu le visage de Sofia aussi clairement que si elle était penchée au-dessus de lui. Il chasse cette image en se concentrant sur son bas-ventre, sur ces flux qui charrient quelque chose de sombre et velouté, comme si on lui diffusait du Dandy Warhols entre la bite et les testicules. L'idée l'effleure qu'Éléonore est en train de le sucer. Il ouvre les yeux.

Elle se caresse en respirant bruyamment, la bouche ouverte en un grand sourire, les yeux fermés. Il la regarde faire, admire sa dextérité, loin de se sentir exclu ni vexé. Il est plutôt flatté.

Mais il garde à l'esprit que le monde est plein de fausses promesses et de vrais pièges.

On ne devrait jamais perdre ses désillusions, songe-t-il.

Quand elle ouvre les yeux, quelques minutes plus tard, elle se lève et va chercher deux bières. Elle en tend une à Phil, soupire et lui dit :

– Je t'ai caché quelque chose, tout à l'heure, peut-être pour ne pas foutre en l'air ces moments. J'avais besoin de toi. Besoin de faire l'amour. Parce que j'ai peur de l'ampleur que prend tout ça. L'ex-Yougoslavie, cette partie de ta vie, si sombre… C'est comme si tu voulais que cette guerre ne finisse pas. Moi, j'étais juste une journaliste en train de faire son boulot, je sais pas si j'ai envie de devenir une amante impliquée dans tes histoires.

Elle recouvre son corps avec le drap.

– Fais-moi confiance, Éléonore, je ne bousillerai rien. Qu'est-ce que tu avais à me dire ?

– Quand j'ai quitté Lana ce matin, elle m'a demandé de te donner un nom. Juste un nom. Elle m'a dit que ça suffirait. Que tu saurais. Tomislav. Il a des trucs à te dire. Allez, va-t-en, maintenant.

13

Marko, Milan et Phil sont avachis sur le canapé, tellement moelleux que Phil se dit que Winston n'a pu que l'acheter dans un magasin de chamallows.

Milan a insisté pour accompagner Phil. Il voulait réconforter son copain et faire admettre à son père qu'il faisait lui aussi partie du problème. L'Anglais est en train de préparer des pancakes à la cuisine et il chante un refrain d'Oasis. Il se comporte davantage comme si la situation ne l'intéressait pas que comme si elle lui échappait. Il a tout du gars qui donne l'impression que le monde, ses satellites et ses innombrables anneaux de turpitudes lui tournent en orbite autour de la tête sans jamais entrer en contact avec elle.

Quand il a appris ce qui était arrivé à Lana, Marko, lui, s'est mis à pleurer comme un gamin.

Phil pense avec appréhension au moment où il se retrouvera devant Tomislav, redoutant ce que celui-ci lui apprendra. Il n'a pas dit à Marko qu'il allait interroger son père.

Il a essayé de noyer le poisson, tenté d'expliquer que l'innocence des uns nourrissait toujours l'avidité des autres.

– L'Histoire du monde est ironique. Le meilleur exemple est celui de ces Américains qui sont devenus alcooliques pendant la prohibition.

C'est Winston qui le tire d'affaire, en posant sur la table basse un plat rempli de pancakes nappés d'un filet de sirop d'érable.

– Dégustez-moi ça, camarades, ne vous laissez par entraîner dans la spirale infernale du ventre creux.

Il s'assoit sur un tabouret et les trois garçons se mettent à manger en silence pendant que Phil allume une cigarette.

Alors qu'il achetait ses clopes, une dizaine de minutes plus tôt, il a entendu à la radio un bulletin qui parlait des actes de bravoure du Gabian. Une conférence de presse des organisateurs de Marseille capitale perturbée par un artiste en costume rouge avec un caddie rempli de godemichés dont les formes évoqueraient celles d'un couple sacré de la cité phocéenne. Le Gabian aurait parcouru les travées du théâtre qui accueillait la table ronde des responsables en distribuant ses gadgets aux journalistes, sponsors et autres, en criant des slogans tels que « Laissez-vous pénétrer par vos origines ». L'auteur de la chronique n'a pas osé désigner les icônes ainsi profanées par le Gabian et s'est contenté d'indiquer que l'artiste avait été arrêté par les forces de sécurité sans qu'il ait tenté de résister, puis qu'il avait été conduit par des policiers à l'Évêché. Il a conclu en laissant la parole à un édile : « L'association Marseille capitale tient à préciser que l'intervention de cet artiste-performeur n'est en aucun cas liée à son programme et que celui-ci ne représente nullement la ligne artistique et culturelle défendue et promue par Marseille capitale ».

Lorsque, avant de pénétrer dans l'immeuble de Winston, il a appelé l'Évêché, on lui a dit que le Gabian avait fait un malaise et qu'il avait été transporté à La Conception. Il a appelé l'hôpital, où on lui a assuré que l'état du Gabian était sans gravité. On lui a demandé s'il était de la famille. Il a répondu la première chose qui lui est passée par la tête : il était le frère aîné du Gabian.

Sa jambe gauche est agitée par des spasmes nerveux. Il est pressé de se rendre au chevet du Gabian.

– Je vais vous laisser, les garçons. Restez là sagement, jouez à la playstation, jetez des bombes à eau par la fenêtre, invitez des filles, mais surtout ne bougez pas d'ici.

Il se lève et se dirige vers la porte. La main sur la poignée, il se retourne et fait signe à Milan de le rejoindre.

Il pose sa main sur l'épaule de son fils et le pousse vers le seuil. Une fois dans le couloir, il tire la porte à lui sans la claquer et murmure :

– Dis-moi que j'ai pas raté des trucs, Milan.

– Tu fais ce que tu peux, mais on dirait que tu crois que ce qui t'est arrivé va m'arriver, que ma vie pourrait ressembler à la tienne. Que je reproduirai les mêmes erreurs que toi, que je souffrirai des mêmes manques.

– Tu penses à quoi ?

– À tout ce que tu crois avoir raté : tu voulais vivre de la musique, rester avec Sofia, avec nous. Des choses comme ça. Tes regrets vont finir par te bouffer. Tu ne penses qu'à ça et tu as peur que je me loupe.

– Milan, j'ai essayé de ne pas te mentir.

Il se reprend.

– Je ne veux pas te raconter tout ce qu'on est parfois obligé de faire et d'endurer. Je me plains pas. Mais la vérité, c'est que j'ai abandonné ta mère. Je suis monté dans un train pour fuir cette ville parce qu'elle puait la mort.

– Je sais tout ça, Phil. Qu'est-ce que tu essaies de me dire ? J'ai mieux connu Sofia que toi, j'ai eu la chance de vivre auprès d'elle, de profiter de sa présence. Tu serais jaloux ?

Phil est scotché.

– Quelle idée tordue !

– Comment tu la voyais, Sofia, « maman », je veux dire ?

Rieuse. Douce. Belle. Blessée. Assassine.

– Juste parfaite.

Il se demande si, un jour, il parviendra à célébrer avec son fils la vie versant Flower Power, loin des monstres aux gueules ouvertes qui vous traquent jusque dans vos rues, vos lits, vos toilettes, vos têtes. Il se souvient du jour où Mladic, le bourreau serbe, a été arrêté. Ils se sont saoulés au champagne, lui et Milan. Il s'est alors fait cette curieuse réflexion : à présent, Sofia est bel et bien partie. Dans les yeux du tortionnaire, dont la télévision montrait le visage en gros plan, il pouvait les voir, les cadavres de Sarajevo et de Srebrenica. Et ils ont pleuré quand ils ont appris que le général croate Ante Govina avait été relaxé par le Tribunal pénal international et qu'il ne serait pas condamné pour crimes de guerre.

– La seule chose que j'ai apprise, Milan, c'est qu'on est tous des étrangers. Où que tu sois, qui que tu sois, l'étranger, c'est toi. Pas l'autre. Tu peux tout oublier, avec un peu de chance, mais ça, tu t'en rappelleras toujours et ça n'est pas plus mal.

Il embrasse son fils et s'apprête à redescendre l'escalier pour filer à La Conception. Milan lui lance :

– Phil, je ne crois pas que tu portes la poisse, je ne voulais pas dire ça, l'autre jour. Fais ce qui te paraît juste.

Sans se retourner, Phil lève une main au-dessus de son épaule.

Les monstres aux gueules ouvertes, on peut les attirer dans des pièges, où on les laissera crever lentement, c'est à cette tâche qu'il faut s'atteler avec rigueur et bravoure, dignité ou non.

Il a en tête le refrain des Eighties Matchbox B-Line Disaster.

Celebrate Your Mother.

Il cale les écouteurs dans ses oreilles, met son iPod en mode de lecture aléatoire et monte le volume à fond tandis qu'il entreprend de marcher vers la Conception.

Le rock a toujours été une phénoménale entreprise de subversion. Avec un curieux paradoxe : il est devenu, en même temps, un produit de consommation de masse. Phil préfère penser qu'il ne s'agit pas de récupération, mais d'une colonisation réussie. Dans les centres commerciaux aseptisés, on subit les âneries de Justin Bieber, Adele, Rihanna ou Raphaël, certes. Une tentative perpétuelle de re-programmation mentale et émotionnelle, où l'on nous assène des *Stay*, *Pray*, *Take It All*, *Never Say Never* ou *Qu'On Est Bien Dans Ce Monde*. Mais le cerveau enregistrera aussi les paroles de ces morceaux frondeurs et sauvages qui échappent encore au filtre de la censure, un *Welcome To The Jungle* alors qu'on traîne au rayon lingerie fine, puis un *I Wanna Be Your Dog* ou un *Rape Me* au moment où, à la caisse, on sort sa carte de crédit.

Si l'on ne peut pas décider de sa vie, on peut toujours choisir la bande-son qui l'accompagne. De ça, on ne nous amputera pas.

Un quart d'heure plus tard, il est dans le hall de l'hôpital. Après avoir tenté de décrypter les mystères de la signalétique médico-inhospitalière, Phil se tourne vers un gars en pantoufles assis sur un de ces bancs en métal qui vous cassent le dos, la main cramponnée à son goutte-à-goutte, qui l'oriente vers le bon ascenseur.

Une fois à l'étage, il emprunte un couloir, croise des blouses blanches aux mines fatiguées, ouvre la porte d'une chambre après s'être assuré du numéro et tombe sur le Gabian alité, sous perfusion, sans doute assoupi, les yeux fermés et la bouche ouverte. Son visage a le teint d'un navet.

Assise à son chevet, jambes croisées et mains calées entre les cuisses, Betty. En jean. Sans maquillage.

– Que s'est-il passé ? demande-t-il.

– Un léger malaise.

– Il faut qu'il arrête ses happenings, ses performances et le reste. Vous ne pourriez pas le lui dire, vous ?

– Je ne suis pas là pour ça. Il fait ce qu'il veut de sa vie. Au nom de quoi l'en empêcher ? Pour qui vous prenez-vous, Phil ?

Il a envie de l'insulter, il se contente de hausser les épaules. Ce n'est que contre elle-même qu'elle lutte.

– Dites-moi ce qu'il a exactement.

Il tire une chaise et s'assoit en face de Betty. Il peut sentir son haleine. C'est comme si elle s'était gavée de confiture de roses.

– Il a fait une crise d'épilepsie au commissariat.

Phil n'a jamais vraiment compris ce qui se cachait derrière les noms des maladies. L'épilepsie lui évoque juste Ian Curtis, le chanteur de Joy Division à qui il arrivait d'avoir des crises pendant ses concerts et qui en jouait. Le post-punk, l'obsession du contrôle social, le tiraillement entre deux femmes et le suicide par pendaison après un concert.

A Means To An End.

– C'est grave ?

– Ce n'est pas à moi de me prononcer. Il le fera s'il le souhaite. On lui a donné de quoi le remettre sur pied assez vite. Mais pour la suite…

Le Gabian se met sur le dos et émet un petit rire, les yeux toujours fermés.

– Phil, tu es là ?

– Gabian, il va falloir que tu y ailles mollo sur tes envolées artistiques, tu crois pas ?

Phil s'approche de son ami, lui prend la main, un geste qu'il n'aurait jamais pensé faire un jour. D'autant que le Gabian a les mains grasses et de la crasse sous les ongles. Phil a les doigts qui tremblent et la vue qui se brouille un peu.

– C'est trois fois rien, Phil. J'ai besoin que tu me rendes un service : j'ai envie de bretzels.

– De quoi ?

– Des bretzels. J'en ai mangé une fois à New York, c'était pas dégueulasse. J'avais passé ma journée à traîner dans le Lower East Side. J'étais heureux, je trouvais que les New-yorkais savaient vivre. J'avais tellement marché que j'étais sûr que mes tendons s'étaient décollés de l'os. J'étais entré dans un rade pourri sur la dixième rue et je m'étais retrouvé à boire au comptoir en compagnie d'un vieux Noir muet. Il me faisait de grands signes pour me demander de lui payer encore un verre et j'avais fini par faire semblant de ne pas comprendre. Il y avait une serveuse aux cheveux teints en orange, avec de grands yeux bleus. J'ai fait un portrait d'elle, pour payer les tournées, quand je me suis rendu compte que je n'avais pas assez de monnaie. Elle s'est mise à pleurer en voyant le dessin… Elle devait se droguer. Il m'a semblé que les habitants de Manhattan se droguaient encore plus qu'ils ne buvaient.

Il fait signe à Phil d'approcher et il lui chuchote à l'oreille :

– Elle a demandé au Noir de tenir le bar, elle m'a entraîné dans les chiottes et elle m'a taillé une pipe. Je n'avais jamais repensé à ça depuis et, pourtant, quelque part, je n'ai jamais oublié cette fille et son visage d'ange. Elle avait fait ce qu'elle avait eu envie de faire à cet instant précis, sans réfléchir, et je suis ressorti du bar sans éprouver de gêne ni de sentiment de culpabilité. Elle n'avait pas fait ça pour l'argent, elle avait compris que je n'avais pas un rond. Ce dessin l'avait émue, c'est tout. C'est quelques minutes plus tard, après avoir pu tirer de l'argent, que j'ai acheté des bretzels à un marchand ambulant.

Il soupire en regardant Betty, qui ne tique pas.

– Ce jour-là, j'ai vraiment compris ce que pouvait être la puissance de l'art. J'avais connu sa beauté, sa part de lumière dans le regard de cette fille, et j'étais persuadé que j'avais touché le pic de cette puissance. C'est à mon retour en France que j'ai décidé de consacrer alors ma vie à explorer l'étendue de son pouvoir obscur. L'art pour détruire et abattre ce qui est laid. Tu devrais emmener Éléonore à New York, Phil, tu pourrais avoir toi aussi une révélation.

– Oui, Gabian, j'y penserai. Et je n'oublie pas tes bretzels, je vais faire un détour par Little Manhattan, derrière la Canebière. Il faut que j'y aille. À moins que tu me demandes de rester. Tu n'as pas autre chose à me dire ?

– Non, je veux que tu partes, ne t'en fais pas, dans une heure, je serai dehors.

Phil embrasse son ami sur le front, puis tourne la tête vers Betty, qui se tient toujours aussi droite, le regard posé fixement sur les mains du Gabian. Non, il ne la croit pas perverse, même si l'idée l'a effleuré.

En se levant, il sent des picotements dans ses jambes. Il chancelle, se rattrape au rebord du lit. Il se sent aussi vide que le jour où il a appris la mort de Joe Strummer, le chanteur des Clash.

Dehors, il y a un attroupement autour d'une vieille dame qu'on tire par les bras pour la sortir d'un trou dans lequel elle est tombée, une de ces tranchées creusées dans la chaussée et dont les barrières de protection ont été volées ou dispersées.

Il sent le rythme de son cœur s'accélérer.

Il attrape un bus pour se rendre chez Tomislav.

Au moment où il se prépare à descendre, il s'aperçoit, au regard haineux qu'il lui lance, qu'il n'a cessé de dévisager un homme assis au fond et dont la moitié du visage est rongé par des plaques rouges.

C'est la femme de Tomislav qui lui ouvre la porte. Elle a les traits tirés. Elle s'efface pour laisser passer Phil, puis retourne d'un pas pressé à la cuisine après avoir refermé la porte.

Il entre dans le salon. Une femme d'une soixantaine d'années, cheveux gris attachés en queue-de-cheval, lunettes à verres grossissants, est en train de parler à voix basse à Tomislav. Celui-ci lève des yeux écarquillés vers Phil. Il est terrifié. Sa chemise est à peine boutonnée, il tient un verre à la main. Sur la table qui occupe la moitié de la salle à manger, une bouteille de gnôle incolore à moitié vide. Il sort un verre d'un placard, le remplit et le tend à Phil, avant de vider le sien d'un trait et de se resservir. La femme s'est tue. Elle s'appuie contre le radiateur et croise les bras. D'un ton ferme, elle lance à Phil :

– Qui êtes-vous ?

– Je suis le père de Milan, le meilleur ami de Marko.

Il désigne Tomislav du doigt.

– Marko. Son fils.

– Oui, je connais Marko, merci.

– Et vous ?

– Je m'appelle Ivana. Je suis psychiatre. Je travaille pour l'association Balkans-sur-Mars. Je connais Milan. C'est moi qui ai monté l'association.

Elle parle un français assez correct pour y avoir intégré les intonations de l'accent marseillais.

– Je croyais que c'était Josip Bradman.

Elle fronce les sourcils.

– Il a apporté les fonds.

– Comment va Tomislav ? Il a quelque chose à me dire, je crois.

L'homme se fige. Phil voit sa poitrine se remplir et se vider à une vitesse étonnante, sans une pause.

Tomislav tire une chaise, s'assied et enfouit son visage dans ses mains. Il est soudain pris de sanglots. Il croise et décroise les jambes, comme si un lézard lui courait sous la peau en lui chatouillant les nerfs.

– Je voulais pas. Je suis pas assassin.

Daumal. Tomislav a tué Daumal.

Sa femme lui amène un verre d'eau, sans même le regarder. On dirait qu'elle a honte.

– Calmez-vous, je ne vais pas vous dénoncer. Pourquoi l'avez-vous tué ?

– Pour Lana… Il fallait je la venge. On peut pas rester sans rien faire, voir le mal, toujours, sans courage, sans force, juste garder la peur à l'intérieur et regarder sans bouger.

– De quoi parlez-vous, je ne comprends pas ?

– L'homme qui violer Lana, je voulais pas savoir son nom, rien savoir de lui. Lana, c'est la cousine de Marko, ici, c'est la France, le viol, on va en prison, normalement.

– De quel viol vous parlez, Tomislav ?

Il sert à Phil un curieux récit de la soirée du tournage, en mélangeant certains mots, en hésitant sur d'autres.

– L'homme, Daumal. Il violer Lana. Marko, il essaie de la défendre. Mais l'homme est plus fort. Le salaud.

Il vide le verre d'eau d'un trait, le repose maladroitement et celui-ci se renverse et roule sur la table avant d'éclater en tombant sur le carrelage de tomettes. Il se tasse dans sa chaise, fait un geste de dégoût, davantage que de dépit, puis il croise les bras et demeure immobile. Sa femme arrive en vociférant, une pelle et une balayette à la main. Ivana n'a pas bronché. Les yeux vers le plafond, elle cligne des paupières, comme si elle se protégeait d'agressions visuelles. Elle semble fixer un vide obscur et lointain.

– Qui vous a dit que Lana avait été violée ?

C'est Ivana qui prend la parole.

– Josip. Il était à la villa, ce soir-là. Il n'a pas vu ce qui s'était passé, mais il a vu Lana qui s'enfuyait, il l'a encouragée à se cacher, il a dit qu'il trouverait une solution.

– Une solution ? Pourquoi n'a-t-il pas témoigné, dans ce cas, ou prévenu les flics ? Comment a-t-il su que c'était un viol s'il n'a pas assisté à la scène ? Car ce n'est pas ce que Lana ou Marko ont raconté.

– Marko était déjà parti, répond Ivana. Josip a dit qu'il avait entendu les témoignages de ceux qui connaissaient Daumal et qui disaient que ce n'était pas la première fois qu'il agressait sexuellement une fille.

Phil se baisse pour ramasser un bout de verre oublié sous la plinthe et le pose sur la table.

– Josip vous a menti. Daumal n'a pas violé Lana. Il l'a brusquée, mais Marko est arrivé au bon moment, il a défendu Lana, et ils ont pu s'enfuir tous les deux. J'ai parlé à Lana, elle confirme ce qu'a raconté Marko.

– Pourquoi doivent-ils se cacher, alors ? demande Ivana, l'air soulagé, alors qu'à côté d'elle, Tomislav se décompose au fur et à mesure qu'il semble reconstituer l'enchaînement des faits. Sa femme s'est assise sur le bord du canapé, les deux mains contre sa bouche, un doigt entre ses dents, prête à le mordre.

– Lana a fait une bêtise, mais elle va s'en sortir. C'est Josip qui vous a convaincu de tuer Daumal, Tomislav ? En tout cas, il s'est débrouillé pour que vous vous croyiez obligé de le faire.

Tomislav s'exprime dans sa langue. Ivana, acquiesce. Elle le coupe d'un geste.

– J'étais là. Josip a dit qu'une plainte à la police était exclue. Parce que Daumal a des appuis et parce que Lana n'a pas de papiers. Il a dit aussi que ce crime ne pouvait pas rester impuni et qu'il fallait faire quelque chose. Il avait l'air hors de lui.

Un bon comédien, pense Phil. Il aurait dû jouer dans *La Menace*.

Tomislav ajoute quelques mots. Ivana l'arrête et poursuit à sa place.

– En Croatie, quand les Serbes armés ont occupé la région de Knin et qu'ils ont créé la République de Krajina, en 1991, il y a eu des crimes épouvantables. Des meurtres. Des viols. Tomislav a été raflé avec d'autres hommes, ils ont été emmenés dans un camion puis débarqués dans un champ. Là, devant leurs yeux, des miliciens serbes saouls ont violé deux fermières, une femme et sa sœur.

Chaque fois qu'un soldat avait fini, il tirait un coup de feu en l'air après s'être rhabillé. Tomislav et les autres avaient des fusils braqués sur eux. Les Serbes n'attendaient qu'une occasion de les tuer.

Tomislav fait un signe à Ivana.

– On croyait on allait mourir. J'ai vécu avec le souvenir de ça. Je pleure quand je pense on n'a rien fait, moi et les autres hommes. Je ne pas pu rester à Knin après la guerre. J'ai parti habiter Split. Le rire des soldats, encore dans ma tête. On est lâches, tous. Obligés. Pas le choix.

Il secoue à présent la tête, comme s'il se maudissait.

Ivana reprend :

– Quand Tomislav a raconté cette histoire, l'autre jour, Josip l'a pris dans ses bras. Il avait les larmes aux yeux. Puis il est devenu enragé. Il a dit qu'il y avait un moment pour se taire et pour subir, et un moment pour agir et venger l'honneur des siens.

Phil a compris. Les lumières qui s'allument dans sa tête sont tellement fortes qu'il a un soudain mal de crâne.

– Il vous a manipulé, Tomislav. Il vous a laissé penser que tuer Daumal serait votre seule façon de retrouver votre dignité, après avoir attisé votre haine en vous faisant croire que Lana avait été violée. Et comme Josip vous aide et qu'il vous donne l'impression de vous respecter, vous aviez le sentiment qu'il fallait agir. Il s'est contenté de vous laisser comprendre que vous deviez tuer Daumal, comme si c'était la voie du courage.

Tomislav pleure à nouveau. Sa femme s'est approchée de lui et lui caresse doucement la nuque. Son visage n'exprime plus la honte, mais la compassion.

– Il vous a même donné son nom et son adresse. Et vous y êtes allé. Daumal vous a ouvert parce qu'il pensait que c'était un voisin qui venait râler contre le bruit, il était prêt à l'envoyer bouler, il était ivre, il ne s'est pas méfié. Et vous…

Il s'arrête.

– Mon dieu, dit Ivana. Pourquoi Josip a-t-il fait ça ?

Phil réfléchit. Bradman avait besoin que Daumal disparaisse.

Parce que celui-ci le faisait chanter ? Son nom n'apparaît pourtant dans aucun des documents que Phil a parcourus.

Ou bien parce que la sacoche appartenait à Bradman lui-même et qu'il avait fini par découvrir que c'était Daumal qui la lui avait volée. Il pouvait craindre que Daumal, désemparé, se mette à parler et puisse le balancer en l'accusant d'être un maître chanteur.

Bradman pourrait être celui qui a tenté de faire éliminer Lana. Phil repense au jour où il l'a croisé chez Tomislav. Ce dernier n'avait pas voulu, devant Bradman, donner à Phil l'adresse de l'endroit où se cachait Marko. Il s'était méfié de son bienfaiteur. Il aurait dû suivre son intuition jusqu'au bout.

– Peut-être pour de l'argent, répond enfin Phil. Ou pour éviter un scandale. Je ne peux pas vous en dire plus. C'est toujours la même chose. Un jeu de construction. De déconstruction. De destruction. Il manque encore des pièces, mais faites-moi confiance, Lana et Marko seront bientôt en sécurité. Vous croyez que Josip serait prêt à tuer lui-même ? Vous pensez qu'il protège quelqu'un ou quelque chose, un secret, une entreprise criminelle ?

Ivana parle d'une voix encore plus tranchante.

– Josip est juste quelqu'un qui veut se venger. De tout et de tout le monde.

Phil songe à la sculpture que Bradman a érigée dans son parc. « (V) engeance »

– Des Croates, d'abord, parce qu'il est Serbe et qu'il a souffert de la victoire des Croates en 1995, quand ceux-ci ont repris Knin et libéré la Krajina. Sa famille a tout abandonné et elle est partie. Lui est resté. Les soldats croates n'ont pas été tendres. Ils ont expulsé les habitants serbes, il y a eu des règlements de compte. Les gens le connaissaient bien, Josip, on l'a laissé tranquille, mais il ne trouvait plus de travail. Alors il a fini par partir lui aussi. Il avait fait ses études en France, il y est revenu. Il est arrivé à Marseille il y a dix ans. Il se plaint toujours qu'on l'a alors accueilli comme un réfugié de guerre… Comme une merde, il disait. Il ne réussissait pas à avoir de papiers, il ne supportait pas de vivre comme un SDF, de dormir dans un Algeco et de devoir mendier. Puis il a fini par s'en sortir. Il est malin. Il a monté une galerie, puis une autre, il savait qui aller voir pour trouver des fonds. Il a parfaitement compris le fonctionnement du système. C'est à ce moment-là que je l'ai rencontré. C'était un homme vindicatif. Amer et cruel. Il se sert des gens, ce ne sont pour lui que des jouets, à qui il fait payer ses malheurs. Et ceux qu'il aide le craignent. Vous croyez qu'elle fait quoi, la femme de Tomislav, pour gagner trois sous ? Il la paie pour nettoyer ses chiottes et ses salles de bain dans son immense baraque. Ça et pas une autre pièce. Il a une femme de ménage qui s'occupe du reste. Qu'il baise quand il en a envie.

Tomislav regarde sa femme, qui baisse la tête. Il a cessé de trembler. Son visage est écarlate, une haine profonde est en train de naître en lui.

– Vous saviez tout ça, mais vous bossez avec lui.

– Oui. Mais je savais à quoi m'en tenir. Je me disais qu'en travaillant pour lui, j'avais une chance de limiter sa capacité de nuisance.

Phil s'approche de Tomislav et le regarde dans les yeux.

– Je pense que vous ne craignez rien. Josip ne peut pas vous dénoncer sans qu'il soit lui-même mis en cause. Quant aux flics, ils pataugent, ils ne remonteront pas jusqu'à vous.

Soudain, il le déteste, ce brave père de famille qui n'aurait jamais dû quitter son pays, qui aurait dû rester avec ceux qui le reconstruisaient. Son haleine pue la gnôle et son corps dégage une odeur de graisse industrielle. Il ne vaut pas mieux que Phil lui-même. Il sera rongé par les mêmes remords et son fils en portera le poids à son tour.

– Une dernière chose : comment Lana a-t-elle appris que c'était vous qui aviez tué Daumal ?

– C'est moi qui lui ai laissé un message, murmure Ivana. Je voulais m'assurer que Marko n'était pas au courant que son père avait tué Daumal. J'ai donc tout raconté à Lana, en lui faisant promettre de ne rien dire à son cousin.

– Vous ne devez avoir qu'un seul souci, Tomislav : cacher à Marko ce que vous avez fait. Je peux pas vous laisser croire que vous êtes innocent, mais vous n'auriez pas tué cet homme sans le petit numéro de Josip.

Il n'a plus rien à ajouter. Le reste est vain. Il a besoin de quitter cette pièce qui sent l'ail et le renfermé.

Il descend l'escalier à toute vitesse. Une fois dans la rue, il allume une cigarette qu'il fume en quelques secondes en tirant dessus par grosses bouffées avides.

Il les connaît, les types comme Bradman. Ils luttent contre un ennemi immatériel et contre eux-mêmes, jusqu'à ce qu'ils dénichent une victime consentante qui leur permet de penser, une fois qu'ils l'ont détruite, qu'ils ont su rendre les coups.

Son téléphone sonne.

Betty. Elle lui dit que le Gabian a quitté l'hôpital contre l'avis des médecins, qui n'ont pas réussi à le retenir. Il a pris un taxi pour aller assister au happening de ses copains artivistes.

14

Une vieillarde sursaute en étouffant un cri et recule d'un pas en écrasant les pieds de Phil. L'homme a le visage du maire. Il vient de surgir, on ne sait d'où, une tache rouge sur son costume, au niveau de la clavicule. Il fend la foule, bouscule les passants, chancelle et se raccroche à la poignée d'une poussette, pivote sur lui-même avant de poursuivre péniblement sa course vers la Canebière, ralenti par une jambe qu'il traîne comme un poids mort, une main enserrant le haut de sa cuisse, l'autre son épaule.

Avec ce stupide sourire de caoutchouc accroché à son visage.

On entend des cris, à peine couverts par les bruits des klaxons et ceux des scooters aux pots d'échappement troués. Puis il y a le raclement des volets des échoppes qu'on ferme dans l'urgence. Certains badauds, terrifiés, se replient entre les cabanes des santonniers. D'autres écarquillent les yeux, immobiles et fascinés.

Tous les regards sont tournés vers le maire, qui boite de plus en plus. Il s'arrête à quelques pas du manège duquel on a fait descendre les enfants, dont la moitié est en pleurs. Il se retourne et fait face à son poursuivant.

L'assassin se déplace lentement, avec la démarche du chasseur fatigué. Il tient un automatique dans la main, qu'il pointe, bras tendu, vers le maire. En quelques dizaines de secondes, la panique a laissé la place à la curiosité. L'agresseur est vêtu d'un jean et de baskets de marque, il a le crâne rasé et un tatouage dans le cou, il porte un tee-shirt qui montre une série de portraits de Che Guevara, déclinés en plusieurs couleurs, à la Warhol. Les cabanes qui accueillent la foire aux santons, sur les flancs desquelles a été accolée une banderole promotionnelle « Nostalgie », font songer à une petite ville de décor de cinéma.

Arrivé à une dizaine de mètres de sa cible, l'homme ajuste son arme, plisse les yeux et crie : « L'art triomphera toujours ». Puis il tire et tire encore tout en avançant comme un automate vers sa victime, qui se cambre à chaque détonation, titube sur quelques mètres avant de s'écrouler sur un cheval de bois.

Des gens poussent à nouveau des cris d'horreur, d'autres applaudissent. Rapidement, une dizaine d'hommes portant eux aussi des masques d'élus locaux se mettent à courir dans tous les sens, poursuivis par des citoyens à l'air féroce, armés de pistolets ou de mitraillettes. Une clameur s'élève. Des dizaines de doigts tendus désignent un minot qui cavale après le président du conseil général, une kalachnikov à la main. L'homme se retrouve coincé entre la foule et le bassin à l'eau putride. Le gamin s'arrête et mitraille en riant. Les visages se crispent, des spectateurs hurlent, d'autres se retournent et baissent la tête comme pour se protéger.

Si les balles avaient été réelles, il aurait fait un carnage digne de celui d'une école américaine du Connecticut.

Du Deconnecticut, corrige mentalement Phil.

Le président s'écroule au sol en poussant un râle exagéré et peu réaliste. Le môme s'approche et pointe le canon de son arme contre la tête du bonhomme, qui a le visage contre terre et dont le masque est écrabouillé par le poids de sa tête, le sourire en caoutchouc se muant en rictus informe.

Phil entend une jeune fille hurler juste à côté de lui :

– Il va pas l'achever, quand même !

Derrière elle, un vieux répond :

– Qu'il le crève. Même si c'est du pipeau.

– C'est pas une raison. Je laisserais jamais mon enfant tuer quelqu'un en public. Rien ne l'oblige à tirer, il sait même pas ce que c'est, les impôts et la corruption. Il le fait par pur plaisir. Il serait face à un syndicaliste ou à un Indigné, il ferait pareil. Bonne Mère, il faut arrêter ces fadas. Regardez, tout le monde tire sur tout le monde.

C'est une véritable scène d'exécutions en règle. Sur toute la longueur de la place, des gens en abattent d'autres, qui tombent et meurent dans des chutes de plus en plus théâtrales, l'un sur le rebord de la fontaine, l'autre au pied d'un scooter, un troisième, le candidat socialiste à la mairie, à genoux, les bras en croix, comme Willem Dafoe dans *Platoon*.

Phil sursaute.

Le gamin vient d'appuyer sur la détente et il ne la lâche plus, déclenchant une interminable rafale. Phil fait comme les autres, il se bouche les oreilles en grimaçant. Puis un homme s'approche du petit et saisit son arme, en disant :

– Ça suffit, on rentre, maintenant.

Le père et l'enfant se dirigent vers l'autre bout de la place, en direction de l'Opéra.

C'est en les regardant s'éloigner que Phil aperçoit le Gabian. Il est assis à la terrasse d'un café, sous une banderole déroulée entre deux platanes sur laquelle on peut lire : « Foire aux hommes politiques ».

Il a quitté l'hôpital pour venir directement ici.

Phil reconnaît ses amis artistes, en train de distribuer des armes en jouets et des masques en caoutchouc : ceux qui font la queue peuvent choisir de tuer ou de mourir.

Il accélère le pas pour retrouver son ami. Des flics viennent d'arriver sur les lieux. Ils sont bouche béée. Leur regard passe des spectateurs qui encouragent les assassins en les applaudissant à ceux qui sont terrorisés, puis aux enfants qui pleurent et aux santonniers qui secouent la tête d'un air dépité. Ils font quelques pas puis s'arrêtent, indécis. Ils semblent se demander s'ils doivent désarmer les tireurs ou secourir les comédiens masqués. Un flic plus jeune a la main portée à son automatique, à sa ceinture. Il se précipite finalement vers l'adjoint à la culture étalé au sol, dont le corps est agité de spasmes, et il le prend par les aisselles pour le relever. L'autre se met debout d'un bond, il embrasse le policier et le remercie de l'avoir sauvé.

C'est le plus joli foutoir que Phil a jamais vu.

– Tu es content, Gabian ?

– Oui, on revient à la quintessence de ce qu'est le représentant du peuple. Un martyr de foire. La politique est un spectacle, Phil. J'aurais voulu obtenir du maire qu'il accepte de jouer son propre rôle et de se faire tirer dessus avec une balle réelle, comme Chris Burden, mais c'était peine perdue.

– Chris Burden ?

– Un performeur californien. En 1971, il avait demandé à un de ses copains de lui tirer un coup de fusil. Que penses-tu de notre show ? Les premiers intervenants étaient des comédiens, et puis on a improvisé quand un gars est venu nous demander s'il pouvait faire partie des tueurs.

– Est-ce qu'ils flinguent ceux qu'ils ont élus ou ceux du camp adverse ?

– Ça n'a aucune importance, Phil ! Tu ne poses jamais les bonnes questions.

– Ah. Laisse-moi réfléchir. Quelles relations entretiens-tu avec Josip Bradman, Gabian ?

Il fronce les sourcils et remet ses lunettes de soleil.

– C'est un imbécile. Il n'est intéressé que par le fric et la gloire, ce genre de trucs has been inventé pour les loosers. Ça fait des années qu'on ne se voit plus.

– Est-ce qu'il t'a menacé récemment ?

Le Gabian prend une grande inspiration.

– Tu imagines que je suis en danger à cause de lui ?

– Il aurait des raisons de t'en vouloir ? Une histoire passée qui aurait un lien avec Betty ?

– Le danger est toujours ailleurs que là où tu l'attends. Je ne comprends pas le sens de ton interrogatoire, flicaillon.

– Laisse tomber. C'est Betty qui te passera un savon tout à

l'heure. Dire que tu t'es échappé de l'hôpital juste après une crise d'épilepsie…

– Ne te laisse pas impressionner par Betty. Je ne risque rien. Je suis assis sur une chaise, je bois un demi et je me délecte de ce spectacle entièrement conçu par mes amis. Pépère, tu vois. Je prendrai un taxi pour rentrer. Mais la fête n'est pas encore finie.

Il regarde sa montre avant de vider sa bière d'un trait.

Les flics ont finalement décidé de récupérer les fausses armes. Certains les examinent de près et font une moue admirative, comme pour apprécier le boulot des fabricants.

– C'est maintenant que ça va devenir rigolo, Phil. Tu ne te marres pas assez en ce moment, je trouve, essaie de te détendre un peu.

Phil s'assoit.

Un bruit d'explosion le fait sursauter. Le sol, les murs et les vitres des bâtiments ont tremblé. Tout le monde s'est figé, sur la place. Même les comédiens, qui enlèvent leurs masques.

– C'était quoi, ça, Gabian ?

– Le feu, Phil. Marseille qui brûle… Tu vas pouvoir la finir, ta chanson. Je vais reprendre un verre, mais tu peux aller voir, toi, si tu veux. Je suis encore un peu faible, tu sais, on m'a conseillé de ne pas faire trop d'exercice.

– Qu'as-tu fait ?

– Moi, rien. Ce sont mes collègues. Si le timing est bon, c'est le camping-car qui est en train de partir en fumée sur le port. Tu m'as dit que tu ne l'aimais pas beaucoup. Je l'avais garé entre deux murets de béton, sur le quai de la Fraternité. J'ai eu un P.-V. On s'est dit qu'on allait le faire sauter.

– Tu es dingue.

Phil se rue vers le port d'où s'élève une épaisse fumée. Au beau milieu du chantier qui occupe la moitié du quai, il aperçoit la camionnette du Gabian en train de flamber. Des flics interviennent avec un extincteur, tandis que, plus loin, d'autres voitures se mettent à brûler. Dissimulés derrière les véhicules en flammes, des minots se mettent à balancer des pierres sur les flics. Des dizaines d'autres se sont regroupés sous la nouvelle ombrière, à peine achevée, d'où ils jettent à leur tour des pavés sur les flics. Ils sont plusieurs à porter le même tee-shirt, avec cette photo d'un visage d'homme que Phil a déjà vu, même s'il ne se souvient plus de qui il s'agit.

On lui tape sur l'épaule. Il se retourne. C'est le jeune gars à la béquille, avec ses tatouages de monstres dans le cou, le guetteur de la Porte d'Aix.

– Alors, Phil, t'es venu au pestacle ?

– C'est qui, les clowns ? Les gars en uniforme ou les autres ?

– C'est une manifestation politique, Phil. On exerce notre citoyenneté, on proteste contre le blanchiment.

– De l'argent sale ?

– Non. Des flics de la BAC Nord. Les ripoux qui ont été réintégrés. Tu sais ce que le juge a dit, alors que les condés étaient en taule ? « On va pas les payer à rien faire ». Alors ils les ont remis au boulot. Y'en a marre de la corruption, non ?

Il compte à présent sur ses doigts.

– Sans compter que le prix de l'essence continue d'augmenter, que les gens paient trop d'impôts alors que leur pouvoir d'achat ne cesse de baisser. Tiens, il faudrait aussi alléger les charges sociales des entreprises et autoriser le mariage pour tous.

Il lève les bras au ciel.

– On est pris à la gorge, on en peut plus, là !

Phil le regarde, ahuri.

Le pouvoir de la télé.

Les gamins se sont mis à allumer des feux dans les tranchées des chantiers remplies de détritus. Au moins cinq voitures sont en train de brûler, les sirènes des pompiers se font entendre mais leurs camions demeurent invisibles. Sans doute coincés dans les embouteillages. En ordre dispersé, les flics tentent de reconquérir la place, aidés par les CRS qui débouchent à pied de la Canebière.

Dire que ce chaos a été en partie orchestré par le Gabian et ses amis alors qu'il est en train de picoler à deux rues d'ici, quelques heures après une crise d'épilepsie.

– C'est qui, le gars, sur le tee-shirt ?

– Tu débarques ? C'est le flic qui a eu le courage de balancer ses copains, les escrocs de la BAC Nord. Un héros. Évidemment, ils ont eu sa peau. On lui a vidé sa baraque pendant l'été. Tous ses meubles. Même le lit de son gamin. La honte, non ? Il dit que c'est un coup de ses ex-collègues… Les autres, on a retrouvé chez eux des milliers d'euros, mais ils ont récupéré leur taf et on leur a rendu leur arme. Lui, il a été révoqué pour avoir laissé repartir un indic avec un peu de shit.

Il semble réfléchir, puis se tourne vers Phil :

– C'est grave, non, d'être révoqué ?

– Plutôt. En gros, les trafiquants de drogue et quelques sympathisants sont en train de manifester en faveur d'une police honnête, c'est bien ça ?

Le jeune homme est ravi.

– Je me rappelais que tu comprenais vite.

Il gueule :

– Les ripoux sont foutus, la jeunesse est dans la rue !

Les autres aussi hurlent des slogans. Ils sont peut-être une centaine, à présent. Des scooters arrivent par meutes de l'avenue de la République, déversant les passagers dans tous les coins de la place. Les flics ne savent plus où donner de la tête et ils se font caillasser sans répit. Les jeunes sont enragés, il y en a toujours deux ou trois pour harceler, à coups de lacrymos, les flics qui auraient commis l'imprudence de s'éloigner de leur groupe de collègues. Les jeunes ont pillé un snack et ils balancent à présent des canettes de soda sur les policiers. Les passants se sont massés sur les devantures des cafés.

– Des condés propres pour une ville propre !

La fumée a envahi le port et le vent porte des cendres, des bouts de plastique et de carton brûlés. Phil voit soudain les flics en civil, brassard orange de rigueur, se répandre parmi les rangs des jeunes, fulgurants et précis. Des dizaines de minots se retrouvent rapidement plaqués au sol et menottés. On entend un son de corne de supporter suivi d'une clameur et, en quelques secondes, les gamins se sont regroupés devant le bar de la Samaritaine. Ils grimpent sur leurs engins et la horde de deux-roues s'échappe par les ruelles qui mènent au Panier.

– C'est fini. C'était super blitzkrieg, non ? Je vais devoir y aller aussi, Phil. À la prochaine !

Phil salue le minot, qui s'évanouit dans la foule, et il entreprend de retrouver le Gabian. Il visualise l'expression de triomphe sur le visage de son ami. Il en est agacé d'avance. Il manque de se prendre les pieds dans ceux d'un clochard avachi contre un mur et il laisse échapper un juron. L'homme tête une bouteille d'Evian dans laquelle le liquide a la teinte du pastis pur. Il porte un tee-shirt sans manches sur lequel il est écrit « Saint-Tropez ». En lettres d'or.

Phil en a sa claque. Il se ravise et décide de remonter la rue Breteuil jusqu'au métro, sans retourner voir le Gabian. Les gens courent dans tous les sens. Il établit un programme simple : acheter de l'aspirine, en prendre deux comprimés avant d'aller picoler à une terrasse en bénissant les pharmaciens, les seuls à nous rappeler qu'à tout problème, il existe une solution buvable.

15

La main cramponnée sur son flingue, Josip Bradman tente de ramper vers la baie vitrée sur laquelle cogne le soleil, comme un dauphin échoué sur le sable et qui tenterait de regagner la mer. Il porte un costume et une cravate. Boutons de manchette et foulard en soie autour du cou. Tiré à quatre épingles.

C'est toujours deux de trop, songe Phil.

Combien de fois dans sa vie sera-t-il encore obligé d'assister à l'agonie d'un homme ?

Bradman est touché au ventre et en haut de la cuisse. Il ne semble pas avoir perdu beaucoup de sang. Ça fait deux bonnes minutes que Phil le regarde se traîner sur le flanc, sur le carrelage, en s'appuyant sur son coude, tandis que Max est allé inspecter le reste de la maison. Bradman a à peine prêté attention à Phil et Max, quand ceux-ci ont fait irruption dans la pièce. Comme si sa dernière obsession était d'aller mourir sur la terrasse, au soleil, s'il parvenait à l'atteindre.

Phil a appelé le SAMU. Il a évoqué une blessure en apparence grave, sans préciser qu'elle était due à des balles. Une voix de femme, presque enjouée, lui a dit qu'ils ne seraient pas là avant une bonne demi-heure. Phil a abrégé l'interrogatoire et a promis qu'il tiendrait compte des conseils pour les premiers secours. Le blessé n'a pas l'air de souffrir, il semble tout au plus contrarié. Hormis le frottement de ses vêtements sur le sol chaque fois qu'il fait un effort pour se déplacer, la maison est silencieuse.

Phil aimerait dire quelque chose, mais il ressent une lourdeur dans la bouche. Il y renonce pour l'instant. Il s'avance vers Bradman et l'enjambe, le voit raffermir sa prise sur le flingue avant de poser brusquement la tête au sol, le regard tourné vers le plafond. Phil ferme la vitre coulissante, tire les rideaux noirs et la pièce s'assombrit aussitôt. Il n'ira pas plus loin.

Au bout du jardin, le petit portail qui donne sur la ruelle claque avec le vent. C'est par là que l'agresseur s'est enfui et que, quelques minutes plus tard, Phil et Max pénétraient dans la villa. Phil enlève la taie d'un coussin du canapé et s'en sert comme d'un gant pour décrocher un à un les doigts crispés sur la crosse du revolver. Puis il saisit l'arme et d'un geste, l'envoie glisser dans un coin de la pièce tout en se demandant d'où lui vient ce réflexe de ne pas laisser d'empreintes.

L'autre le regarde faire. Phil a l'impression que ses yeux expriment de la gratitude.

Phil et Max se trouvaient dans la voiture. Max s'était garé en face de la villa, il avait ouvert sa fenêtre avant d'allumer une clope, sans bouger de son siège, et Phil se répétait mentalement les questions qu'il allait poser à Bradman quand ils ont entendu le bruit d'un coup de feu, puis d'un deuxième, suivi d'un troisième. Max a fait signe à Phil de ne pas bouger. Le regard de ce dernier a été attiré par l'une des fenêtres où un rideau venait d'être écarté, avant d'être relâché.

Phil est descendu de la voiture. Max a râlé avant de sortir à son tour.

– Mollo, a-t-il soufflé à son ami.

Il s'est mis à scruter les fenêtres et les portes des rares maisons alentours, guettant la sortie éventuelle d'un voisin.

Quelques secondes plus tard, ils ont entendu un portail claquer violemment puis des bruits de tuiles se brisant en tombant sur le macadam.

– Il se casse par la ruelle de derrière. Laissons-le filer, on n'est pas des flics et on ne fait pas assez de sport pour lui cavaler après, a dit Max.

Il est allé ouvrir son coffre et a empoigné une barre de fer forgé. Il s'est engagé dans la ruelle, suivi par Phil, puis ils se sont engouffrés dans le jardin par le petit portail ouvert. Max a pointé du doigt la baie vitrée ouverte de laquelle dépassaient des pans de rideaux flottant dans le vent. Dans cette pièce, une sorte de living-room avec un canapé, ils ont découvert Bradman allongé au sol. Max a dit qu'il montait voir s'il y avait d'autres occupants dans la maison en ordonnant à Phil de le désarmer puis d'appeler le SAMU.

Phil n'a jamais été foutu de faire les trucs dans l'ordre.

Bradman allonge les jambes, il semble avoir renoncé à aller plus loin. Il baisse les yeux sur lui-même, comme s'il contemplait la position dans laquelle, pense-t-il peut-être, il va quitter ce monde. Puis il tourne le regard vers Phil.

– Vous allez me regarder crever sans rien faire ?

Il a prononcé ces mots distinctement, d'une voix rauque.

– Parce que vous allez mourir ? Je vous croyais capable de survivre à tout. Et ce matin, vous ne vous êtes pas sapé comme quelqu'un qui allait clamser dans la journée. Le SAMU est en route, mais c'est l'heure de pointe.

– Je ne pense pas qu'il voulait me tuer. C'était presque un accident. J'ai été con de laisser une arme en évidence sur le bureau. Il a vu que j'en portais une sur moi. La discussion a mal tourné et il est allé prendre le flingue. J'ai pas réfléchi, je lui ai tiré dessus. Je l'ai raté. Sa première balle m'a atteint à la cuisse, la deuxième au ventre. Il m'a mis les organes vitaux en charpie, non ?

– J'y connais rien en anatomie. Je ne sais même pas où est le foie. Vous souffrez beaucoup ? Qu'est-ce que je peux faire ?

– Rien. Il suffit d'attendre, c'est ça ?

– En quelque sorte. Qui vous a tiré dessus ? Un de vos amis ?

Les noms de Tomislav et de Lucarelli lui viennent à l'esprit.

– Si on peut appeler ça un ami. Nos vrais amis, on les compte sur les doigts d'une main amputée, comme on disait pendant la guerre en ex-Yougoslavie.

Il esquisse un sourire.

– De toute façon, vous préféreriez ne pas le savoir. Vous n'avez pas plongé assez loin dans la merde ?

Il pensait que Bradman se mettrait à rouler des yeux blancs et globuleux jusqu'à ce qu'ils soient révulsés. Ils sont rouges. Ses pupilles sont dissimulées entre ses paupières plissées.

Phil tremble un peu, transpire beaucoup, il a la gorge irritée tellement elle est sèche.

– Je sais que je vais mourir. Je devrais être dans les vapes, incapable de prononcer un mot, non ?

– Dites-moi ce que vous pouvez, Josip, puisqu'il vous reste de la force pour parler. La sacoche. Lana. Qu'est-ce que vous trafiquiez ? Ces dossiers compromettants, ces photos, c'est vous qui les avez réunis, n'est-ce pas ? Et Daumal vous les avait volés...

Phil entend du bruit au-dessus. Max est en train de tout démonter, là-haut. Ou bien il s'est simplement mis en quête du bar. Il s'assoit sur le bord du canapé et allume une cigarette. Il se penche et la glisse entre les lèvres de Bradman, qui la recrache aussitôt. Il pointe un doigt sous le canapé. Phil se penche, prend un mouchoir dans sa poche et s'en sert pour attraper un porte-cigarettes qui traîne là.

L'objet est en ébène, d'un noir dense, avec le motif d'un serpent blanc, peut-être en ivoire, enroulé autour. Le cendrier posé sur la petite table est orné des mêmes symboles, plusieurs serpents d'un blanc encore plus éclatant, qui semblent se mordre la queue. Phil le pose par terre entre Bradman et lui.

Toujours avec le mouchoir, il récupère la clope au sol, la glisse dans le porte-cigarettes, qu'il amène jusqu'aux lèvres de Bradman. Celui-ci le coince entre ses dents et tire une bouffée. Il recrache la fumée sans l'avoir avalée. Puis Phil s'allume une cigarette à son tour.

Il cherche de la pitié en lui. S'effraie d'en trouver si peu.

Max est réapparu un verre à la main. Il s'assoit à côté de Phil, qui lui prend son verre des mains et le vide d'un trait. Un whisky d'au moins quinze ans d'âge.

– Alors, il va crever ?

Max a suffisamment traîné avec les bad-boys de la pègre pour ne pas se laisser impressionner par un homme en train d'agoniser. Mais il aime la symétrie, il veut que les choses soient à leur place.

– On pourrait au moins l'installer sur le canapé.

D'un geste de la main, Bradman proteste. Puis son regard s'adoucit.

– Lana va bien ? Elle va s'en sortir ?

Son débit demeure étonnamment fluide. Il ne semble pas faire d'efforts insurmontables pour chercher son souffle.

– Vous saviez où elle se planquait et vous la surveilliez. Vous allez me dire que ce n'est pas vous qui lui avez tiré dessus ?

– Vous êtes fou ? Lana, je voulais la protéger. Je n'ai cessé de veiller sur elle, mais je ne pouvais pas choisir pour elle la vie qu'elle voulait mener, elle était faite pour être pute, elle avait ça en elle. Croyez-le ou pas, elle ne détestait pas ça. Moi, j'ai toujours fait en sorte que ses clients la respectent et qu'ils la paient bien. C'est l'autre crétin qui a tiré, il était persuadé qu'il y avait un dossier sur lui dans la sacoche.

– Lucarelli ?

Il acquiesce en clignant des yeux. Il crache le porte-cigarettes. La clope est éteinte. Phil décide de ne toucher à rien.

– Lana, elle a juste fait une bourde. J'aurais voulu la raisonner, lui proposer de me rendre ma sacoche. J'en ai pas eu l'occasion. Impossible de l'approcher, c'est une forteresse, cette cité. Elle a du cran, non, cette petite ? Oser piquer la sacoche à Daumal… Elle ne savait pas qu'elle m'appartenait et que cette raclure me l'avait volée. Lui, il s'imaginait quoi ? Qu'il allait pouvoir me faire chanter ? Quand Lana s'est enfuie de la villa de Walter avec la sacoche, il a reconnu qu'il me l'avait « empruntée ». Il était terrifié, il a cru que Lana allait balancer ses photos à la presse ou sur Internet et que moi, j'allais me débarrasser de lui. Il m'a menacé de tout raconter aux flics. Il aurait jamais dû.

– Vous avez alors manipulé Tomislav. Vous avez transformé le père de Marko en assassin…

– Tomislav a eu le choix. Nous l'avons tous. Même moi. Même vous.

– Vous êtes une ordure, Josip, malgré vos beaux discours.

Bradman a la mine presque réjouie.

– Vous êtes loin de vous douter de qui sont les vraies ordures.

Ils pourraient être nombreux à vouloir me voir crever. S'ils se pointaient, j'aimerais qu'ils voient ça…

Il écarte sa main de son corps, crispe les doigts et fait un doigt d'honneur.

– Quand je serai mort, je vous parie que la première chose que tenteront de faire les toubibs, ce sera de me fermer le poing, abaisser ce majeur tendu qui leur est adressé, à tous ces putains d'hypocrites.

Phil voudrait qu'il crève, là, tout de suite. Et que, dans le ciel, des corbeaux s'attaquent aux mouettes avec The Horrors en musique de fond.

– Moi, comme un con, je me demandais qui me l'avait volée, la sacoche, je soupçonnais mes associés, mes amis. Mais pas ce petit trou du cul de Daumal.

– Pourquoi avoir constitué un tel dossier ?

– À partir du moment où vous naissez dans un endroit comme la Yougoslavie, vous captez vite que le monde s'est ligué pour vous pourrir la vie. Tout ce que vous faites ensuite, c'est trouver le moyen d'empêcher les autres de vous détruire. C'est eux ou vous.

Il s'arrête pour prendre quelques longues respirations.

– Je pensais que j'aurais plus mal que ça. C'est comme si le temps ne passait plus.

Phil songe que le destin de Bradman et celui de Sofia pourraient être parallèles, comme ces droites dont on apprend à l'école qu'elles ne se croisent jamais, sauf dans l'infini. Son regard est devenu le même que le sien, à elle, ce jour où il l'a quittée, quand le train s'apprêtait à partir et qu'elle avait compris que Phil allait monter dedans et elle, rester sur le quai.

– Je n'ai pas peur non plus, c'est curieux, non ?

– Alors, continuez.

– Les documents… J'en ai d'abord trouvé un par hasard, puis un autre. Je me suis mis à les collecter. Pour certains, j'ai dû débourser des fortunes. C'est devenu un jeu, mais pas seulement. Une garantie. Une assurance. Les politiques, ces menteurs professionnels, ils se sont fourrés tout seuls dans la situation dans laquelle ils se sont trouvés.

Moi, j'ai fait que réunir des preuves de leurs combines. Je ne pousse pas les gens sur les rails, je n'avais d'ailleurs encore menacé aucun d'entre eux.

Il pousse un râle, tousse, crache un peu de sang, puis il ramène ses genoux vers son abdomen, dans la position du fœtus.

– Quand les Serbes ont créé la République de Krajina, en 1991, j'avais des amis dans l'administration. Mon frère était un haut gradé. J'avais fait mes études à Paris et j'étais revenu en Yougoslavie en 1990. Je militais contre la guerre, mon frère pensait que j'étais un traître. Je l'ai supplié de faire libérer des prisonniers croates, des gens que je connaissais, qui n'avaient rien fait. Je lui ai fait jurer que les Serbes se comporteraient correctement avec les civils. Un de mes cousins était marié à une Croate, un autre à une musulmane bosniaque, j'estimais qu'on devait encore tenter de sauver ce rêve « multi-ethnique », comme vous dites ici.

Phil acquiesce mécaniquement. Ce discours, il l'a entendu cent fois.

– Puis l'armée croate a repris la Krajina, en 1995. Certains des Croates que j'avais fait libérer de prison portaient l'uniforme. J'ai vu ce qu'ils ont fait à leur tour. Ils ont abattu mes deux cousins qui, eux, n'avaient jamais maltraité personne. Mon frère, ils l'ont fouetté jusqu'au sang et ils l'ont égorgé. Personne n'est préparé à ça. Ni à l'envie de vengeance qui naît alors. Quand je suis arrivé à Marseille, on m'a enfermé dans un centre de rétention comme un vulgaire immigré clandestin. Alors que j'avais un diplôme français, qui validait des acquis dispensés par des enseignants de la République. Ça devrait valoir tous les titres de séjour, vous croyez pas ?

Il respire mal, parle de plus en plus lentement. Le son de sa voix est à présent porté par un râle profond

– On mangeait de la merde, on était de vrais prisonniers. C'est comme ça que la France m'a accueilli en 1996. Marseille et sa morale du monde, le fameux « carrefour des peuples »… Ils m'ont retenu quinze jours, des gardiens m'ont pris tout ce que je possédais. Les bijoux de ma famille. Puis ils m'ont relâché et ils m'ont donné des papiers. J'ai travaillé dur, j'ai fait les marchés, d'abord à porter des caisses de légumes. Puis j'ai vendu de l'artisanat de tous les pays du monde. J'ai fini par ouvrir une galerie. J'y ai sacrifié mon art, j'étais devenu incapable de créer. Une lumière s'était éteinte en moi.

– Alors vous vous êtes mis en tête de le faire payer à d'autres, dit Max.

– Tous ces notables marseillais, soi-disant des humanistes, des profs d'histoire ou des avocats. Ils ne m'ont jamais accepté. Alors que j'ai financé les films de leurs mômes… Des navets. J'ai ouvert une association, j'ai exposé les œuvres des artistes locaux, j'ai organisé des dîners et des vernissages. Ça ne m'a valu aucune reconnaissance. Je me suis mis à détester leur univers, alors j'ai décidé de le défigurer. De le démanteler. Rue par rue. Maison par maison.

– Avec Lucarelli, n'est-ce pas ? Vous avez lancé une petite affaire avec lui, un truc pas réglo. Il fallait que les politiques et leurs sous-fifres ferment les yeux là-dessus et, ces dossiers, c'était aussi un moyen de les y contraindre ?

– Ce bon vieux Lucarelli… C'était un sous-officier français envoyé en Croatie avec les forces mandatées par les Nations Unies. Il m'a sauvé la vie quand les Croates ont repris la Krajina à l'automne 1995. Nous avons sympathisé puis il est rentré en France. J'étais sans nouvelles de lui jusqu'à il y a deux ans. Il avait quitté l'armée, il était sans un sou. Je lui devais quelque chose. C'est lui qui a monté son petit projet d'entreprise, une idée de génie. Je l'ai financé. Chez moi, des voyous croates ont chassé de chez eux des citoyens serbes innocents, des vieux, des femmes et des enfants. Ils ont pris leurs maisons. Vous les avez laissés faire et vous les avez fait passer pour des libérateurs. Bientôt, vos notables et vos grands bourgeois devront abandonner leurs biens à leur tour, dans leurs beaux quartiers. Parce que nous aidons les nouvelles classes d'hommes d'affaires à les racheter.

– Les « nouvelles classes d'hommes d'affaires » ? Les dealers ?

Phil repense à ce que lui a raconté Hakim. Les nouvelles options de blanchiment de l'argent de la drogue.

Bradman est essoufflé. Il grimace.

– Lucarelli va devoir continuer sans vous, on dirait, dit Max.

– Il va tout merder, comme d'habitude. C'est un soldat. Une machine de guerre. Sans moi pour le tempérer, il va y avoir des dégâts.

– L'idée vous plaît, hein ? Vous êtes un malade, vous auriez dû poursuivre votre carrière d'artiste. Mais vous n'avez pas la trempe du Gabian. Lui, vous le détestez parce qu'il est resté fidèle à ses engagements artistiques, ceux qui dataient de votre période étudiante. Pourquoi cette photo de lui dans vos dossiers ?

Max s'est levé et il se met à regarder nerveusement par la fenêtre.

– La photo est extraite d'un film. Une performance à Berlin, il y a plus de vingt-cinq ans. Vous devriez interroger Betty. Vous croyez vraiment que le Gabian est un modèle de générosité et d'innocence ?

– Ce film vous donnait la possibilité de le faire chanter ?

– Je peux vous dire qu'il aurait préféré qu'il soit détruit. Je voulais juste qu'il sache que je l'avais conservé. Qu'il ne puisse jamais penser qu'il était meilleur que moi. Il crache sur les galeristes, il se fait passer pour un artiste engagé, dissident et intègre, mais uniquement en cachant ce qu'il a été. Un lâche et un criminel.

– Phil, il faut qu'on se casse. Ou alors tu prépares un discours solide pour les gars du SAMU, parce qu'ils vont pas tarder.

Josip pose une main sur son ventre et il se recroqueville un peu plus.

– On vit en ne côtoyant que des assassins, on devrait avoir le droit de mourir entouré d'innocents. Pas des gens comme vous. Si celui qui m'a zigouillé a envie de vous le dire, ça le regarde, c'est pas à moi de le faire. Mais contentez-vous d'un aveu, arrêtez-le si ça tourne à la confession. La vérité ne vous plaira pas, de toute façon. Foutez le camp, maintenant.

Il n'y a plus de flamme dans les yeux de Bradman. Son regard est rentré dans son antre, comme aimanté par ses forces intérieures, épaisses et noires, celles qui se tapissent sous les globes oculaires. Il respire de plus en plus difficilement. Dans un dernier effort, il s'est mis sur le dos. Phil regarde Max, qui lui indique sa montre, à son poignet.

Le Croate ferme alors les yeux.

En se levant, Phil constate que de sa main gauche, Bradman fait toujours un doigt d'honneur.

Max vide son verre, qu'il était allé remplir à nouveau, et il le fourre dans la poche intérieure de son blouson.

Alors qu'ils quittent la maison par le portail du jardin, ils entendent les sirènes du SAMU. Ils montent dans la voiture et Max démarre aussitôt. En lâchant :

– C'est pas trop tôt. Faut vraiment qu'ils règlent le problème des embouteillages, dans cette ville.

Phil est certain que la mort qui prend possession d'un corps produit un bruit. Peut-être un cliquetis, que l'oreille n'entend pas, mais que le cerveau enregistre, quand le corps libère ces fameux vingt et un grammes, une fois que le cœur cesse de battre. Le poids de l'âme, dit-on. Il se sent plus lourd. Il est persuadé que c'est lui qui les absorbe, ces vingt et un grammes, chaque fois qu'il voit mourir quelqu'un devant lui.

Il est étonné de ne pas entendre le raffut habituel dans le jardin du Gabian, celui des scies sauteuses ou des meuleuses, les dents qui accrochent le bois, le métal qui vibre, le crépitement des étincelles. Même l'orage semble avoir décidé d'attendre l'ultime moment pour tomber plus violemment.

Quand Max l'a déposé, il lui a dit qu'il fallait qu'il se repose, mais aussi qu'il l'aiderait à régler le « problème Lucarelli ».

Il est sonné. Son impression de vertige ne l'a pas quitté pendant tout le trajet de retour en voiture.

Les artivistes sont assis en tailleur sur le carrelage du salon. Ils forment un cercle silencieux. Certains roulent des cigarettes, ils se jettent des regards, l'air solennel.

Ils prêtent à peine attention à lui quand il les contourne.

Il se dirige vers l'escalier, grimpe au premier et se hâte vers la chambre du Gabian. Le couloir est envahi par une odeur d'encens.

Quand il entre dans la pièce, il reconnaît aussitôt la voix cristalline d'Élisabeth Frazer et ses envolées lyriques. Cocteau Twins. Ambiance gothique et lumière tamisée. Betty est en train d'ajuster le nœud de cravate du Gabian. Celui-ci est allongé sur son lit, sur le dos, les bras le long du corps. Sa poitrine se soulève et s'affaisse à un rythme régulier. Il est en train de dormir. Ou bien de cuver. Betty époussette le col de son veston.

– Que se passe-t-il, demande Phil ?

– Nous touchons à la fin du voyage.

– Qu'est-ce que vous racontez ?

Phil remarque qu'elle s'est apprêtée. Elle a passé une robe blanche ample, qui masque ses formes. Elle porte un ruban autour du cou, fin et léger, dont les pans dansent dans l'air à chacun de ses mouvements. Et elle s'est maquillée. Du noir autour des yeux et du rouge à lèvres vif et gras.

– Vous viviez dans ses meubles, vous vous serviez de sa cuisine, de sa cafetière et de ses toilettes, vous piochiez dans ses bouteilles d'alcool, des gestes si simples et si naturels, mais vous ne saviez pas qu'il était gravement malade.

– Il ne m'en a rien dit.

– Je sais. Pourquoi, selon vous ? Parce que ça n'est pas votre histoire. C'est la sienne et c'est la mienne. Vous êtes étranger à tout cela ; vous nous êtes étranger. À Victor et à moi. Continuez à faire ce que vous faites et ne vous occupez pas de nous.

– Arrêtez vos conneries, Betty, c'est mon ami. J'ai eu une dure journée, comme ils disent, alors racontez-moi ce qu'il se passe. Une autre crise d'épilepsie ?

– Victor a une tumeur au cerveau et il refuse toute intervention chirurgicale. Il ne prend que le traitement minimum. C'est son droit.

Phil se laisse tomber sur une chaise.

– Quelles sont ses chances de s'en sortir ?

– Pratiquement nulles. On ne fait plus de probabilités, à ce stade-là. Même les médecins ne s'engagent pas sur ce genre de délais.

– Depuis quand sait-il qu'il est condamné ?

– Depuis une dizaine de jours.

– Vous, comment avez-vous su qu'il était malade ?

– Il me l'a écrit.

– Et il vous a demandé de venir à son chevet…

– Non, il ne m'a rien demandé, il savait que je viendrais, c'est tout.

Phil a l'impression que la fosse qui les sépare, Betty et lui, est remplie d'une eau souillée dans laquelle nagent des bestioles plus féroces les unes que les autres.

– Pourquoi étiez-vous chez Josip, l'autre jour ?

– Je voulais lui dire en face que Victor était malade. Il fallait qu'il sache.

– Vous avez appelé des secours ?

Phil se met à trembler en songeant à Bradman. Pas question qu'il dise à Betty qu'il vient d'assister à son agonie. Il s'approche du Gabian. Il a le visage serein, mais il gigote doucement, il esquisse un sourire puis grimace, se tourne et se retourne, comme s'il cherchait une meilleure position.

– C'est fait. Ils vont arriver. D'ici là, je le prépare.

– Vous le préparez ?

– Oui, il porte les vêtements qu'il avait quand nous nous sommes rencontrés. Je voulais qu'il soit habillé décemment. Ce n'est pas comme s'il partait pour un happening.

Phil remarque que sur la table de nuit, Betty a disposé des cadres photo. Avec un seul et même visage. Une jeune fille qui sourit à pleines dents. Elle a tiré une chaise près du lit. Elle s'assied, les mains jointes sur ses genoux. Phil désigne les photos.

– Qui est-ce ?

– Elle s'appelait Elsa, c'était ma sœur.

– Qu'est-ce que vous êtes venue faire ici, Betty ? Vous vous êtes installée sans vous intéresser à qui ou quoi que ce soit. Vous nous avez juste craché votre indifférence et votre mépris à la figure.

– Je ne voulais rien avoir à faire avec vous, c'est vrai. Non pas que je ne vous apprécie pas. Je ne suis pas venue pour vous, c'est tout.

– Vous attendiez quoi ?

Elle désigne le Gabian.

– Ce moment. Je suis venue assister à son départ.

– Son départ ? Bon sang, vous êtes cintrée.

Phil triture son téléphone, se demande s'il doit appeler le SAMU.

– Je ne mens jamais, Phil, j'ai bien appelé les urgences. Ils vont arriver. Il sera prêt. J'aurais préféré le voir mourir ici plutôt qu'à l'hôpital.

Phil a compris. Un interminable filet glacé serpente dans ses veines.

– Vous êtes venue le voir mourir, c'est ça ?

Elle ne répond pas.

Phil s'assoit à côté du Gabian.

– Vous le haïssez à ce point ? Que vous a-t-il fait ?

Elle ouvre des yeux étonnés.

– Le haïr ? Vous n'y êtes pas. Il a détruit ma vie. Je me suis juré que le jour où il mourrait, je serais là. Sans haine ni esprit de vengeance.

– Ça a un lien avec votre sœur ?

Il voit à son visage à nouveau fermé qu'elle ne lui répondra pas. Il quitte la pièce.

Quand il se retrouve à l'air libre, derrière la maison, il prend une grande inspiration en espérant humer les odeurs de thym et de romarin portées par le vent depuis la garrigue du terrain voisin. Mais il ne sent que des effluves de résine, d'éther et d'autres produits chimiques qu'utilisent les artistes. Il sort un joint de son paquet de cigarettes et l'allume en retenant la fumée le plus longtemps possible dans ses poumons. Immédiatement, le THC va dans son sang, puis à son cerveau.

Des vociférations lui parviennent de l'autre côté de la maison. Il fait le tour de la bâtisse, tâche d'éviter les pots de peinture vides qui traînent un peu partout et rejoint les artistes. Deux jeunes gars tentent de se filer des beignes pendant que d'autres s'efforcent de les ceinturer pour les séparer.

– Qu'est-ce qu'il se passe ?

Une fille qui porte des colliers de turquoises autour du cou et un pagne dogon désigne une toile sur un chevalet.

– Ils prétendent chacun en être l'auteur, mais comme ils sont défoncés en permanence, surtout quand ils peignent, ça n'a rien d'étonnant : aucun des deux n'est en mesure de se rappeler s'il a peint ce truc ou non.

Phil regarde la toile, qui représente les formes d'un homme et d'une femme en train de faire un soixante-neuf. Leur texture est celle de la viande de bœuf et le couple est emballé dans un paquet sous cellophane et rangé dans ce qui semble être le rayon boucherie d'un supermarché, parmi d'autres viandes.

Il se dirige vers un établi, il saisit un cutter, puis il arrache le tableau du chevalet d'un geste brusque et il taille dans la toile, en suivant les contours des deux formes de viande humaine, séparant l'homme et la femme. L'opération ne lui prend que quelques secondes. Les artistes se sont tus. Une mouette rit au-dessus d'eux.

Il tend un morceau à l'un des excités, le deuxième à l'autre.

– La justice du Roi Salomon. Sauf que ce pied tendre n'était pas allé jusqu'au bout. Maintenant, fermez-la, le Gabian a besoin de se reposer.

Il lève la tête vers les nuages. On dirait qu'ils vont fusionner en un seul, d'une rare noirceur. Il est frappé par l'idée que le sens et l'essence même d'une existence en mouvement sont d'en modifier la trajectoire des autres. Quitte à ce que celles-ci finissent par se fracasser au fond d'un précipice.

Il se dit alors qu'il serait temps qu'il ait une conception un peu plus virile de l'existence, qui laisserait la part belle à un héros détruisant tout sur son passage, simplement parce qu'il serait plus fort, plus courageux et sans état d'âme.

16

Ça fait deux heures que Phil et Max attendent dans une petite bâtisse abandonnée en plein champ, à une trentaine de mètres d'un parking à la bordure envahie par les herbes des champs adjacents, entre la zone artisanale proche d'Aubagne et la campagne. Il est éclairé par un lampadaire faiblard et ne sert pratiquement plus depuis que les entreprises auxquelles il était destiné ont fermé. Trois voitures recouvertes d'une couche de poussière sèche y sont garées. Peut-être en panne, ou volées puis abandonnées là. Peu de chance que leurs propriétaires viennent les récupérer ce matin.

Un coin paumé.

Phil comprend ce besoin des gens de converger sans relâche vers un centre-ville ou une place de village.

Il fait le guet, debout, devant une espèce de meurtrière. C'est un petit cabanon de six ou sept mètres carrés aux murs nus, en bordure du champ, sans doute conçu pour servir de remise à outils. Idéal pour se planquer et voir sans être vu. Max est assis derrière lui, sur le sol recouvert d'un mélange de poussière blanche, de feuilles mortes et de brins d'herbe concassés portés par le vent. Il joue avec son téléphone.

Avant-hier, quand les médecins du SAMU sont enfin arrivés et qu'ils sont entrés dans sa chambre, le Gabian s'est levé d'un coup. Il leur a proposé une coupe de champagne pour fêter sa remise sur pied, ils ont refusé en pestant et il les a foutus dehors en les injuriant. Betty avait honte, Phil exultait. Ce matin, le Gabian était déjà levé quand il est descendu. Il l'a regardé dans les yeux et il lui a dit :

– Phil, ça fait un moment que je te connais. Tu es à la fois fasciné et terrifié par ce qui remue dans tes entrailles. Tous ces serpents… Tu te dis qu'il y en a un qui va s'échapper, que les gens vont le voir et te fuir. La culpabilité, Phil, encore elle. Transforme-la en une force. Mords s'il le faut ; lâche-les, ces serpents…

Phil lui a alors appris la mort de Bradman. Le Gabian n'a pas réagi. Il est monté à l'étage sans un mot.

Avant de partir, ce matin, Phil a avalé un comprimé d'ecstasy, espérant qu'ainsi son angoisse s'atténuerait.

Il a un refrain des Ramones en tête.

« *I don't want to be buried in a pet sematary* ».

Il faisait encore nuit quand Max et lui sont arrivés. Ils se sont garés près du centre commercial, devant un magasin de fringues bon marché dont le rideau de métal était déformé par les traces de coups, puis ils sont venus à pied, en marchant en silence, clope à la bouche, les mains enfoncées dans les poches de leur blouson. Une fois sur place, ils ont inspecté l'intérieur des voitures, puis ils se sont réfugiés dans le cabanon. Max a sorti un thermos de café et a mis de la musique sur son téléphone. Ils ont vidé plusieurs gobelets sans parler, en écoutant Duchess Says, tout en guettant l'irruption éventuelle de phares dans l'impasse.

Max ne se départit jamais de son regard espiègle ni de son sourire qui laisse apparaître ses dents du haut et, présentement, des gencives étonnamment rouges. Peut-être un effet des premières lueurs de l'aube. Phil se demande comment il fait pour avoir constamment cet air du gars qui attend la chute d'une mauvaise farce dont il est à l'origine. Ils sont tous les deux persuadés que la vie passe aussi vite qu'une chanson punk : projeté dans le morceau, on a l'impression d'être au cœur de l'éternité hurlante, jusqu'à ce que le son s'arrête d'un coup, sans sommation.

Max a réussi à oublier ce pan de sa vie qui consistait à bosser pour des caïds d'ex-Yougoslavie, à organiser des go-fast et à alimenter ce réseau inépuisable de camés du monde de la musique et du spectacle. Sans jamais avoir à se salir les mains : c'est la seule chose dont il prétend se souvenir. Max n'a pas de penchant pour la violence, il ignore juste la peur.

– On joue à pile ou face ?

Leur blague récurrente, quand il s'agit de choisir la musique.

– Si c'est pile, on met P.I.L, si c'est face, on met The Faces.

– Mets plutôt du métal, en hommage à tous les salariés de la sidérurgie européenne qui vont bientôt se retrouver sur le carreau. Tu te rappelles ? On disait qu'on entendait des paroles satanistes si on passait des disques de hard à l'envers.

– Le premier Led Zeppelin, oui. Et si tu passes un disque de Queen à l'envers, tu entends des chants républicains irlandais.

Phil rit nerveusement. Il n'est pas joueur, d'ordinaire. Pourtant, c'est lui qui a imaginé ce plan pour se débarrasser de Lucarelli. Il s'en étonne, et encore plus de se trouver là à se geler les pieds pour le mettre à exécution.

L'idée a réjoui Max, qui a aussitôt décidé d'accompagner son ami.

Si tout fonctionne comme prévu, d'ici une heure, Lucarelli et un dealer connu sous le nom de « Fada des Camoins » – bien qu'il règne sur une cité des quartiers Nord assez éloignée du paisible village des Camoins – se retrouveront sur ce parking pour échanger une somme d'argent liquide contre une sacoche.

Aucun des deux ne sait que les dés sont pipés.

Éléonore l'a appelé hier soir pour lui confirmer que Tomislav ne risquait pas grand-chose, du côté des flics. Ils sont sur la piste d'un trafic de filles de l'Est dans lequel auraient été impliqués Daumal et Josip Bradman, ainsi que des personnalités proches de ce dernier, mais ils se demandent déjà s'ils ne vont pas être contraints d'enterrer l'affaire.

À cause d'un coup de fil anonyme.

Une Croate a appelé d'une cabine et a demandé à parler au commissaire. Elle a raconté des soirées de débauche avec assez de détails pour que celui-ci paraisse mal à l'aise, au bout du fil. Surtout quand elle a précisé par quelles mains elle avait été tripotée. Celles de cet élu de gauche. Celles de ce candidat de droite. Et celles de ce haut fonctionnaire de police… Peu importait que ce soit vrai ou non, la Croate décrivait des lieux qu'il connaissait bien. Il risquait de s'aventurer dans une affaire de mœurs dans laquelle un supérieur pouvait être impliqué.

Quand il a vu Lana couper la communication avec un grand sourire, Phil jubilait.

Daumal et Bradman pourraient bien ne laisser d'eux que deux noms dans un dossier classé.

Des jours meilleurs s'annonçaient.

Le Gabian irait mieux.

Phil devrait sentir cette toute-puissance des lendemains qui vont chanter, mais il est ramené au froid et à la peur. Max l'a convaincu que le plan était sans risque. Il a une nouvelle fois asséné son mantra préféré : le monde n'est pas sérieux, il faut parier et jouer. Et ne plus s'intéresser qu'à la façon dont la partie se déroule devant nos yeux.

– Éteins la musique, Max. Ils ne devraient plus tarder. Surtout s'ils décident d'arriver avec une heure d'avance.

– Dis-toi que c'est rien, ce qui va se passer ici, Phil.

Phil a d'abord tâté le terrain avec Hakim. Il a réussi à le joindre grâce à Lana. Il lui a juste dit qu'il venait d'avoir une idée. Le dealer l'a rejoint dans un petit snack de Mourepiane, niché entre la falaise et les containers entassés derrière un immense grillage.

En s'asseyant en face de Phil, il a dit :

– Quand j'aurai liquidé mes affaires, on va se marier, avec Lana. Mais pas un de ces grands mariages rodéo avec les limousines, je déteste ces trucs-là.

Toujours incapable de le tutoyer, Phil lui a demandé :

– Est-ce que vous pourriez vous débrouiller pour que la sacoche tombe entre les mains de vos concurrents sans qu'ils sachent que ça vient de vous ? Un type que vous voudriez voir coffré ou mis hors d'état de nuire.

Hakim a hésité quelques secondes, puis son visage s'est éclairé.

– Le « Fada des Camoins ». Il gère le trafic de la cité d'à côté et il tente de bouffer sur ma zone depuis des mois. Il a même ouvert un point de vente à une centaine de mètres de l'entrée de la cité, il y a quinze jours. On l'a délogé, mais il essaiera encore, j'en suis sûr. C'est un enfoiré. Il sous-paye ses guetteurs et il fait cogner sur les filles qui osent sortir maquillées et sans le voile. Pas simple de lui refourguer la sacoche, mais faisable. C'est quoi, ton idée?

– Un coup de bluff. Qui permettrait d'éliminer à la fois Lucarelli et votre concurrent. Je ne peux pas encore vous dire s'il va mourir ou finir en taule, mais les deux options sont possibles. L'important, c'est de mettre Lucarelli hors-jeu. Le Fada, ce sera un bonus. Un dommage collatéral dont vous profiterez indirectement: la chute du premier induit nécessairement celle du deuxième. Si ce plan réussissait, Lana n'aurait plus rien à craindre.

Les yeux d'Hakim brillaient. Paré pour l'aventure. Max tout craché. Phil a ajouté qu'il avait juste besoin d'un numéro où joindre le Fada.

Le soir même, il recevait un appel d'Hakim qui lui confirmait qu'un de ses gars avait embarqué la sacoche sur son scooter, qu'il s'était arrêté à l'entrée de la cité du Fada, qu'il avait filé vingt euros à un gamin pour qu'il aille la remettre à l'un des dealers avachis sur un canapé au pied des barres en lui précisant que c'était pour le grand boss. Hakim lui laissait aussi le numéro de portable du Fada. Sans insister pour connaître les détails du plan, mais avec de l'excitation dans la voix.

Phil a appelé le Fada d'une cabine et il a lu sa tirade dès que son interlocuteur a décroché. Il l'avait écrite en gros caractères sur une page de cahier et il en avait souligné certains mots.

– Vous avez hérité d'un sac rempli de documents qui m'appartiennent. Une erreur d'aiguillage. Ce sac n'aurait jamais dû atterrir entre vos mains et je vous propose de me le restituer. De me le rendre, je veux dire.

Phil a fait une pause et avalé sa salive en se maudissant d'avoir recours à un langage aussi ampoulé. Il a balancé son bout de papier puis a tâché de poursuivre d'une voix grave et ferme.

– Il ne représente aucune valeur pour vous. Mais je vous propose un dédommagement pour le désagrément occasionné.

Il a manqué de jurer à voix haute.

– Une somme de 50 000 euros en liquide.

Il s'est tu et l'autre s'est mis à vociférer. Phil a laissé passer le flot de questions – « Qu'est-ce que c'est que cette histoire de sac ? C'est qui, sur les photos ? Et vous, vous êtes qui ? » – et il a coupé son interlocuteur pour lui laisser l'heure et le lieu de l'échange.

Puis, d'une voix cassante :

– Ça vous convient, oui ou merde ? Évidemment, vous viendrez seul.

Il y a eu un silence, puis des éclats de voix entre le Fada et une tierce personne, et le truand a finalement donné son accord, balançant tout de même une insulte et une menace avant de raccrocher.

Phil n'a pas pris le temps de souffler. Il a aussitôt appelé Lucarelli, dont il avait obtenu le numéro par Éléonore. Il a pris un accent racaille :

– Enfoiré, écoute-moi, j'ai ton putain de sac. Celui de Bradman. Avec ces putains de papiers qui te mouillent jusqu'à l'os dans tout un tas de putains d'affaires vicieuses. Je sais que tu veux le récupérer depuis des jours. Je suis prêt à te le refourguer.

Il s'est arrêté. Il aurait dû demander à Max de jouer le rôle à sa place.

Du côté de Lucarelli, le bruit d'une respiration qui s'accélérait. Phil a couvert de sa paume le micro de son portable et il s'est raclé la gorge avant de poursuivre :

– Avec un léger dédommagement pour mes services de point relais. La modique somme de 5 000 euros.

Il a grimacé.

– Je veux dire une paie pour mon putain de taf de coursier. 5 000 putains d'euros en liquide, c'est pas la putain de mer à boire. Demain matin.

Sans attendre de réponse, il lui a indiqué le lieu et l'heure.

Puis, la voix de Lucarelli, éraillée et sombre.

– Ok. Et pas d'embrouille ou je vous brise en deux.

Phil n'a pu s'empêcher d'en remettre une dernière couche avant de raccrocher :

– Il y aura pas de problème si vous venez putain de seul.

Et il est là, gelé, perdu en pleine campagne, entre chien et loup. La Provence du terroir, à une trentaine de kilomètres seulement de son versant urbain et quart-mondisé. Depuis qu'il s'est embarqué dans cette histoire, il avance à tâtons, il expérimente, il ne sait pas vraiment à quoi va ressembler le son du désastre final. Il se sent soudain des affinités avec ces producteurs fous et géniaux, comme Guy Stevens qui vidait du vin dans le piano en enregistrant le *London Calling* des Clash pour voir si le résultat n'allait pas se révéler plus intéressant.

Il regarde Max, qui sifflote entre ses dents.

Des phares balayent le champ, devant lui, avant de s'aligner sur la route étroite.

– Il y en a au moins un qui a marché dans la combine.

Max se lève, secoue la poussière de ses fesses et vient se poster à côté de Phil, plissant les yeux pour mieux voir à travers la meurtrière.

Le véhicule s'engage dans l'impasse puis débouche sur le parking. Le conducteur ralentit au niveau de chacune des voitures garées pour en inspecter l'habitacle puis il manœuvre pour immobiliser sa BMW au milieu du parking, face à la route. La portière s'ouvre. Une silhouette immense en sort. Lucarelli. Il ajuste son col puis repousse le pan de son imperméable pour palper sa hanche. Il porte une arme.

Phil lève un pouce devant le nez de Max.

– Rien à faire, dit Max. Ce type-là ne ressemblera jamais à un citoyen prêt à tisser du lien social.

Lucarelli allume une cigarette et fait quelques pas autour de sa voiture.

Il étire sa bouche à plusieurs reprises, comme s'il tentait de faire un sourire.

Il a l'allure du type qui prend soin de lui. Phil a lu quelque part que l'époque était au pervers narcissique. Ce qui coïnciderait avec le développement de toutes ces obsessions de bien-être personnel, de la pratique assidue du jogging aux crèmes de jour, en passant par la nutrition et la photothérapie dynamique. Jusqu'à ce que vous représentiez un véritable danger pour vos semblables et pour la société.

Un bruit attire leur attention. Un 4 × 4 arrive.

Lucarelli rentre dans sa voiture, toujours pleins phares.

Le véhicule vient piler exactement en face de la BMW. Un gars en descend, la trentaine, jean et blouson en cuir.

Lucarelli sort à son tour. Sans un mot, semble-t-il à Phil qui est trop loin pour entendre leurs échanges. Il se tourne vers Max. Son ami est comme un spectateur qui attend la fin du générique et le début du film. Il se ronge les ongles avec excitation. Dans un monde parfait, Phil irait lui acheter du pop-corn.

Les deux hommes se font face comme des duellistes. Le dealer, déhanché, les bras croisés, face à Lucarelli, bien campé sur ses jambes, les pieds légèrement écartées. Le Fada décroise finalement les bras et se met à déblatérer en les agitant vers sa voiture, comme s'il s'énervait pendant un constat d'accident. Lucarelli répond sans bouger d'un poil. Phil et Max ne captent rien.

– On va se contenter de l'image, dit Max, on sera pas les premiers à comprendre un film muet.

Le Fada sort la sacoche de son coffre, qu'il balance aux pieds de Lucarelli, tandis que celui-ci extrait une enveloppe de la poche intérieure de son imperméable et la propulse comme un frisbee, avec une telle force que le caïd est obligé de reculer d'un pas en mettant ses deux mains devant son visage pour ne pas se la prendre dans le nez. Phil peut lire la surprise sur le regard du dealer, comme un enfant gâté devant la petitesse du paquet cadeau, loin de correspondre à la taille du jouet qu'il a commandé.

Max souffle :

– C'est parti.

Les deux hommes gardent un œil l'un sur l'autre tout en inspectant le contenu respectif de leur lot. Le visage du trafiquant vire au rouge. Lucarelli se raidit en sortant des feuillets du sac. Il se redresse brusquement.

Il vient de tomber sur une liasse de résultats financiers des grandes entreprises du CAC 40 que Phil a trouvés sur un site Internet et qu'il a demandé à Hakim de glisser dans la sacoche en évidence parmi les documents compromettants. Si le Fada a étudié le contenu de la sacoche, il n'a pas dû tiquer. Identifier quelque chose qui attesterait d'un abus de biens sociaux et qui pourrait conduire à un scandale public n'est pas de sa compétence, et le bilan comptable d'une grosse entreprise française pouvait faire illusion.

Phil a parié une fois de plus sur le vieil adage : à chacun son métier.

Lucarelli balance les papiers en l'air, les billets de banque se mettent à voler aussi, pris dans un courant d'air tourbillonnant, les insultes fusent, les expressions des visages affichent la haine pure.

Max sifflote l'air du *Poinçonneur des Lilas*. Phil lui fait signe de se taire.

Les mains saisissent les flingues.

Le bruit du plomb éraflant la tôle, un pare-brise qui vole en éclats.

Le Fada, accroupi derrière sa bagnole, s'est mis à mitrailler à tort et à travers. Lucarelli pousse un cri de rage en plongeant à l'intérieur de sa voiture par la portière conducteur. Il en ressort de l'autre côté et se rue vers le 4 × 4. Il trébuche et roule au sol. L'autre l'a vu, il tire, toujours abrité derrière sa voiture. Lucarelli est touché, il se relève et fait feu à son tour en s'écartant du 4 × 4 pour prendre le Fada à découvert. Ils sont maintenant à quelques mètres l'un de l'autre et ils se canardent.

Le Fada est le premier à vider son chargeur. Il a pris plusieurs balles, il est toujours debout. Il regarde d'un air dépité son arme muette tout en continuant à appuyer sur la détente. Il la balance alors dans la figure de Lucarelli, qui encaisse le choc sans lever le bras qui tient l'automatique. Il n'en a plus la force, la manche de son imperméable est rouge de sang. Il laisse partir deux coups de feu en direction du sol. Le Fada sursaute, comme si l'une des balles avait ricoché et l'avait atteint. Lucarelli s'avance vers lui et s'accroche aux revers de sa veste de sa main valide, en montrant les dents comme s'il allait le mordre.

Phil avait songé que ça pouvait se terminer de cette manière. Il aimerait intervenir. Le besoin de sauver des vies, cet instinct primaire. Max a dû le deviner et il lui balance un coup de poing dans l'épaule.

Les deux hommes tournent sur eux-mêmes. On les dirait enchaînés, chacun s'arrimant à l'autre pour se maintenir debout. Ils le savent : tomber maintenant, c'est mourir sur ce parking.

Ils finissent par s'écrouler entre les deux bagnoles, les yeux écarquillés, leurs visages éclairés par les faisceaux croisés des phares.

Une voiture déboule alors sur le parking et freine dans un crissement. Deux gars en sortent, qui se ruent vers le Fada. Ils devaient être arrêtés un peu plus loin et n'ont pas réussi à arriver à temps pour sauver leur boss. Constatant qu'il est mort, ils le font rouler à l'écart en jurant, puis ils crachent sur le corps immobile de Lucarelli avant de le traîner et de le balancer sur le siège avant de sa BMW. L'un des voyous sort un bidon et asperge le cadavre d'essence, puis l'autre craque une allumette, qu'il jette dans l'habitacle. Leur voiture est déjà en train de quitter le parking quand celle de Lucarelli se met à cracher de grosses flammes.

Phil essaie de ne pas penser. Le soleil pointe derrière les collines.

– On s'arrache, lance Max. Les flics vont pas tarder.

– C'était quoi, ça, un signe de vengeance ?

– Un rite funéraire local, rien d'autre.

Phil et Max devraient avoir rejoint leur voiture en quelques minutes, en passant derrière la vieille casse auto, puis en suivant la petite route qui débouche sur l'artère principale, face au centre commercial. Ils croisent des employés des magasins qui descendent des bus pour se rendre à leur boulot. Ils ont la mine défaite et ne prêtent pas attention à la fumée qui s'élève.

– Comment tu te sens ? demande Max, en tendant un chewing-gum à son ami.

– Pas terrible. Il y a eu pas mal de sang, non ?

– Oui. C'est bien ce à quoi tu t'attendais, non ? Ne te dis pas que tu n'avais pas le choix, tu l'avais. Assume-le, c'est tout.

Une fois dans la voiture, Max prend le volant pendant que Phil appelle Hakim avec un téléphone acheté aux Puces pour lui dire que tout est réglé. Il n'est pas fier de lui avoir rendu service, d'autant qu'il mesure l'excitation dans la voix du truand dont les félicitations le mettent mal à l'aise.

Il se demande s'il racontera à Éléonore ce qui vient de se passer.

Plus tard. Peut-être.

Il range le portable dans sa poche et tâche de se concentrer sur une seule donnée : toute menace est écartée.

Lana et Marko sont en sécurité. Milan aussi.

Max se met à fredonner.

– Drive, baby, drive up in your brand new Cadillac, you ain't never coming back.

17

Alors qu'il arrive chez le Gabian, Phil sent ses muscles s'assouplir peu à peu. Comme des crocs qui relâcheraient leur prise. Bientôt, il déménagera. Il entassera ses vinyles dans des cartons et ses fringues dans une valise. Qu'il devra emprunter ; il n'en possède pas.

Il trouvera enfin une maison pour s'installer avec Milan. Ça fait trop longtemps qu'il joue les nomades. Presque une posture.

« Je suis de nulle part ». Tu parles.

Le mistral s'est calmé. C'est la première fois depuis des semaines que Phil ne ressent pas son étreinte brutale et cette impression que chaque geste est un effort. Le soleil est déjà à mi-course, le ciel est d'un bleu pétrifié.

Il a passé la nuit chez Éléonore. Ils ont peu parlé, ils ont à peine dîné puis ils ont fait l'amour pour évacuer la pression, plus par nécessité que par désir, aucun des deux ne cherchant manifestement à puiser dans ses réserves de tendresse. Ils y ont mis de la fougue, presque de la hargne, comme s'ils luttaient l'un contre l'autre.

Phil compte mentalement. Éléonore a joui au moins deux fois, il en est sûr, parce qu'elle a gémi à chaque fois de la même voix plaintive. Peut-être une troisième quand, allongée sur le ventre, lui sur elle, elle s'est raidie d'un coup, la mâchoire crispée, et elle a envoyé valdinguer d'un geste brutal de sa main aux doigts repliés comme des serres tout ce qui reposait sur la table de chevet. Un roman de

Christine Angot, une photo d'enfance, un tube de crème, une boîte de comprimés et la lampe en bois d'olivier.

Ils riaient bêtement, ce matin, en ramassant à quatre pattes les éclats de l'ampoule sur la moquette et en sifflotant des chansons de Bourvil jusqu'à ce qu'Éléonore s'entaille le doigt. Elle a juré en se relevant et elle a lancé à Phil :

– Je préfère que tu ne dises rien. Surtout pas que tu m'aimes. Tu ne te sentirais pas obligé de me quitter juste après.

Phil s'est figé en réfléchissant à une réplique possible. L'idée d'évoquer Sofia l'a effleuré, il a marmonné un début de phrase avant de se résoudre à la boucler. Il est allé dans la cuisine, a cherché le café en ouvrant plusieurs placards, ne l'a pas trouvé et s'est finalement assis face à la fenêtre pour contempler les toits de la ville en buvant un verre d'eau. Éléonore l'a rejoint quelques minutes plus tard, en peignoir, les cheveux humides.

Elle a fait un café et n'a pas eu l'air de lui reprocher son silence pendant tout le temps qu'a duré le petit-déjeuner. Elle avait la mine sereine, une expression presque reconnaissante, et elle lui souriait tout en croquant dans une pomme. Elle réalisait peut-être qu'il était en train de donner une chance à leur histoire.

Le jardin a été déserté. Les outils, les pots de peinture, les établis ont disparu. La pelouse et les graviers sont tachés de peinture. Phil s'étonne du silence qui règne dans la maison. Puis il découvre Betty, dans la cuisine, assise devant une tasse fumante.

– Je suis désolé pour Josip, Betty.

– Servez-vous un café. Je viens d'en faire. Et asseyez-vous.

– Votre ancien ami n'avait pas choisi un mode de vie très sain. Peut-être même pire que celui du Gabian.

– Ce n'est pas vous qui êtes chargé de rédiger les épitaphes, si ?

Il ne relève pas. Il sort de sa poche la photo du Gabian et la pose sur la table. Il se l'est fait remettre par Hakim avant que la sacoche ne passe entre les mains du Fada. Pas question que les flics tombent dessus. Le reste des documents devrait suffire à leur bonheur.

– Cette photo vous dit quelque chose, Betty ?

– Où l'avez-vous trouvée ?

– Un cadeau de Josip.

Elle baisse les yeux sur son café. Phil détourne les siens en soupirant. Il remarque alors une valise au pied des escaliers avec une veste posée dessus.

– Vous vous apprêtez à partir, Betty ? Vous êtes lasse d'attendre le dernier souffle du Gabian ?

– Cette photo...

Sa voix tremble. Elle a les yeux humides.

– C'était à Berlin. Un hiver froid, il y a vingt-cinq ans. Toute la performance avait été filmée. Nous formions un groupe d'une dizaine de comédiens, d'artistes et d'étudiants, et nous étions entrés en contact avec un collectif allemand qui voulait monter un spectacle sauvage pour protester contre la lâcheté des gens après plusieurs agressions de femmes dans les transports publics, sous les yeux de voyageurs qui faisaient mine de ne rien voir et qui n'avaient pas bougé le petit doigt pour prendre la défense des victimes. Une femme venait d'être violée dans un train de banlieue, près de Berlin, par trois voyous. Devant dix personnes. Elles avaient eu peur de trois misérables loubards. Nous avons décidé de mettre en scène des viols collectifs devant la gare de Berlin. Josip et Victor étaient là. Ainsi que ma sœur, Elsa... Nous voulions faire réagir les gens, quitte à les choquer. Avec le recul, et malgré ce qui s'est passé après, je ne crois pas que c'était une mauvaise idée...

– Mais ça a dérapé.

– Pas de la façon dont on s'y serait attendu... Nous étions une vingtaine. Nous nous sommes regroupés devant la gare et nous nous sommes débarrassés de nos manteaux, sous lesquels nous étions nus. Je portais juste de grandes bottes de vinyle rouges. Il fallait faire vite, avant l'intervention des flics. Les filles, nous nous sommes alignées, les mains contre la façade, et les hommes nous ont prises par-derrière. Immédiatement, nous nous sommes mises à hurler et à appeler au secours. Nous nous adressions directement à la foule qui s'était attroupée autour de nous pour implorer son aide. Comme un vidéaste nous filmait, les gens ne savaient pas quelle attitude adopter. C'était clairement une performance, comme il y en avait souvent dans les rues de Berlin, à l'époque, mais certains des badauds auraient pu penser que le spectacle en lui-même était indécent et intervenir. Nous entendions jouer sur cette ambiguïté. Culpabiliser les voyeurs. Que ce soit une mise en scène ou non importait peu. Je me faisais culbuter par un artiste qui s'appelait Péguy, il était superbe et je peux vous dire que j'aimais ça. L'excitation était liée au trac et à la présence de ce public totalement décontenancé. Nous faisions semblant de nous défendre et nous demandions pitié pendant que les hommes poussaient des cris de bêtes. Ça devait être un spectacle assez déplaisant. Il était conçu pour être abject. Victor était juste à côté de moi, il baisait Elsa. Je me suis tournée vers elle à un moment parce qu'elle répétait : « Non, arrête, je ne veux plus ». J'ai mis quelques secondes avant de réaliser qu'elle ne jouait plus... Elle se débattait, mais il la maintenait contre le mur. Les autres ne se sont aperçus de rien. Les spectateurs gueulaient, on entendait de tout à présent, des rires, des encouragements et des insultes. Mais je me souviens surtout des visages qui exprimaient la honte liée au sentiment d'impuissance. Ma sœur s'est mise à sangloter et j'ai hurlé à Victor de dégager. J'ai croisé son regard, il venait de comprendre. Pourtant, il a redoublé d'ardeur. Jusqu'à ce que je demande à Péguy de me laisser me libérer. J'ai remis mon manteau et je me suis ruée sur Victor. Il paraissait possédé. Je l'ai martelé de coups et il a fini par s'écarter. J'ai couvert Elsa de son manteau et nous nous sommes éloignées. Elle ne s'arrêtait plus de pleurer. Des gens applaudissaient, ils croyaient que ça faisait partie du spectacle. Je n'oublierai jamais le désespoir dans ses yeux. Les flics ont fini par intervenir, ils ont ordonné aux autres de se rhabiller et de vider les lieux. J'ai ramené Elsa à Paris. Nous n'avons jamais reparlé de ça. Ni avec Victor, ni avec Josip. Comme les autres, Josip n'a compris que plus tard ce qui s'était passé. Nous ne nous sommes plus jamais revus, pour la majorité d'entre nous. J'ai arrêté mes études et je n'ai plus jamais participé à un happening. Elsa a sombré dans la dépression. Un an plus tard, elle s'est pendue dans la salle de bains de mes parents. Ils n'ont jamais compris. Et je ne leur ai jamais rien dit.

Phil se rend compte qu'il a les doigts crispés sur ce qui reste d'une tranche de pain qu'il a littéralement broyée. Il a même de la mie entre les ongles. Il n'ose pas lever les yeux vers Betty. Il avale une gorgée de café tiède, inspire une grande bouffée d'air, ferme les yeux et se masse les paupières du bout du doigt.

– Je suis désolé. Pour Elsa. Pour vous. J'imagine votre souffrance durant ces années. Je comprends que vous ayez souhaité voir le Gabian mourir. Puis vous avez eu peur que toute l'histoire soit déballée quand vous avez appris que Josip possédait une photo de la scène, peut-être l'intégralité de la vidéo.

– Dès que je suis arrivée, Victor m'a mise en garde contre Josip. Il m'a dit qu'il était devenu mégalomane et qu'il était susceptible de la projeter dans une de ses galeries. C'est pour ça que je me suis rendue à sa soirée : je voulais qu'il me jure qu'il ne ferait pas ça. J'étais la seule qui pouvait l'en dissuader. Et il a voulu me mettre en garde à mon tour, quand je lui ai dit que Victor était malade. Il m'a juste dit : « Quelqu'un qui va mourir, c'est quelqu'un qui va se confesser. Tout raconter ».

– Un redoutable manipulateur, ce Josip Bradman. Vous veilliez aussi à ce que le Gabian l'emporte avec lui, ce secret, vous n'êtes pas restée à ses côtés uniquement pour le voir crever.

– Il s'agissait de la mémoire de ma sœur. Elle était gaie, pleine d'audace et de malice. J'ai grandi dans une famille où il y avait peu d'amour entre mes parents et nous. On a toujours compté l'une sur l'autre. Mais je n'ai pas tué Josip, au cas où l'idée vous aurait effleuré.

– Je n'y aurais même pas songé. On pense que c'est son associé, Lucarelli. Qui s'est lui-même crashé dans le virage.

– Quelque chose m'intrigue. Pourquoi avez-vous besoin de comprendre tout ce qu'il se passe autour de vous ? Vous imaginez pouvoir changer ce qui doit arriver ?

Elle n'attend pas la réponse, elle se lève et se dirige vers ses affaires. Elle enfile sa veste et saisit sa valise.

– Adieu, Phil. Saluez votre fils de ma part. C'est un chouette garçon.

Il s'approche d'elle et l'embrasse sur les deux joues. Il se demande pourquoi, venant de Betty, ce compliment le touche autant.

– Vous vous seriez bien entendue avec sa mère, je crois.

Puis il l'accompagne dehors.

Il sursaute. Appuyé contre le portail, le Gabian. En train de fumer une cigarette. Il ne tire pas dessus. Il se contente de poser.

– Ton taxi va arriver, Betty, lance-t-il.

Elle se dirige vers le Gabian et, lui emboîtant le pas, Phil pense un instant qu'elle va se jeter contre lui et le frapper, exploser enfin et pleurer tout en lui labourant le torse de coups assénés maladroitement. Mais elle l'embrasse et, d'une voix éteinte, elle lui souhaite bonne chance.

Quand le taxi s'arrête dans l'allée, elle ouvre elle-même le coffre, glisse sa valise dedans, le claque avec force et s'engouffre à l'arrière. Le chauffeur démarre aussitôt. Betty porte son regard loin devant elle.

– Viens, Phil, allons boire un coup.

Ils s'installent sous la tonnelle, une bière à la main.

– Elle m'a tout raconté, Gabian. Ta tumeur. Sa sœur Elsa. La performance berlinoise.

– Une sale ville, Berlin. David Bowie y a enregistré ses albums les plus chiants.

– Et ici, elle a trouvé ce qu'elle voulait ?

– Peut-être. Elle est pas facile à cerner, hein ? Encore moins à satisfaire. Je ne suis pas sûr d'avoir bien compris ce qu'elle espérait trouver. Elle non plus, sans doute. Mais elle m'a donné l'occasion de lui demander pardon. De lui dire que j'étais désolé pour Elsa. Peut-être n'est-elle venue que pour entendre ça. Je n'ai jamais souhaité lui faire du mal. Tu sais, pour ce qui s'est passé à Berlin... Je n'ai pas réalisé qu'Elsa était sortie de son rôle, au cours de la performance, même si Betty est persuadée du contraire. On était défoncé.

– Tu fais comme si tu n'avais jamais éprouvé de remords, Gabian.

– Ne sois pas stupide, Phil. La culpabilité me bouffe. Elle nourrit cette rage que j'essaie de transformer en autre chose, parce qu'on ne peut pas passer sa vie à la retourner contre soi-même. J'ignore le principe d'autodestruction, c'est aussi bête que ça. Mais Betty t'a-t-elle vraiment tout raconté ?

– C'est elle qui avait décidé d'organiser la performance ?

– Elle ne t'a pas dit que sa sœur vivait à Berlin, à cette époque… Cette fille qui venait de se faire violer dans un train de banlieue. C'était Elsa.

– Putains d'enfoirés, vous lui avez fait revivre son viol…

– C'était son idée à elle. Elle pensait que la performance agirait comme un exorcisme. C'est elle qui a convaincu Betty. Tu vois, Phil, quand on commet un acte destructeur, on ne fait que repasser une couche sur un mal qui a déjà été fait avant, par d'autres. Elle peut être infinie, la culpabilité. Betty veut persister à croire que c'est à cause de moi que sa sœur s'est suicidée, je n'ai même pas essayé de la faire changer d'avis.

– Et ton vieil ami Bradman a dû jeter de l'huile sur le feu…

– Ce cher Josip. J'aurais pas dû te parler de son association. Milan n'y aurait jamais mis les pieds et ne t'aurait pas entraîné dans tout ce merdier. On devrait avoir droit à une vie plus drôle, non, vu ce qu'on souffre rien qu'en venant au monde ?

Il crache par terre en posant une main sur sa poitrine, reste un moment figé, comme s'il attendait une quinte de toux, puis il poursuit :

– Son plaisir, à Josip, c'était de jouer avec les gens. Cette grande passion des psychopathes pour les marionnettes, ça me dépassera toujours. Il y a tellement de fils, sur ces foutues marionnettes… Rien que l'idée de m'emmêler les doigts dedans me rend hystérique. D'un côté, il terrorisait Betty en lui faisant croire que j'étais prêt, pour soulager ma conscience, à raconter publiquement ce qu'Elsa avait subi, et de l'autre, il me laissait entendre qu'il pouvait diffuser ce film sur la performance berlinoise. S'il l'avait fait, ça ne m'aurait pas touché, personnellement. Je ne le haïssais pas, je me contentais de le mépriser, lui et tout cet art en toc qu'il représentait, et ça le rendait dingue. Mais Betty, il l'aurait achevée.

– Tu connaissais l'existence de son partenariat avec ce Lucarelli ?

– Son côté ripou et magouilleur ne m'intéresse pas. Mais il méritait de crever ne serait-ce que parce qu'il était capable de bousiller Betty en croyant m'atteindre. En montrant ce putain de film.

– Tu aurais pu le tuer, pour l'en empêcher, Gabian ?

– Qu'est-ce que tu en penses ?

– Que tuer n'est pas le genre de farce qui t'aurait amusé.

Phil n'a pas mentionné au Gabian son expédition de la veille. Il ne lui a d'ailleurs guère donné de détails sur ses frasques, depuis ce jour où il a surpris son fils parlant avec Tomislav.

– C'est pas facile de regarder la mort en face, tout le monde sait ça, même les philosophes. Et Betty a finalement renoncé à me voir mourir. C'était une drôle de lubie, non ? Elle a dû réaliser que si je rendais mon dernier souffle, elle à mon chevet, elle demeurerait seule avec son malheur. Le grand vide.

Phil se lève. Il a la tête qui tourne.

– Je vais aller me préparer, Gabian. Je compte sur toi, pour le concert ?

– Je serai là, Phil. Et ne t'en fais pas pour moi, je suis pas prêt d'y passer.

Phil donne une accolade à son ami avant de monter et de se changer. Le groupe Dystopia se produit ce soir au *Rage Machine*. Phil à la batterie, Max à la guitare et au chant.

Phil lance le disque de Gun Club qui est sur la platine.

Black Hole.

« *Fingers clutch my head*

Gouge my eyes, you want me (blind/dead)

Inside you no hope for me ».

Dans l'armoire, il attrape la seule chemise blanche qu'il possède. Il l'avait achetée en prévision de sa première rencontre avec Milan. Il croyait que ça suffirait à lui faire bonne impression.

On doit s'y résoudre, ce n'est pas tant qu'on ne sait jamais comment ça finit, c'est qu'on ne sait jamais quand et comment ça a commencé.

Éléonore l'attend devant le bar. Elle l'embrasse, il essaie de lui caresser un peu les seins, mais elle se dégage avec un petit rire.

– Phil, on va avoir le temps, maintenant.

– C'est une façon de me détendre, j'ai toujours le trac avant un concert. J'ai bien réfléchi, tu sais, dans le cas où on développerait une relation durable : le problème des couples, c'est qu'à un moment, ils oublient de pimenter leur sexualité. Il faudra être vigilant sur ce point.

– Tu penses à des trucs comme quoi ? Infiltrer des bals de débutantes ?

– Ou aller caresser ensemble les os des squelettes d'animaux en public, au musée d'Histoire naturelle.

– Aïe, ça sent déjà la routine…

Elle fait la moue.

– Je viens d'avoir mon copain flic. Tu veux que je te raconte maintenant ou tu préfères attendre.

– J'ai besoin de gagner des forces, pas d'en perdre.

– T'inquiète pas. Les flics ont étudié le contenu du sac qu'ils ont retrouvé sur le parking où Lucarelli et ce dealer se sont mutuellement canardés. Les dossiers vont être détruits… Mais ils ont commencé à enquêter sur Lucarelli. Avec Bradman, ils s'étaient associés dans une entreprise plutôt extravagante. Leur truc, c'était de blanchir l'argent des dealers et leur faire acquérir des villas des quartiers Sud, entre Perrier, le Roucas Blanc et le Prado. Je te parle pas de quelques opérations immobilières, mais d'une vraie razzia, une colonisation des quartiers bourgeois par toute la racaille de la ville. Spectaculaire, non ?

– Ç'aurait pu être drôle.

– Il leur suffisait d'analyser les offres des sociétés immobilières. Il y a des tas de villas à vendre qui ne trouvent pas d'acheteurs. La faute à la crise. Et le prix des habitations est toujours surévalué par les propriétaires et les agences immobilières. Il était facile de les racheter en proposant un bonus sur le prix. Ce matin, les flics ont procédé à plusieurs arrestations chez les caïds. The coup de filet… Parce que les dealers qui blanchissent leur fric en achetant des grosses bagnoles, des bars ou des boîtes de nuit, jusque-là, tout va bien. L'économie souterraine, ça reste de l'économie, avec de la création de pouvoir d'achat. Les politiques n'ont pas le choix : le trafic permet d'éviter une guerre sociale. Il suffit de sauver la face une fois de temps en temps en convoquant la presse pour ces fameuses « saisies records » de cannabis ou de cocaïne. Mais que les dealers s'installent dans les quartiers Sud, en organisant dans leurs villas des barbecues entre amis le dimanche, que leurs gamins aillent dans les mêmes écoles privées que les fils et filles des descendants des grandes familles marseillaises, il n'en était pas question. Chacun à sa place, question de standing social. Bradman avait le réseau et le financement, Lucarelli gérait les sociétés-écrans. Il était rodé à toutes les techniques de blanchiment. L'affaire de proxénétisme a été trappée.

– Ouais, bon plan. Avec le meilleur argument de vente possible pour leur clientèle, celui de la revanche sociale.

Les petits caïds sont de remarquables utilisateurs du capitalisme, songe Phil : actionnariat solide et concentré, rémunération du travail assez satisfaisante pour motiver les salariés et éviter les mouvements sociaux et surtout, optimisation de la notion de prise de risques.

– Les dealers habitant dans la même réserve que les banquiers et les chefs d'entreprise… Le monde aurait retrouvé un peu de sa cohérence. Ce n'est que partie remise. Je les imagine bien, le caïd et le grand patron, en train de discuter en taillant la haie… « Finalement, on fait un peu le même boulot, non ? » Ou bien : « J'hésite sur le pourcentage de ma prime annuelle, pour ne pas heurter mes salariés, vous vous en sortez comment, vous ? » Bradman était un génie, il mérite sa statue en résine de cannabis.

La rue s'anime. Les gothiques sont de sortie, ils convergent vers le *Rage Machine*. Depuis cinq ans que le groupe existe, Phil a toujours été contrarié de constater que Dystopia n'attirait pratiquement que des nostalgiques des années quatre-vingt. À l'entrée, Max serre des mains. Il se tourne vers son ami et gueule :

– Dis donc, le batteur, tu t'imagines qu'on va te remplacer par une boîte à rythmes ? Tu veux abandonner le pouvoir aux machines ?

Phil fait signe à Max qu'il arrive. Il regarde Éléonore dans les yeux, elle est belle, elle brille et son regard n'abrite aucune ombre, aucune anfractuosité obscure et impénétrable.

– Je dois y aller. Par avance, pardonne-moi pour tout ce raffut que tu t'apprêtes à subir.

– Pardonner, on peut toujours. Revenir en arrière est plus difficile. Il y a de la douceur en toi, Phil. Fais-lui juste un peu plus de place.

Il la quitte pour aller s'installer derrière sa batterie.

Les enceintes du bar crachent la soul punk des Psychedelic Furs.

« *She's a hearbeat* ».

Et elle le sait.

ÉPILOGUE

Phil est en nage. Il ne se contente pas de laisser rebondir ses baguettes sur la peau hyper tendue de la caisse claire pour enchaîner avec souplesse le coup suivant, il cogne sur ses fûts comme s'il voulait les faire éclater. Le choc sourd et régulier de la pédale sur la grosse caisse fait trembler tous ses os. Il a l'impression d'être progressivement broyé par le martèlement. On est constamment à la recherche de nos points cardinaux intimes. Le Nord, c'est sa main droite, celle qui tient la baguette qui s'abat sur le charleston à chaque croche. Un va-et-vient incessant et assourdissant. Le rock live, c'est une affaire de glisse, de fracas et de tourbillon.

Rien à voir avec le surf punk douillet des Offspring.

Il faut être la vague.

Une vague de chair, d'os et d'électricité, de flux de sang et de métal liquide.

Ce sont des conneries, ces histoires de communion avec le public. C'est de collusion dont il s'agit, quand les coups de grosse caisse vont décrocher le cœur et les tripes des spectateurs, quand l'enchaînement des coups de cymbales leur flingue les tympans. Max est debout sur un ampli, concentré sur son solo de guitare à une seule note, en mode télégraphique, comme sur le *Tommy Gun* des Clash. Il bondit et se retrouve le dos à la fosse, le corps cassé, face à Phil. Il alterne les notes graves et les aiguës avec une telle agilité qu'elles atteignent la vitesse de fusion, il joue comme si les cordes lui traversaient les doigts. Il insiste toujours pour que la ligne de batterie de Phil reste sobre pendant que lui-même se dilue dans son solo.

Bon sang, il se prend pour Hendrix. Je t'en foutrai, du « *kiss the sky* », songe Phil.

Va, vis et ressuscite. La dernière chanson que Phil a écrite. C'est la première fois qu'ils la jouent sur scène. À 125 bpm. Parce que c'est le rythme cardiaque du fœtus.

Max hurle le refrain, repris par les fans. Une dizaine, tout au plus.

« *J'irai chuter sur ta tombe/Claquer à ta porte/Je crèverai en trombe/Juste avant que tu sois morte* ».

L'air est lourd, saturé de fumée, celle qui s'échappe de la petite cabine en verre, à l'étage, où sont réfugiés les clopeurs. Phil voit Éléonore, au milieu de la foule, qui le dévore du regard. Elle a envie de lui en cet instant, il en est sûr. Un peu plus loin, il remarque une blonde platinée qui agite la langue entre les lèvres avec un sourire coquin en fixant Max, les deux index dirigés vers lui. Phil ricane en songeant qu'aux débuts de Dystopia, quand le groupe était composé de quatre musiciens, ils avaient sérieusement pensé à instaurer la loi du *No girlfriend* , imposée autrefois par Mick Jagger aux membres des Rolling Stones, pour faire croire aux fans qu'ils étaient toujours libres et disponibles pour un flirt.

Au premier rang, une bande de Suédois qui arborent tous le même tee-shirt « *Fuck The Vikings* ! » s'aspergent d'aquavit. Ils en ont une bouteille dans chaque main. Juste derrière eux, un gars coiffé comme David Lynch embrasse une skinhead en faisant remonter sa main de plus en plus haut sous son polo Fred Perry. Au cœur de la foule, la bande de gothiques, cheveux noirs crêpés, le regard vide, hoche la tête en rythme. Au fond de la salle, assis contre la porte des vestiaires, un jeune punk roule un joint en pleurant, semble-t-il à Phil. Chacun trimballe sa vie du sommet au creux de la vague. Le Gabian est accoudé au zinc, il regarde Phil avec bienveillance, en souriant. À quelques pas de lui, Milan et Marko draguent des filles habillées comme des glam-rockeuses.

La foule forme une masse compacte. Un seul corps dansant, des connexions neuronales qui se font entre les différents cerveaux. Ces lacets fluorescents qui relient les esprits, il peut presque les voir. Il cogne toujours mécaniquement, il fait partie intégrante du morceau. Max est la chair, il semble voler au-dessus de la foule, accroché à sa guitare comme à une aile d'ange. Phil est à la fois l'os et le muscle.

Max lâche le dernier riff en agitant sa gratte devant l'ampli pour créer un effet de larsen. Phil fait rouler ses baguettes sur les cymbales. La foule bondit sur place en criant et en sifflant.

C'est fini.

L'éclairage passe au blanc.

Phil se sent vaciller.

Les gens sont des feux-follets, des silhouettes lumineuses qui s'agitent, se tortillent et marchent sur la tête. Phil balance ses baguettes vers le public, il perd l'équilibre, s'accroche à un pied de cymbale, il s'écroule sans entendre le fracas, comme si le volume avait été coupé net. Le monde est à l'envers. Il les regarde applaudir, tente de sourire. Il se sent aspiré par leurs bouches hurlantes. Il voit Max qui salue, puis qui s'approche de lui et le relève pour le traîner jusqu'au cagibi qui sert de loge.

Il l'assoit le dos contre un mur. Loin, au fond de lui, une mélodie obsédante, glaciale et veloutée.

« *There's No Shame In Death* ».

Dance Society.

Pendant tout ce temps où il se croit mort, Phil sent qu'on lui donne des claques, on lui verse l'équivalent d'un océan sur la figure, plutôt antarctique que pacifique.

Il ignore combien de temps il reste dans le coaltar. Plusieurs heures, peut-être.

Il réalise soudain qu'on est en train de le porter. Le son parvient à nouveau à ses oreilles. La lumière aussi. Il n'a pas dû mourir longtemps. L'air de la rue. Le public qui sort du *Rage Machine*. Ils échangent des clopes, rient et charrient leurs copains, des mecs essaient d'embrasser des filles qui ne veulent pas et qui les insultent. Phil entend les voix de Max et du Gabian. Celle d'un autre type, éraillée. On le jette à l'arrière d'une voiture. Il a le réflexe de s'asseoir et il colle un œil à la vitre. Il voit ceux qui sont venus seuls et qui repartent seuls. Il faudrait payer des gens pour leur dire au revoir et les serrer dans leurs bras.

L'auto-radio qui s'allume. La reprise de *Concrete Jungle* par The Frits.

Des rires et des portières qui claquent.

La voix d'Éléonore.

– Ça va aller, Phil. Mais tu es trop vieux pour ces trucs-là.

– Le Gabian. C'est lui. Je déteste le LSD. Il m'a eu par surprise.

Éléonore est à côté de lui et elle lui tient la main. Il ne se perdra plus. Il est écrasé contre la portière, tout le monde se tasse et la voiture démarre. Il entend les rires de Milan et de Marko, il ne peut pas tourner la tête, coincé par le bras d'Éléonore.

Alors il regarde la ville défiler, les immenses façades aux pans arrachés, les murs d'un immeuble en cours de démolition, avec des restes de papier peint d'une chambre d'enfant, des bacs à plantes fendus accrochés aux balustrades en fer forgé. Sur les trottoirs, des SDF qui dorment sur des cartons, enveloppés dans des duvets usés.

Big Guns.

Le blues-rock sauvage de Rory Gallagher.

Il lui semble qu'il n'y a pas un souffle d'air. Juste la nuit.

Comme lui, silencieuse, avachie et immobile. Feignasse.

C'est comme un long travelling. Tout le monde s'est tu. Le Gabian est installé à la place du mort. Il a peut-être les yeux fermés, Phil ne peut toujours pas tourner la tête et il n'a pas envie de faire un mouvement. Tout semble en harmonie.

La Corniche. Max s'amuse à accélérer dans les virages. Enfilade des lampadaires, borgnes, pour la moitié d'entre eux. Quelques rares piétons, joggers ou pêcheurs. Léchée par le soleil levant, la mer est couverte de traînées étincelantes.

Phil commence à sentir des douleurs dans les côtes et dans les muscles des hanches.

Éléonore a posé sa tête contre la sienne.

À la Vieille Chapelle, Max s'arrête devant un snack. Il laisse le moteur tourner pendant que le Gabian sort, un thermos à la main. Il revient avec des gobelets.

Ils dépassent la Pointe Rouge, Montredon, les bunkers, puis les ruines de l'ancienne usine chimique de l'Escalette. La voiture traverse les Goudes et Max se gare sur le bas-côté, en haut de la pente qui mène au port de Callelongue, d'où partent ces sentiers qui longent les falaises calcaires et qui mènent aux calanques. Il éteint le moteur.

– Bon, on se magne de mater le lever de soleil et on rentre se coucher, lâche Milan.

– Oui, on a eu notre dose de Dystopia. On a besoin de vrais rêves, nous, ajoute Marko.

Ils rient grassement.

Phil ouvre la portière et sort. Il s'étire en inspirant à pleins poumons l'air épais et frais. Éléonore, Max, Milan et Marko le regardent en souriant. Le Gabian exhibe le Thermos et va se caler sur un bout de rocher, face à la ligne d'horizon. Juste à leur droite, la majestueuse Île Maïre, rougeoyante, alors qu'elle paraît d'habitude si sombre.

– Ça va mieux, Phil ? demande Milan.

– Je vais me remettre. Un café me fera du bien. Pourquoi m'as-tu fait avaler cette saloperie, Gabian ?

– Pour que tu te réveilles vraiment. Une bonne fois pour toutes.

Il lui tend un gobelet rempli à ras bord de café noir. Phil se brûle les lèvres, mais il se sent enfin ramené sur terre. Comme si ses esprits reprenaient possession de lui.

– Oui, ça va aller. Un petit malaise.

En s'adressant à Marko et Milan :

– Vos copines vous ont déjà largués, les mecs ?

– Elles faisaient que parler. Foot féminin et *hot rods*, tu vois le genre?

Phil descend vers l'eau, il s'arrête devant la vieille poulie du téléphérique sous-marin qui n'a fonctionné que quelques mois à la fin des années soixante. Il n'en reste que ces vestiges rouillés, cette immense roue et ces poutres en fer enchâssées dans la roche.

Éléonore rejoint Phil et le serre dans ses bras, il l'embrasse puis va retrouver le Gabian. Il s'assoit à côté de lui.

– Et toi, Gabian, comment tu te sens ?

– C'est maintenant que la lutte commence, Phil. Une lutte interne. C'est en moi que ça va se passer. Mais je vais gagner.

Il se retourne et fixe les falaises à la blancheur éclatante, à contre-jour.

– Je crois que je vais désormais peindre des levers de soleil. C'est une belle journée qui s'annonce, tu crois pas ?

Max s'approche d'eux.

– Oui. Un temps à adopter des prises de position, à faire voter des motions et à générer de nouveaux courants.

– Ça me rappelle mon enfance, dans la baie d'Hanoï. Il y avait la même lumière, tôt le matin. Papa était déjà parti à bord de sa pirogue, il pêchait quelque part au large pour nous ramener le déjeuner. Maman me faisait des tartines avant de partir faire le ménage dans un bordel, et moi, je passais ma journée sur la plage, à dessiner dans le sable…

Phil fait un clin d'œil à Max.

– Gabian, tu as grandi à Martigues. Ton père et ta mère bossaient à la Poste.

Il hausse les sourcils, l'air étonné.

– Ah ? Peut-être. Je dois confondre avec l'enfance d'un autre. Il y en a tellement, d'enfances. Le médecin m'a dit que je devais m'attendre à quelques troubles de la mémoire.

– Il t'a dit d'y aller mollo, aussi, sur les acides ?

– Ne vous en faites pas, les gars, je vais me reprendre en main. Changer de vie. C'est passionnant, de changer. Je ne parle pas juste de changer un pneu ou une ampoule. Changer tout court. Devenir un autre. Comme James Bond : la même série, mais pas le même acteur, vous voyez ? Je vais cultiver les aspects doux et lisses de l'existence, cesser de ne m'intéresser qu'à ses aspérités.

Il relève son tee-shirt et contemple son torse.

– Pour commencer, à titre de mesure symbolique, je crois que je vais me faire épiler intégralement.

Phil lui tape sur l'épaule en se levant.

– Prends exemple sur le Gabian, Phil, lui souffle Max. Regarde devant, toi aussi.

Il désigne la ligne d'horizon.

– C'est pas nous, les salauds, Phil. On a fait ce qu'on devait faire, c'est tout. C'est fait, et c'est fini.

Phil hoche la tête.

Le Gabian lui demande une clope, que Phil lui tend en s'en collant une entre les lèvres. Avant qu'il n'ait eu le temps de sortir son briquet, le Gabian en tient un, allumé, sous sa cigarette.

C'est un briquet dont l'étui est en ébène, avec le motif d'un serpent blanc incrusté dessus.

Le même que celui qui ornait le porte-cigarettes et le cendrier qui se trouvaient chez Bradman.

Il a pris le briquet là-bas. Juste avant que Phil et Max se pointent.

Il suit le regard de Phil et se met à contempler l'étui, qu'il fait tourner entre ses doigts. Puis, en prenant de l'élan, il le balance loin dans la mer.

– Phil, j'aimerais que nous ne parlions jamais de ça. Jamais, tu m'entends ?

Phil hoche la tête, sans un mot. Il fait un vague geste de la main et se dirige vers Éléonore.

Elle s'est assise sur un rocher plat, les pieds au-dessus de l'eau.

Il s'assoit à côté d'elle et sort un bout de papier de la poche intérieure de son cuir.

Ses notes.

Marseille's burning.

La chanson qu'il ne finira jamais.

Il déchire la feuille en petits bouts qu'il jette ensuite vers la mer. Ils volent sur quelques mètres avant d'aller se poser sur la surface de l'eau. Il se retourne. Ils l'ont tous regardé faire et ils applaudissent, un sourire aux lèvres.

Les bouts de papier dérivent vers la passe, un chenal entre la côte et l'extrémité sud de l'île Maïre, dans laquelle un pêcheur vient de s'engouffrer avec son pointu.

Phil sent le soleil lui réchauffer les épaules, il tient fermement la main d'Éléonore dans la sienne. Notre vie est une entreprise de longue haleine, songe-t-il, et on n'en sera jamais qu'un actionnaire minoritaire. Ce paysage, il appartient à tous. Ils se le partagent en silence et ils sont heureux.

Le monde des ténèbres subit lui aussi les effets de la tectonique des plaques. Il y a toujours de nouvelles failles, mais par lesquelles le miracle fait parfois qu'on a enfin accès à un puits de lumière. Il suffit alors de s'y laisser glisser.

Phil est prêt.

PLAYLIST

Grabuge – Keny Arkana
White Rabbit- Jefferson Airplane
Balkan – Azra
Straight To Hell – The Clash
Dead End Friends – Them Crooked Vultures
Teen Angst – Cracker
Sister Apocalypse – Punish Yourself
Ramblin'Rose – MC5
Marquee Moon – Television
Normal Life – Vismets
Knife Party – Deftones
A Bullet With My Name On It -The Dream Syndicate
I Fought The Angels – The Delgados
Not If You Were The Last Junkie On Earth -The Dandy Warhols
Celebrate Your Mother – Eighties Matchbox B-Line Disaster
A Means To An End – Joy Division
Pet Sematary – The Ramones
Narcisse – Duchess Says
Black Hole – The Gun Club
Heartbeat – The Psychedelic Furs
There's No Shame In Death -The Danse Society
Concrete Jungle – The Frits
Big Guns -Rory Gallagher
Marseille's Burning – No-Fly List

On ne mène pas à terme l'écriture d'un roman sans des regards et des interventions qu'on dit « extérieurs ». L'auteur tient à remercier, pour leur aide, leur soutien et leurs conseils, son éditeur, Pierre Fourniaud, Denis et Jocelyne Fabre, Anne Baron, Clara Recordier, Gilles Rof, Anne Calmels, Jean-Pierre Vallorani.

Anne-C.L., bien sûr…

Et, au passage, un salut à toute la scène rock marseillaise.

Site et contact auteur : http://ced.fabre.free.fr

Du même auteur

La Commune des minots
Gallimard / Série Noire
2000

La Pente si sage de la vie
Baleine
2001

Dernier rock avant la guerre
Rail Noir
2009

Chez le même éditeur

Chinese strike, Michel Douard
Périph, Patrick Grenier de Lassagne
Marseille's Burning, Cédric Fabre
Un long moment de silence, Paul Colize
91700 Fleury-Mérogis, Franck Chevillard
La politique du tumulte, François Médéline
Kill kill faster faster, Joel Rose
Marseille opus mafia, Jean-Louis Pietri
Descente au paradis, Éric Jamois
Back up, Paul Colize
Ci-gît mon frère, Gérard Bon
Négropolis, Alain Agat
Faut pas rire avec les barbares, Albert Spaggiari
Doux comme la mort, Laurent Guillaume
À mains armées, Philippe Thuillier
Un goût de sang, Jacques Eisenbarth
Les marques du fouet, Gérard Streiff
Le chant des dunes, Lalie Walker-Perrine le Querrec
Kill Créole, Vernon Young
Les Pègriots, Auguste le Breton
Le bon camp, Éric Guillon
Il était une fois Marseille, René Coppano
À la vie !, Joseph Bialot
Le Grisbi, Albert Simonin
Classe dangereuse, Patrick Grenier de Lassagne
À coups de crosse, Jacques Eisenbarth
Les Louchetracs, Jean Mariolle
Le Hotu, Albert Simonin
La vieille dame qui ne voulait pas mourir avant de l'avoir refait, Margot Marguerite

MAQUETTE ET MISE EN PAGES

Zeharbegi@

Achevé d'imprimer en avril 2013
sur les presses de la Nouvelle Imprimerie Laballery
58500 Clamecy
Dépôt légal : avril 2013
Numéro d'impression : 304005

Imprimé en France

La Nouvelle Imprimerie Laballery est titulaire de la marque Imprim'Vert®